LA SAGA DE LOS LONGEVOS

2

LOS HIJOS DE ADÁN

EVA GARCÍA SÁENZ DE URTURI

LA SAGA DE LOS LONGEVOS

2

LOS HIJOS DE ADÁN

Planeta

Obra editada en colaboración con Editorial Planeta – España

Diseño de la portada: © Agustín Escudero
Composición: Realización Planeta

Bajo el sello editorial PLANETA M.R.
Avenida Presidente Masarik núm. 111,
Piso 2, Polanco V Sección, Miguel Hidalgo
C.P. 11560, Ciudad de México
www.planetadelibros.com.mx

Primera edición impresa en España: febrero de 2025
ISBN: 978-84-08-29800-7

Primera edición impresa en México: agosto de 2025
ISBN: 978-607-39-2912-7

Impreso en los talleres de Litográfica Ingramex, S.A. de C.V.
Centeno núm. 162-1, colonia Granjas Esmeralda, Ciudad de México
Impreso en México – *Printed in Mexico*

Convocado o no, el dios vendrá.

Leyenda que corona la puerta de la casa,
de Carl Gustav Jung

PRÓLOGO

IAGO

Muerta. Dana estaba muerta. Abandoné en el suelo de la mansión el cadáver destrozado de mi mujer y me lancé a por él, ciego de rabia.

De nuevo la vida me colocaba en la tesitura de tener que matar a quien un lejano día consideré familia.

PRIMERA PARTE

1

IAGO

18 de noviembre

«Quedan dos millas —me apremié desesperado—; tan solo hemos de cruzar este bosque, mi caballo y yo, alcanzar el repecho y llegar a mi granja, de donde nunca debí marchar y abandonarlos. Dos millas —me repetí, intentando convencerme—. No están muertos. Manon y el niño son resistentes, han sobrevivido también a esta epidemia».

Fue la anciana señora Bradford, la mujer del gobernador de la diminuta colonia de Plymouth, en Nueva Inglaterra, quien me dio la mala noticia. Otro nuevo brote de escorbuto había alcanzado las haciendas de la costa en Duxbury, al norte del Cabo Cod.

—¿Se sabe algo de mi esposa y mi hijo? —le insistí cuando escuché los primeros rumores en el mercado.

Ella me dio el pésame con la mirada a modo de respuesta. Solté las pieles de castor que había cazado y preparado el día anterior. Una última ganancia cómoda antes de partir de la plantación de Plymouth y abandonar mi última identidad como Ely.

Una década después de arribar a las costas de Nueva Inglaterra a bordo del Mayflower, en noviembre del año de Nuestro Señor de 1620, había llegado el momento de abandonar un hogar feliz, un hijo amado de ocho veranos y una esposa, acaso la más fuerte y decidida de todas a cuantas quise.

Y era tanto lo que dejaba atrás, tanto lo pasado a su lado, en aquella granja sobre un acantilado rocoso...

No nos inquietaban los inviernos extremos de aquella costa tan agreste. Manon había demostrado una resistencia fuera de lo común.

Cronista incansable de todo lo que acontecía en la colonia de Plymouth, la conocí como una joven viuda que perdió al marido semanas antes de embarcar. Con la suma pagada para el viaje, no le quedó más remedio que partir sola sin su esposo. Despertó ciertas reservas entre los puritanos y sus esposas, pues no se veía bien que una mujer viajara ni viviera sola, y mucho menos que supiera leer y escribir, pero desde el primer día quedó claro que iba a resultar imprescindible para la colonia.

Después me confesó que era la primera vez que abandonaba las tierras del rey Jacobo y salía de Inglaterra. «Hemos tenido una reina virgen que no ha precisado de marido para gobernar el mayor imperio del orbe, ¿no puedo yo viajar sin esposo a las colonias?», me dijo el día que embarqué junto a los puritanos en el puerto de Southampton.

Después de escuchar los oscuros augurios de la señora Bradford partí al galope, cruzando el bosque nevado de pinos que me azotaban la cara con sus ramas heladas. Los indios wampanoag habían abierto senderos estrechos durante centurias, pero mi caballo apenas podía pasar entre los troncos. Me daba igual, piqué espuelas hasta extenuarlo. El peso de mi mala conciencia me cegaba y solo veía el momento de volver a un hogar del que nunca debí partir.

Como un cobarde.

Me fui como un cobarde, abandoné a mi esposa y a mi hijo sin despedirme. Los dejé en lo peor del crudo invierno, confiando en su fortaleza.

Salté y desmonté del caballo al llegar al acantilado. Ni Manon ni el niño estaban labrando las tierras, nadie cosechaba maíz aquel día. Las gallinas me oyeron y se agolparon en la verja —intuí que llevaban días esperando un pienso que no llegó.

Grité sus nombres; nadie acudió a mi encuentro. Rodeé nuestra granja, tropecé con algunos aperos que la nieve había ocultado, y finalmente encontré lo que jamás habría querido hallar: la tumba de mi esposa, Manon Adams. Un montículo de tierra, dos maderos torpemente amarrados en forma de cruz. Era mi hijo quien había cavado aquella fosa, pero no había ni rastro de la sepultura del niño.

¿Seguía vivo?

Grité su nombre una vez más. Entré en nuestra cabaña y allí, sobre el lecho, encontré su cuerpo congelado. Él también había muerto por la epidemia, aunque tuvo fuerzas para enterrar a su madre.

Tal vez si me hubiera quedado con ellos...

Tal vez los habría alejado, al escuchar los primeros rumores.

Tal vez habría podido salvarlos.

Tal vez...

Para qué engañarme, acababa de abandonarlos una semana antes. Había asumido que no volvería a verlos, que la Parca se los acabaría llevando. Pero no tan pronto, no tan pronto ni de una manera tan miserable.

Desolado, salí de la cabaña y caí de rodillas sobre la nieve negra. Noté el cuero de mis calzones empapado por la tierra fresca.

Tomé una decisión: no quedaría ni el recuerdo de aquellas vidas segadas.

Cogí un madero y lo prendí, improvisando una antorcha. Entré en el granero, quemé la paja almacenada para el invierno.

Y por una vez pensé: «Si ellos van a arder, tal vez debamos arder juntos».

Y me dejé llevar por la dulce idea de acabar con todo el sufrimiento, de inmolarme con ellos, como había visto hacer a tantos esclavos en Scandia. Dejé caer a mis pies la antorcha, que prendió alrededor de mis botas de cuero embarradas. Cerré los ojos, sintiendo las llamas hasta que me lamieron las manos.

Pero entonces recordé que mi padre me esperaba en Londres,

en el otro extremo del mundo. Ajeno a que su hijo había renunciado al regalo de una vida longeva que él le hizo, ajeno a que no volvería a la cueva de su infancia a esperarlo un solsticio de verano, ajeno a que solo sería un montón de cenizas al pie de un acantilado en las colonias.

Salí de mi granja en el momento exacto en que las llamas comenzaban a devorar la ropa. Me lancé hacia el exterior y rodé sobre la nieve para apagar mi propio incendio. Después dejé que toda la granja se convirtiera en una llamarada. Pero nada pude hacer por la última familia que había abandonado.

Finalmente me alejé sin mirar atrás ni una sola vez, con la camisa tiznada de negro y la ropa ahumada.

«Te recordaré durante siglos, Manon. Os recordaré a este hijo y a ti por curarme las heridas, por esta década de paz que trajiste a mi alma desgastada. No olvidaré, no pienso olvidar».

Y hui hacia el norte, donde los nativos me acogieron los primeros días, antes de partir hacia un lugar que más tarde sería llamado Maine.

... y entonces la herida que me hizo Lyra, la cicatriz de la mano, comenzó a quemarme. La delgada línea se puso roja y sentí que me abrasaba. Me abrasaba tanto que acabé aullando de dolor.

—¡Iago! ¡Iago, despierta! Estás gritando otra vez el nombre de Lyra.

Aturdido y desorientado, me incorporé en la cama dando un respingo. Estaba en Cantabria, siglo XXI. Mi última esposa, Adriana Alameda, me había despertado de mi enésima pesadilla y me miraba preocupada y medio dormida. Era una gélida noche de invierno, pero mi cerebro ardía.

Me miré la cicatriz, que latía con pulso propio y estaba roja como un río de sangre. Cerré el puño instintivamente y se lo oculté a Dana. Ella no lo entendería: la sensación de alerta, de oscuro presagio, suficiente como para que mi hija se revolviese en su tumba, un año después de que muriera al enfrentarse con mi hermano Nagorno.

Algo nefasto e inmediato nos iba a suceder.

—¿Has vuelto a soñar con Lyra?

—Por suerte hoy no —contesté. Aún sentía en la pituitaria el olor de la paja quemada de mi granja.

—¿En qué siglo te has quedado entonces?

—Neolítico. Sexto milenio antes de Cristo. Çatal Hüyük —mentí.

Ella se incorporó de un salto.

—¿Has soñado con Çatal Hüyük? Cumplí los veinticinco años allí.

—Lo sé, Dana —contesté. Ahora llegaba la batería de preguntas, y mi cabeza seguía estancada en el siglo XVII.

—Cuéntame entonces, ¿estamos acertados los arqueólogos con nuestras conclusiones?

—Bastante, aunque hay detalles que tenéis delante y se os escapan. —Mi sueño se negaba a abandonar mis pensamientos, y una duda me escocía como el ácido: ¿cómo se llamaba el hijo que tuvimos Manon y yo?—. ¿Recuerdas que todos los huesos de mujer encontrados tienen el primer metatarsiano deformado? —le pregunté, intentando centrarme en un presente mucho más aséptico.

—Sí, tuve muchos entre mis manos. ¿Era algún tipo de costumbre deformativa, como vendar los pies de las niñas en la China del siglo XVI o como sujetar los cráneos con tablillas en la cultura maya?

—No, las mujeres de Çatal Hüyük se pasaban el día de rodillas triturando cereales sobre molinos de piedra. Era una postura muy forzada y les deformaba el dedo del pie.

Dana asimiló deprisa el nuevo dato. Se sentó sobre la colcha, vestida únicamente con mi vieja camiseta del zorro ártico, de la que se había acabado apropiando muchos meses atrás.

—¿Y te adaptaste? —quiso saber.

—Yo no. Pero no iba solo, mi padre me acompañaba. Lür fue más flexible, imagino que porque él ya había vivido un gran cambio en su mundo, al pasar de la glaciación Würm a un continente de bosques..., pero yo fui incapaz. Las mujeres eran... —La miré de reojo, dudando.

—Puedes hablar de ello, Iago. No tengo problemas con tu pasado.

—Eran educadas para ser sumisas. Yo hasta entonces había tenido compañeras, no una propiedad privada. Y los hombres..., muchos no hacían mucho más que gandulear sentados mientras sus mujeres se desgastaban trabajando. Pero no eran los únicos cambios. Aquella inmensa ciudad de barro era muy parecida a una colmena. Vivir allí nos obligaba a dormir y comer en cubículos a los que accedíamos por escaleras desde el tejado. Llegué a odiar aquellas malditas escaleras.

Salí de nuestro lecho. La madrugada se resistía a asomar, pero para mí la noche y sus liturgias ya habían terminado.

Me acerqué, desnudo como estaba, a la chimenea que Dana y yo habíamos dejado encendida. Todavía quedaban algunas ascuas y un madero se resistía a consumirse.

«¿Cómo se llamaba nuestro hijo?», me repetí, frustrado. Pero no encontré respuesta alguna.

Me senté en el suelo sobre la alfombra mullida de lana, frente a un fuego que ya agonizaba, y me arropé con una vieja manta escocesa traída en alguno de mis viajes. Dana se levantó también, algo despeinada y un poco somnolienta, y se acomodó entre el hueco de mis piernas, quedando sentada como yo, con la mirada perdida en una llama hipnótica.

Habíamos convertido una casona del siglo XVIII frente a la Costa Quebrada en nuestro hogar. Habíamos tapizado los gruesos muros de piedra de sillería con recuerdos y habíamos decorado todas las estancias con objetos comunes hasta que ambos pudimos llamarlo «refugio». Sobre la repisa de la chimenea, la fotocopia enmarcada del «*Mea culpa* de un escéptico» presidía nuestro dormitorio. Un recordatorio de la noche en que Dana se rindió a la evidencia y decidió creer por fin en mi verdadera naturaleza: en que yo era longevo, que no envejecía, que tenía frente a ella a un hombre de diez mil trescientos años.

Un año de precario equilibrio entre alguien que lo quería saber todo del pasado y alguien que todo lo quería olvidar.

Apoyé la cabeza en su hombro y desvié el rumbo de la conversación.

—Hoy me reúno con la dirección de la Neocueva de Altamira, quiero ver si podemos conseguir un convenio de colaboración después de todo el revuelo de las últimas dataciones. ¿Qué tienes tú hoy en la agenda? —le pregunté.

—Otra entrevista de trabajo para el Área de Edad Media.

—Bien, en cuanto acabe con la reunión iré contigo.

Le sonreí. Dana llegaría un poco tarde, como siempre acostumbraba.

Con algo de suerte, ambos conoceríamos a la vez al candidato.

II

LÜR

Sungir, actual Rusia, 23.000 a. C.

Lür escrutó meticulosamente la raíz. Había escarbado durante horas, tenía las manos entumecidas y algunas uñas rotas. La tierra estaba helada, siempre helada. Desde hacía décadas, helada.

La famélica planta tenía una corteza dura, pero al abrirla encontró savia roja. «No es buena señal, Lür».

En su clan, siendo niño, le habían enseñado a huir de las plantas con savia, y más si su color era llamativo. Y él, como chamán, lo había transmitido cientos de veces. Cualquier aprendiz lo sabía: nadie sobrevivía si no respetaba los preceptos básicos de cómo distinguir una planta comestible de una letal.

Lür alzó la cabeza, miró la cima de aquella cordillera blanca. Necesitaba comer algo si quería tener fuerzas para la ascensión.

«Otra cumbre, Lür. Otra esperanza desvanecida, y ¿luego qué? —se repitió—. Luego, seguir, luego continuar. Como siempre, como siempre».

Sus pensamientos se habían tornado repetitivos y él sabía que era por la falta de alimento. Desde los temblores de tierra, desde que aquella nube de polvo tapó la luz del sol muchos años atrás, su cabeza funcionaba más lenta. Su cuerpo, agotado por no ingerir otra cosa que raíces y cortezas manchadas de cenizas, había perdido el vigor de antaño.

Muchos árboles habían desaparecido después del desastre. Ya

no tenía referencias del tiempo en el horizonte. Tampoco de los ciclos de las estaciones. El invierno, el deshielo, ya no eran pautas fiables. El tiempo era glaciar en toda la Tierra, Padre Sol apenas alumbraba detrás de las nubes de polvo rojo que lo habían rodeado todo durante las primeras décadas después del Cataclismo. Los cadáveres de hombres y animales que había encontrado a su paso se habían podrido. Hallaba restos de campamentos aquí y allá, tiendas de pieles que todavía le servían de refugio si tenía fuerzas para trasladar afuera los cuerpos rígidos de los propietarios, sorprendidos en sus quehaceres diarios como el resto de la humanidad.

«Una última cima, Lür. Tal vez los Hijos de Adán sí que hayan sobrevivido. Decían que su matriarca es eterna, como tú. Al menos ella habrá resistido... No soy el último hombre, deambular solo en un planeta desierto no es mi destino —cuántas veces lo pensó—. Si no puedo morir, si jamás voy a envejecer, cuando todos los hombres y las mujeres mueran, cuando se retiren como los mamuts, como tantos animales que no he vuelto a ver, ¿me quedaré solo? ¿Eternamente? ¿Toda la Tierra para mí solo?».

Tomó la raíz e hizo una primera prueba. Abrió su capa de piel y frotó la planta en su antebrazo. Pronto sabría si era venenosa.

Acercó la raíz a los labios, comprobó que no se le entumecían y la engulló como si fuese la miel más deliciosa.

Después hizo un último barrido al paisaje que tenía alrededor: el cielo casi rojo con aquella eterna bruma de polvo, las montañas permanentemente nevadas, grandiosas, magníficas. En otros tiempos, el rojo y el blanco que perfilaban sus cumbres lo habrían dejado extasiado con aquella extraña belleza. Pero odiaba en lo que se había convertido su amado planeta. La Tierra que él conocía ahora era yerma y silenciosa.

Apretó el bastón, emprendió la subida y se puso a cantar a voz en grito. Viejas canciones, himnos de antaño; sonidos alegres para festejar nacimientos o hermandades entre clanes, melodías solemnes para honrar a algún patriarca venerado, susurros tristes para despedir a una anciana madre.

Lür cantaba, siempre cantaba. Todos los días. No quería olvidarse de hablar, no quería olvidar el sonido de las palabras que tanto le decían. Y aunque no lo reconociera, todavía guardaba la esperanza de encontrar a otro ser humano, alguien que hubiese sobrevivido. Por eso llevaba décadas recorriendo lo que quedaba de las rutas conocidas.

«No soy el último hombre. Todavía no ha llegado ese momento».

A mitad de la ascensión comenzaron los vértigos. El brazo le ardía, pero se cambió el bastón de mano y continuó escalando.

Quedaban pocas horas para hacer cumbre. La noche le sobrevendría en la cima. Pero se sentía débil. Débil por no comer durante demasiados días. Bajo sus manoplas de piel, unas manos huesudas sujetaban el bastón con menos fuerzas de las que debiera.

No..., no tenía que haberse comido aquella raíz. Probablemente, moriría antes de que Madre Luna se alzase en el horizonte.

Se sacó un trozo de carbón que había guardado con celo de su último fuego solo para situaciones como aquella. Empezó a roer la pequeña piedra negra de madera carbonizada, hizo una pasta con la saliva y se la tragó. Solo eso le podría salvar la vida si la planta era, en efecto, venenosa.

Entonces se detuvo, mareado y desorientado. ¿Por dónde debería seguir? ¿Hacia arriba?, ¿hacia abajo? ¿Estaba tratando de subir una montaña o la estaba descendiendo ya? No lo recordaba, comenzó a dar vueltas alrededor de sí mismo, hasta que perdió el equilibrio y cayó a tierra.

El contacto con la dura nieve fue suficiente para despejarlo. Se quedó por un momento tendido en el suelo. Sabía que tenía que levantarse. Si se quedaba tumbado, aunque fuera un poco más, su cuerpo se enfriaría y sería imposible calentarlo.

«¿Y qué más da? —pensó—, ¿esto me matará? ¿Moriré por fin?».

Y empezó a reírse, con ganas, con fuerza. Una risa alegre le brotó del pecho castigado y se escuchó su eco, montaña abajo.

«Sigamos».

Se apoyó con las manoplas en la nieve y se alzó torpemente. Comenzó de nuevo a cantar, pese al mareo, pese a que mezclaba palabras, melodías, canciones, recuerdos, familias, gentes que un lejano día conoció.

Llegó a la cresta casi de noche, cuando un atardecer naranja de nubes deshilachadas incendiaba el perfil dentado de la cordillera. Lo miró extasiado. El milagro diario. Un cielo en llamas solo para sus ojos.

A sus pies, un valle blanco daba paso a una llanura infinita.

Esperaba encontrar monotonía, nieves eternas, ningún resto de vida.

Pero no fue eso lo que le dijeron sus ojos.

Parpadeó, incrédulo, porque en lo más profundo del valle le pareció ver algo luminoso y en movimiento.

Era fuego, pero no uno, sino varios, decenas de pequeños fuegos. Lür sabía bien lo que aquello significaba. Eran hogueras: había un poblado, un clan, tal vez varios.

No estaba solo en la Tierra, habían sobrevivido más humanos.

3

ADRIANA

18 de noviembre

Miré de reojo el pequeño bifaz que Iago me talló. El ruido que hacía su tintineo contra la luna del coche me recordaba innecesariamente que llegaba tarde al MAC. Tenía una entrevista en quince minutos y era casi seguro que no iba a llegar a tiempo. Una vez allí aparqué como pude, porque mi sitio estaba ocupado por una Harley Davidson embarrada, y subí las escaleras sin guardar las formas en cuanto me aseguré de que nadie me podía ver.

La asistente me indicó con un gesto que el entrevistado había llegado ya, así que me recompuse el traje y entré. Quería causar buena impresión, aunque fuera yo en esos momentos la responsable de contratar a más personal para el museo. Había pasado un ciclo entero, un año para entendernos, desde que La Vieja Familia se desintegró, y Iago había estado al frente desde entonces. Él también iba a estar presente en la entrevista, aunque una reunión lo mantenía ocupado desde primera hora de la mañana. El candidato era brillante, estaba especializado en Edad Media, y sus trabajos habían dado la vuelta al pequeño mundo de la arqueología europea en el último año. Pero era bastante escurridizo, y nos costó localizarlo para hacerle la entrevista.

Cuando entré en mi despacho, lo primero que pensé fue que había algún tipo de confusión. Sentado de manera demasiado despreocupada en mi sofá —con una pierna sobre el reposacabezas y la otra sobre el cojín que yacía en el suelo—, un joven alto y rubio, con el pelo hasta los hombros y los ojos exactos a los de Iago, me miraba con una sonrisa descarada, embutido en una chupa de cuero y unas botas desgastadas de motorista.

En aquel momento también entró Iago. Lo escuché a mi espalda, aunque no pude ver su cara cuando el presunto candidato, con un fuerte acento nórdico, le dijo:

—Hola, padre.

4

IAGO

18 de noviembre

Tuve que apoyarme en la esquina del mueble porque por un momento perdí el equilibrio. A Gunnarr pareció hacerle gracia mi reacción, pero continuó sentado, como un despreocupado rey nórdico en su trono. Volver a ver vivo a mi hijo después de cuatro siglos resultó una sensación demasiado impactante para mis sentidos.

—Te hacía en el Valhala —acerté a decir. Era Gunnarr, el hijo que un día tanto amé, con lo bueno y con lo malo. Era Gunnarr y estaba vivo.

—Digamos que me volví a medio camino.

¿Sonó retador o eran los recuerdos de mis recuerdos los que le dieron aquel matiz?

—¿Y la lanza que te cruzó el cráneo? —le pregunté. Las sienes me bombeaban y no podía dejar de tragar saliva.

—¿Eso os contó el tío Nagorno? —dijo riendo—. Él siempre tan dramático.

—¡Ya basta! —estallé—. Basta de risas, Gunnarr. No puedes fingir que has muerto, dejar que te lloremos durante medio milenio y volver aquí para reírte de mis reacciones.

—¿No puedo, padre? ¿De verdad que no puedo? —gritó, alzando la voz e incorporándose.

Llevaba el pelo exactamente igual que cuando lo perdí por

primera vez; largo, sucio y desaliñado. Todo su aspecto me auguraba lo peor: que cuatro siglos no habían conseguido civilizarlo.

—Y hablando de los que me llorasteis, ¿dónde está el abuelo?, ¿y qué hay de tía Lyra y tío Nagorno? Vosotros siempre os movíais en manada.

—No, Gunnarr. Antes me explicas a qué has venido y cómo me has encontrado.

—Disculpadme ambos. —Había olvidado que Dana estaba frente a nosotros, mirando a uno y a otro alternativamente—. No es que yo tenga que deciros lo que hay que hacer después de que un padre y un hijo no se hayan visto en cuatrocientos años, pero ¿no deberíais daros un abrazo o algo así?

—Y la pacifista, ¿quién es? —preguntó Gunnarr.

—Es mi esposa, Adriana Alameda.

—Tu esposa, Adriana Alameda... —repitió, masticando las palabras antes de escupirlas en el suelo—. Eso sí que es interesante, padre.

Me lo temía. No me había perdonado. Nuestra relación estaba exactamente donde la dejamos en 1601.

«Céntrate», me obligué. Urgía ser resolutivo.

—Vamos a dar una vuelta, Gunnarr. Tengo que ponerte al día.

Pero Gunnarr ya se había acercado a Dana y le había hecho una reverencia.

—*Kære stedmor...*

Dana se giró hacia mí.

—¿Qué ha dicho?

Suspiré.

—Mi querida madrastra —traduje del danés.

Abrí la puerta y los invité a abandonar el despacho. Paula, la asistente, fingió que tecleaba sobre su portátil mientras nos miraba pasar de reojo.

Bajamos al aparcamiento y Gunnarr aspiró aire como para llenar un zepelín.

—Ah..., me va a gustar estar aquí. Adoro esta brisa marina sobre la cara.

—¿Piensas quedarte mucho? —pregunté con recelo.

Ignoró mi pregunta y montó sobre una moto del siglo pasado.

—Un buen motor, imagino —comenté, cambiando de tercio. Gunnarr amaba los circunloquios y raramente contestaba una pregunta directa.

—Es un modelo XA de 1942. Durante la Segunda Guerra Mundial, el gobierno americano construyó solo mil cien unidades de esta Harley para el norte de África. En teoría era para el desierto, pero yo la uso en Europa y me va bien —dijo, arrancándole al motor un gemido atronador—. Te sigo, Iago del Castillo —añadió con una sonrisa burlona.

—Venga, Dana. Tú conduces —le dije, lanzándole las llaves del todoterreno que había sustituido al anterior, al que quedó destrozado el día de la muerte de Lyra.

Dana se metió en mi coche sin preguntar y yo me senté en el asiento del copiloto.

—Tú dirás, Iago.

—Vamos al cementerio de Ciriego.

—¿Estás seguro?

—Para nada.

Arrancó y, por un momento, ambos motores vinieron a añadir más ruido a la tormenta que rugía en mi cabeza.

Bajé la ventanilla; necesitaba tomar aire.

—Iago, esto no ha sido una casualidad —me dijo, preocupada—. No después de que Nagorno huyera hace un año. Además, hay algo que no me encaja en esta escena. No sé lo que es, se me escapa, pero...

—Calla, por favor —le rogué—. Tenemos menos de un cuarto de hora hasta que lleguemos. Dame un poco de silencio. Necesito pensar rápido.

Dana obedeció, frunciendo el ceño y concentrándose en la carretera. Gunnarr nos seguía a menos de treinta centímetros.

Conducía igual que montaba a caballo, acelerando y frenando, molestando solo por recrearse en el juego.

Cerré los ojos por un instante, buscando aislarme del exterior.

Primero: salimos del barrio del Portío. «Mi hijo fingió su muerte».

Segundo: atrás queda Liencres. «Nagorno lo sabía y nos mintió, pues nos contó que Gunnarr había muerto en sus brazos con el cráneo destrozado y que los ingleses se habían ensañado con el cadáver de mi hijo».

Tercero: pasamos Soto de la Marina. «Gunnarr me localiza un año después de la supuesta muerte de Nagorno, haciéndose pasar por un historiador experto en Edad Media. Un juego muy propio de él».

Cuarto: cruzamos la rotonda. «Si algo me han enseñado mis diez milenios desgastando este suelo es que las casualidades existen en una proporción estadística muy escasa. ¿Estoy ante esa remota posibilidad?».

Quinto y llegamos. «Gunnarr aún me guarda rencor, luego no ha vuelto para hacer las paces».

—Iago, no me esperaba esto, pero es evidente que Gunnarr y tú tenéis más de un asunto pendiente. ¿Hay algo que deba saber de tu hijo?

—¿Hasta dónde conoces de la cultura nórdica?

—Sabes que no soy muy aficionada a las sagas. Con la *Edda Menor* de Snorri tuve suficiente.

Sonreí y le despeiné la melena.

—Te pongo al día, entonces. Existía la costumbre de poner apodos que nos describieran. Creo recordar que ya te conté que me llamaban Kolbrun. «El de las cejas negras de carbón». Habrás escuchado muchos más: Sven Barbapartida, Hakon Espalda Ancha...

—¿Y qué apodo le pusieron a Gunnarr?

—Gunnarr el Embaucador.

Miró fijamente el retrovisor y aceleró para que Gunnarr no rozase el salpicadero con su rueda.

—Me hago cargo —concluyó—: hijo conflictivo vuelve de la muerte para arreglar los asuntos pendientes con su padre.

«O algo peor», pensé.

—¿Crees que habrá cambiado?

—Parece mentira que hayas conocido a La Vieja Familia al completo.

—¿Y eso qué quiere decir?

—Que los longevos no cambiamos nunca.

5

IAGO

18 de noviembre

Poco después el coche se detenía frente a la entrada del cementerio. Había llegado el momento de la despedida, pese a que Dana no era consciente del peligro que yo estaba corriendo y por nada del mundo quería que sospechase que así era.

—Bien, Dana. Yo me quedo aquí. Vuelve al museo a fingir que todo está bien. A las once y media teníamos una reunión con todas las áreas. Intentaré llegar.

—¿Cómo vas a venir, si yo me llevo el coche?

—Tengo dos opciones: volver en moto o en taxi.

«O no volver».

—Iago, entiendo que tengáis que hablar de vuestros asuntos, pero... no sé, hay algo en todo esto que no me encaja. Llámame al móvil cada hora, así me quedo tranquila, ¿de acuerdo?

—Así lo haré —le dije, fingiendo una sonrisa mil veces ensayada.

«Y ahora vete, por favor, esto ya es suficientemente peligroso», callé.

Las nubes venían para engullirnos, negras, amenazantes y cargadas de malos presagios. La mañana perdió luz y casi se convirtió en noche. El aire estaba enrarecido, lleno de electricidad estática. Sabía que un pequeño chispazo desencadenaría la tormenta, que amenazaba con ser de proporciones épicas.

Tal vez un castigo divino, tal vez un aviso del infierno; quién sabe.

Por fin Dana arrancó el coche, y ella y su cara de preocupación desaparecieron rumbo al MAC. Me giré hacia Gunnarr, que me miraba fingiendo estar expectante.

—¿Vamos a visitar muertos? —Se desencajó el casco y se sacudió la sucia melena.

Le di una palmada en la espalda, tal vez para comprobar íntimamente que era real y no un producto de mis pesadillas. Pero estaba allí, mi hijo había vuelto y mi cuerpo reaccionaba con todos los músculos alerta.

Tenía un corte en una oreja que no recordaba. Más bien le faltaba parte del lóbulo, probablemente un tajo de una espada en la batalla o un mordisco en una trifulca.

—Vamos, sígueme —me limité a decir.

Recorrimos las cuadrículas perfectas de las calles del cementerio, trazadas con tiralíneas, donde los muertos se apilaban en ángulos rectos, sin importar si estaban orientados al poniente o al oriente. ¿Qué más daba?, ¿quién creía en el siglo XXI en aquello de levantarse y caminar hacia Padre Sol?

Por suerte, el camposanto estaba vacío, lo cual lo convertía en el sitio más peligroso del mundo para mí y el más seguro para el resto de la humanidad. Gunnarr caminaba a mi lado con genuina despreocupación, silbando una melodía que creí reconocer, pero no logré localizar en mis recuerdos.

Cuando llegamos al final del camino principal, torcí a la derecha y me agaché frente a un nicho vacío. Solía dejar allí ocultos los enseres de limpieza. Extraje un par de cepillos de crin de caballo y una botella de plástico con agua y detergente. Le lancé a mi hijo uno de los cepillos y me giré frente a la tumba de Lyra.

—Ayúdame a limpiarla. Lyra no soportaría que el liquen se comiera su lápida.

Comencé a frotar sobre la piedra, registrando con el rabillo del ojo su reacción. Me miró como si fuera a lanzarme un arpón desde un ballenero, dejó caer el cepillo y se acercó hasta que reconoció la inscripción con su nombre.

—¿Esta es tu manera de decirme que tía Lyra ha muerto?

Derramé parte del agua jabonosa sobre las letras de bronce.

—¿Hay alguna más fácil? —contesté sin detenerme.

—¿Está aquí? ¿Su cuerpo está aquí? —preguntó con su voz ronca.

Asentí.

—Aquí la enterramos, sí, junto a su último marido y a sus últimos hijos, todos efímeros.

Tocó la lápida.

—Impresiona... Ella me enseñó a tallar las runas y los secretos de su significado.

Asentí, ¿qué podía decirle? Yo aún no había resuelto su duelo, un año sin ella y todavía le dejaba mensajes en el móvil. Lyra todavía dolía.

—Padre, ¿qué ha pasado aquí? No está el abuelo Lür, no está tío Nagorno, tía Lyra está muerta... Tienes mucho que contarme.

El día estaba cada vez más oscuro, las nubes habían dado paso a una noche prematura que se había instalado sobre nosotros. Me volví hacia él, restregando el cepillo con fuerza contra una esquina.

—No menos que tú. ¿Vas a decirme por qué has vuelto? O mejor, ¿vas a decirme por qué fingiste tu muerte en Kinsale?

Apretó la mandíbula, dejando entrever que le iba a costar negociar la información que estaba dispuesto a darme.

—Quería matarte. Eso es todo. Me alejé de ti porque, de otro modo, te habría matado.

Cerré los ojos, pese al peligro de bajar la guardia tan cerca de él, pero tenía razón. Ese era el último recuerdo que guardaba de mi hijo: ciego de rabia, furibundo, fuera de sí. Loco por rajarme de arriba abajo.

—¿Y ahora? ¿Sigues queriendo matarme?

—Ahora quiero que saldemos esta deuda.

—Pero con un perdón sincero no bastaría, ¿verdad?

Suspiró, y un relámpago lejano estuvo a nada de carbonizar un ciprés. El aire se estaba llenando de iones enrarecidos y podíamos contar los minutos que quedaban para la tormenta.

—Ojalá lo supiera —concedió por fin. Se acercó a la inscripción de la tumba, algo incrédulo, y pasó su mano tosca por las letras—. ¿Cómo murió tía Lyra? ¿Al menos eso vas a contármelo?

—Murió despeñada. Embistió a Nagorno con mi coche desde un acantilado. —«Y ahora la bomba»—. Y no era tu tía, era tu hermana.

Cuando Gunnarr ponía los ojos en blanco y después te miraba fijamente, sabías que, en alguna parte del infierno, un ejército de exterminadores se estaba preparando para el combate y vendría a por ti. Sabías que ni los cuatro jinetes del Apocalipsis podrían con él. El Hambre, la Peste, la Guerra y la Muerte se postraban bajo la suela de su bota. Gunnarr se había ganado su respeto y simplemente pasaban de largo, inclinando la cabeza como semejantes cuando se reconocen.

—¿Mi hermana, padre? ¿Mi hermana? —gritó fuera de sí, asustando a varias gaviotas desprevenidas que surcaban el cielo—. Pero ¿es que eres incapaz de respetar un vínculo, humano o divino? ¿Incluso a él lo traicionaste? ¿Tuviste una hija con la esposa de tu propio padre?

—Ella pensaba que era su viuda, pero no es excusa. Así fue —tuve que admitir.

—Entonces por eso se fue el abuelo, por eso no está aquí contigo...

—No, Gunnarr. Lür no se fue por eso. Se fue porque siempre nos ocurre lo mismo: si los miembros de La Vieja Familia convivimos durante un tiempo prolongado, acabamos destrozándonos. Tú también lo has vivido.

—No, lo que yo viví fue la peor traición que un padre puede cometer con su hijo. Por tu culpa murieron mil doscientos hombres.

—Así es, pero esto no es por los hombres que murieron. Es por la mujer que murió.

Apretó los puños.

Cayeron las primeras gotas sobre el mármol; grandes, frías, casi sonoras. Medio minuto para la tormenta.

Apartó de mí la mirada y alzó su vista al cielo.

—Ni siquiera recuerdas su nombre, para ti solo fue una más.

«Sí que lo recuerdo, pero no por ella, sino por el daño que te hice».

Y se fue. Gunnarr me dio la espalda y se marchó, dejándome con una lluvia fiera que me golpeaba los hombros y la espalda con la fuerza de la mala conciencia.

Seguí sus pasos sin prisa, sabiendo que arrancaría la moto sin esperarme y se perdería Dios sabe en qué bar en busca de pelea.

6

ADRIANA

18 de noviembre

Lo encontré un par de horas más tarde en la playa de la Arnía. No me había llamado y no cogía el móvil. Anulé la maldita reunión con todo el personal del museo y recorrí todas las carreteras y las playas de la costa hasta dar con él.

Iago estaba todavía empapado por una tormenta que había bajado un par de grados la temperatura y había dejado el ambiente húmedo y brumoso. Creo que él no era muy consciente.

Estaba sentado junto a las rocas, apenas se dio cuenta de que llegué y me senté a su lado.

—¿A qué ha venido? —le pregunté directamente. Para qué dar rodeos.

—Está merodeando.

—¿Estamos en peligro tú o yo?

Levantó la cabeza y miró al mar.

—Con Gunnarr siempre. Ven, siéntate entre mis piernas.

Me acerqué y dejé que me rodease con sus brazos, pese a que su ropa estaba aún mojada y todo lo que sentí entonces fue frío.

—¿Igual que con Nagorno entonces? —insistí.

—No, aún no lo entiendes, querida Dana: Gunnarr nos supera a todos. En todo. A Lür, en humanidad. Es irresistible, torpe y desesperadamente empático.

—¿Gunnarr es empático?

—Así es, tiene más empatía que ninguno de nosotros. No es un cínico, no es un sociópata ni un psicópata. Al contrario; es encantador, es carismático. Pero no es en el único aspecto en el que está muy por encima de todos. A mí me supera en inteligencia.

—Eso lo dudo.

—Durante centurias creí que Gunnarr tenía dos cerebros. Sé que es complicado de entender, pero créeme: no has estado nunca ni estarás frente a un cerebro como el suyo.

—¿En qué crees que supera a Nagorno? —pregunté con la garganta seca. Ese detalle me preocupaba. Me preocupaba mucho.

Iago apoyó la barbilla sobre mi hombro.

—A Nagorno, en todas las artes de la guerra y la estrategia. Tiene una visión panorámica de los acontecimientos que siempre le da ventaja. Gunnarr es todo eso y más, elevado a la enésima potencia. Si Nagorno va diez partidas por delante y yo cincuenta, Gunnarr va mil. No puedes ganarle si entra en el juego, simplemente es mejor retirarse y renunciar a jugar.

«De acuerdo».

—¿Y qué le mueve? —pregunté, después de pensarlo durante un buen rato.

—¿Cómo?

—A todo el mundo le mueve algo: un trauma, una obsesión, una deuda, una pasión.

—Él me adoraba y yo a él, pese a lo distintos que éramos. Pero lo que le hice..., la traición...

—¿Qué ocurrió?

—Gunnarr tiene razones para estar enfadado y dolido conmigo. Él confiaba en mí; y lo traicioné, no calibré el daño que le haría mi inconsciencia, mi frivolidad. No fui un buen padre, ni siquiera fui una buena persona.

—Me cuesta creer lo que estás contando, Iago. Ese no es el hombre que yo conozco.

—Deja de mirarme con buenos ojos; esta vez no soy el bueno de la historia —replicó frustrado.

—No me has contestado —le hice ver.

—Hoy no, Adriana. Hoy no.

Apoyé mi cabeza en su pecho, sabía que aquel hiato de paz y tranquilidad había terminado para nosotros.

—Es la primera vez que te veo así, y eso me preocupa —le dije tras un rato de silencio.

—Define «así».

—Descolocado, en *shock*.

Escuché un largo suspiro a mi espalda.

—Lo estoy, necesito procesar su vuelta y todas las implicaciones. Pero...

—Pero ¿qué? —quise saber.

—Está vivo, Dana. Mi hijo está vivo. Tengo miedo, por ambos. No sé lo que ha planeado, pero lo tiene planificado desde hace mucho tiempo; eso lo tengo claro. Tiene una agenda y no la desplegará ante mí hasta que él no lo decida. Pero está vivo. Creí que yo era el responsable de su muerte. No sabes lo que es sentirte culpable durante siglos de que tu único hijo longevo haya perdido la vida por tu culpa.

—¿Esa es la carga que has llevado todo este tiempo?, ¿la culpabilidad por la muerte de Gunnarr? —me giré para verle el rostro. Aquel día aparentaba mucho más que sus eternos veinticinco años.

Iago asintió.

—Y no imaginas lo que pesa. Pero... —¿estaba sonriendo?— está vivo.

Lo observé en silencio. Era alivio lo que leía en sus ojos albinos.

—Cuéntame algo de él —le rogué—. Necesito saber a qué nos enfrentamos.

—Entonces tal vez deba comenzar por su nacimiento —concedió al fin.

—De momento me sirve. Vayamos a casa, olvidémonos del museo por un día. Comamos, encendamos la chimenea, tengamos una tarde de sexo escandalosamente bueno y después me cuentas esa historia que tanto te duele contarme.

VII

IAGO

Actual Dinamarca, 800 d. C.

Llevaba cinco noches escuchando aquellos cánticos y conjuros, pero los hombres no teníamos acceso a los ritos para propiciar un buen parto, aunque en el *skali* —la casa grande—, no había intimidad posible. Habíamos construido la vivienda principal de nuestra hacienda al modo de los daneses, un gran edificio alargado de turba sin habitaciones, ni puertas, ni paredes para dividir estancia alguna.

—¡Dejadme pasar, os he dicho! —grité por enésima vez a la barrera silenciosa de mujeres que se interponía entre el lecho de mi esposa Gunbjorna y mi impaciencia mal reprimida.

Mi padre y Nagorno, o Néstor y Magnus, como se hacían llamar desde que vivíamos en las tierras de la antigua Dinamarca, también estaban expectantes. El embarazo había durado doce meses lunares y sabía que albergaban la secreta esperanza de que la nueva criatura fuera como nosotros.

Después de tan larguísimo parto, Gunbjorna había muerto de agotamiento, pero el recién nacido aún se demoró unas horas más. De nada le había servido a mi difunta esposa el haber pinchado su dedo con una aguja durante el séptimo mes de embarazo para dibujar con la sangre unos símbolos sobre un trozo de lino que guardó hasta el día del nacimiento de su primogénito, ni la runa Biarg para facilitar los partos que había tallado a un costado del lecho.

Iba a ser un nacimiento anómalo y todos lo sabíamos. Llevaba a una criatura gigante en sus entrañas, y muchos creían que sería un nacimiento doble, pero yo solo escuchaba un corazón fuerte como el de un adulto a través de su abultada barriga.

—¡Que pase, pero que no se encariñe con este engendro! Va a tener que exponerlo —graznó la *seidkona*, una anciana con mil arrugas alrededor de sus pequeños ojos.

La vieja vidente me devolvió al bebé con un gesto de aversión mal reprimido. Hablaba de la costumbre norteña del *úborin börn*: cuando un recién nacido era deforme, el padre tenía derecho a no aceptarlo y exponerlo a la intemperie de la noche para que muriera.

—Ya veremos, anciana. Ya veremos —me limité a responder, y le hice un gesto a mi padre con la mirada para que le diese de comer lo convenido, unas gachas con leche de cabra, y después la echase del *skali*.

«Bajo esta viga mando yo», me repetí, mirando al techo. Había ordenado tallar a Gunbjorna aquella inscripción en el travesaño que sujetaba la vivienda. Las mismas runas que había visto grabadas en todas las granjas de los hombres del norte, pese a que cuando tuve a mi hijo en brazos dudé de mis palabras.

No solo era un bebé gigante. Tenía todo el cuerpo y el rostro cubiertos de un espeso manto de vello ambarino, casi blanco. Su cabeza era deforme, como una luna menguante. La cara alargada, la barbilla y la frente propulsadas hacia delante.

—¿Es mi hijo? —acerté a decir—. Más parece la cría de un oso albino.

—Tal vez un oso la violó y Gunbjorna te lo ocultó —susurró Magnus a mi lado, sin dejar de escrutar al niño.

—Puede ser —asentí.

Todos conocíamos la leyenda nórdica de la dama secuestrada por un oso y obligada a yacer con él durante una semana en su cueva. El hijo que tuvo, mitad hombre, mitad oso, fue el primer rey de lo que más tarde sería Dinamarca.

—No, Kolbrun. Es hijo tuyo —me dijo mi padre, después de dejar a la *seidkona* atendida por las sirvientas.

Le abrió los párpados y el recién nacido se quejó, molesto. De su boca salió algo parecido a un gruñido, aunque era un sonido más animal que humano.

—Tiene los ojos del clan de tu madre.

—Por estas tierras están muy extendidos los ojos azules —le recordé.

—Es cierto, pero no como los vuestros. Tú los tenías así, casi albinos, cuando naciste.

—De todos modos, me temo que tendré que exponerlo. Parece fuerte, pero es muy deforme. Lyra, tú sabes lo que supone llevar una marca en la cara —le dije a mi hermana. Los lunares de su mejilla, que replicaban la constelación de Lyra, la hacían reconocible y eso suponía un peligro añadido para los de nuestra naturaleza—. Si este niño crece, será un monstruo y todo el mundo lo rechazará; tiene el cuerpo y el rostro cubiertos de vello blanco.

—Es el lanugo, lo tienen algunos bebés cuando las madres sufren mucho durante el parto. Suele caerse en unos meses, lo sabes tan bien como yo —me respondió entre susurros.

El resto de las mujeres de la granja pululaban a cierta distancia, fingiendo estar absortas en sus quehaceres, pero pendientes de nuestra decisión.

—Este manto es algo más que lanugo; será un oso toda su vida —le repliqué—. Aunque podemos afeitarlo para que no cree tanta repulsión. Pero me preocupa la forma de su cabeza, esta barbilla y esta frente.

—Puedo entablillarla —susurró Néstor—, lo he visto hacer en algunos pueblos antiguos del poniente. Solo serán unos meses; sus huesos son ahora moldeables, podemos darle una apariencia menos monstruosa.

—No lo expongas —interrumpió Magnus, tomando al niño—. Su embarazo ha sido extraordinariamente largo, como lo fueron los nuestros. Debe vivir. Si envejece y no es como nosotros, acabará muriendo. Pero si no envejece, será un miembro más de La Vieja Familia. ¿No deseáis ser cinco de nuevo? ¿No echáis de menos los tiempos lejanos de Boudicca? Tal vez ella nos lo haya enviado, veo rasgos en él parecidos a nuestra hermana. Su estatura y su complexión serán más que notables, y se adivinan ya inteligencia y fiereza en esta mirada.

—Eso no es un buen augurio, hermano. ¿Y si comparten destino y Gunnarr acaba muerto por una batalla, como ella? —pensé en voz alta.

Todos bajaron la mirada, incómodos. ¿Cuántos siglos habían pasado sin que nos atreviésemos a nombrar a Boudicca?

—Es tu decisión, Kolbrun —dijo mi padre, dándome una palmada en la espalda—. Iré a apaciguar a la *seidkona* y comenzaremos con los rituales de enterramiento de Gunbjorna. Lyra, córtale el pelo y las uñas. Magnus, ordena a los esclavos que vengan con las hachas y abran un agujero en la pared, debe ser grande para que el alma de Gunbjorna pase. Mañana lo tapiaremos de nuevo para que la difunta no pueda volver. Nos espera una noche fría a todos, con el boquete abierto y en lo más crudo del invierno. Será mejor que encontréis a alguien con quien dormir y que os caliente el lecho.

Todos salieron del edificio en señal de respeto y me dejaron solo, sentado en la cama donde el cuerpo de Gunbjorna se enfriaba, con un recién nacido en mi regazo. Debía llamarlo Gunnarr, Gunbjorna lo había decidido y pensaba respetar su último deseo, pero ¿qué hacer con él? ¿Tendría una existencia digna un ser tan deforme? ¿No sería más piadoso acabar con una vida de calamidades allí mismo?

Miré al recién nacido, y entonces ocurrió algo extraordinario: sacó los dos brazos de la gruesa manta de lana que lo envolvía y cada uno de sus pequeños puños me rodeó el dedo pulgar de ambas manos. Levantó la barbilla, abrió los ojos y me sostuvo la mirada. No era una súplica, fue casi un reto. Gunnarr apretó sus puños con una fuerza más propia de un osezno que de un bebé humano. Había visto antes otros niños como él, ambidextros desde la cuna, pero tuve la certeza de que Gunnarr llegaría a convertirse en un ser humano excepcional.

Aquel fue su primer acto de seducción, después vendrían muchos más. En ese mismo momento decidí no abandonarlo a una muerte segura.

VIII

IAGO

Actual Dinamarca, 800 d. C.

Días más tarde paseaba con el bebé entablillado por el granero, buscando mitigar el frío de aquel largo invierno con el calor de los animales, cuando escuché unas voces exaltadas fuera del edificio. Miré a través de los postes irregulares de madera y pude distinguir la capa de la vieja *seidkona* y su capucha de piel de gato blanco. Llevaba un pequeño cuchillo en las manos y mi padre se había enfrentado a ella, haciendo caso omiso del arma que la partera blandía frente a él.

—¡Por todos los dioses, anciana! ¿Qué crees que estás haciendo? —bramó Néstor, señalando la puerta del *skali*.

Entonces lo vi, y se me heló la sangre. La vieja había grabado en la entrada de nuestra casa un *verndarrum*, una rueda de protección con ocho ejes terminados en tridentes. Era el más poderoso de los conjuros rúnicos.

La *seidkona* escupió en la puerta.

—No lo habéis expuesto, ¿verdad?

—Sabes la respuesta, no me hagas perder la paciencia. ¿Por qué has osado tallar algo tan potente?

—Es para mí. Para no encontrármelo nunca ni estar cerca de él.

—¿Del niño?, ¿tienes miedo de un recién nacido?

—Él será como vosotros. Y por Odín y su único ojo que sé lo

que sois: sois los Errantes, sois los Antiguos, el Viejo Clan, La Vieja Familia. Escuché a mi abuela hablar una vez de vosotros.

Vi el desconcierto en el rostro de mi padre, pero también un miedo, un horror que no sabría definir. Se le acercó y la empujó contra la pared del granero, a pocos centímetros de donde Gunnarr y yo escuchábamos escondidos. Apreté al niño contra mi pecho. No quería que nos descubriesen espiando, pero el bebé no parecía tener intención alguna de interrumpir.

—¿El Viejo Clan? ¿Hace cuánto lo escuchaste? ¿Estás segura de que éramos nosotros? —le susurró al oído, con la voz deformada por la ira. No era común ver a mi padre tan fuera de sí.

—¿Quiénes si no?

—Calla, anciana. Estás delirando —dijo soltándola del cuello—. ¿Qué debo hacer para que no vuelvas por aquí ni hables de nosotros con nadie?

—Dame uno de esos tesoros que guardas bajo tierra; Loki me los mostró en mis sueños.

Mi padre guardó silencio, apretando los dientes. Podía ver cómo le costaba ceder ante aquella bruja.

—Así haremos, anciana. Pero guárdate de chantajearme una vez más, a mí o a mi familia. Será una única entrega. No voy a pagarte la vejez con el sudor de mi frente solo porque te hayas cruzado en mi camino.

—No me llames anciana —dijo, recolocándose el gorro—, soy apenas una niña comparada contigo. —Y comenzó a alejarse, pero antes se volvió y gritó—: ¡El oso blanco os eclipsará a todos!

Entonces apareció Magnus, o tal vez llevaba tiempo presenciando la escena; con él siempre era difícil saberlo.

—¡Vieja supersticiosa, fuera de aquí! —le gritó, echándola a patadas—. Escóltala, Néstor. Si vuelvo a verte merodeando por nuestra granja, simplemente te degüello. Y tú sabes tan bien como yo que así será.

Gunnarr tuvo ese efecto desde el día de su nacimiento. Todos queríamos protegerlo. Magnus, porque estaba convencido de que sería un longevo. Lyra, por su parte, se encargó de amamantarlo. A ella todavía no se le había secado la leche después de que su última hija muriera a los pocos meses de una calentura y Gunnarr tenía tal fuerza en la mandíbula que había destrozado los pechos de las amas de cría a las que pagué. En pocos días, todas las que estaban disponibles renunciaron.

Mientras mi padre se alejaba con la *seidkona* y la acompañaba hasta el vallado, Lyra salió del *skali*, alertada por los gritos de Magnus.

Le lanzó una mirada reprobadora y le dijo:

—No debiste hacerlo, no es una farsante.

—¿Vas a creerla? —preguntó Magnus, con un gesto de fastidio.

—Durante el parto de Gunbjorna me indujo un trance a mí también. Necesitaba a otra mujer que supiera recitar los cánticos y Gunbjorna me preparó porque veía que no sobreviviría al parto. La *seidkona* me hizo ver cosas, hermano —susurró Lyra.

—¿Qué te hizo ver y qué te asusta tanto?

—Será uno de nosotros, Nagorno. Pero he visto algo que no sé cómo interpretar: Gunnarr volverá de la muerte y os trastocará la vida a todos. A Urko, a Lür y a ti.

Magnus la miró con recelo, no creía ni una sola palabra.

—Qué conveniente, ¿cómo es que a ti no te trastornará la vida?

Lyra suspiró, y aquel gesto me supo a infinito dolor.

—Jamás cuentes lo que acabo de decirte, Nagorno. Jamás hables de esto con padre y con Urko.

—Habla, pues.

—Cuando Gunnarr vuelva de la muerte, yo ya no estaré para proteger a la familia.

Él guardó silencio, asumiendo las implicaciones de lo que acababa de escuchar. Yo sencillamente me negué a creerlo.

Lyra no iba a morir. Nunca. Yo siempre estaría a su lado para protegerla y compensar el mal que le hice.

Se mantuvieron la mirada durante un largo rato, a pocos centímetros el uno del otro. Luego Magnus le apoyó el brazo en el hombro.

—Entonces estaré yo. Jamás dejaré de velar por los miembros de esta familia.

Lyra desvió la mirada.

—No es eso lo que yo he visto.

Yo escuchaba con el recién nacido en mis brazos, pero Gunnarr también escuchaba, y si no supiera que aquello era imposible, habría jurado que comprendía todas y cada una de las palabras que se dijeron aquel día...

Y yo creo que nunca las olvidó.

9

IAGO

18 de noviembre

—No imaginas, Dana, las expectativas que eres capaz de crearte cuando un hijo tan excepcional en todo como Gunnarr se vislumbra como un posible longevo. Fueron tiempos felices para mí, viéndolo crecer invierno tras invierno.

»Cada mañana había una razón para levantarme del lecho: Gunnarr me lo daba. Él nos trajo alegría a la granja, nadie se podía resistir a su encanto. Siempre fue voluntarioso para trabajar, desde niño. Durante años sospeché que alguna vieja esclava le contó que estuve a punto de exponerlo y él estaba tan agradecido por haber sobrevivido que para mi hijo cada amanecer era un motivo para festejar.

»Se levantaba antes que nadie, daba de comer a los animales, ayudaba a mi padre con las capturas de pesca y acompañaba a su tío Magnus al puerto para negociar las mercancías. Lyra le enseñó los conocimientos de las runas que Gunbjorna le había transmitido y comenzó a tallar piedras. Muy pronto no quedó objeto en la granja que no llevara su impronta. Todas nuestras dagas contenían algún conjuro de protección: los escudos, los cubiletes que usábamos para beber, incluso los puntales de la silla donde yo me sentaba para presidir los banquetes.

"¡Mira, padre!".

"Ya te veo", le decía yo. Siempre le daba al tronco, y ni siquiera necesitaba mirar.

“Tío Magnus me ha entrenado, es más hábil que tú con las hachas”, me dijo un día mientras lanzaba dos pequeñas hachuelas a un árbol donde practicaba todas las madrugadas.

“¿Por qué usas ambas manos para todo?”, le pregunté, sin disimular mi orgullo de padre.

“La cuestión es: andamos con dos pies, escuchamos con dos orejas, miramos con dos ojos. ¿Por qué todos usáis solo una mano, como si fuerais mancos?”.

“No todo el mundo tiene tu pericia”, le repetí por enésima vez.

“Eso ya lo veo, pero no intentes limitarme solo porque el resto de vosotros seáis incapaces de igualarme, padre”, soltó entre risas, con aquella voz quebrada de los adolescentes.

»Así era Gunnarr de extraordinario. Como te dije en la playa, durante siglos, hasta que la medicina me convenció de que era imposible, creí que tenía dos cerebros. Acaso uno luminoso y otro oscuro. Aprendió a escribir con dos manos a la vez textos diferentes, distintas lenguas. Terminaba las labores de arreglo de las barcas antes que nadie porque usaba simultáneamente diferentes instrumentos.

»Pero Gunnarr tenía también un lado imposible de domesticar que pronto nos dio problemas a todos. Ocurrió cuando tenía doce inviernos. Me superaba ya en estatura y desde entonces fue como ahora lo has conocido, simplemente un gigante. No pasaba desapercibido para nadie y tal vez fue eso lo que atrajo al *berserker*.

—¿*Berserker*? Pensaba que fueron pocos, apenas cientos durante los dos siglos que duró la cultura vikinga. ¿Coincidisteis con un *berserker*? —me interrumpió Dana.

Suspiré, cansado ya de remover aquellos recuerdos y me quedé mirando el fuego. Después me dirigí a una de las estanterías de la biblioteca y tomé el *Gesta Danorum,* las primeras crónicas de Dinamarca que escribió Saxo Grammaticus en el siglo XII. El grueso tomo ocultaba un pequeño tesoro arqueológico: una placa de bronce en la que un guerrero combatía con un hombre, mitad oso, mitad humano. Se la tendí y Dana la examinó maravillada.

—Pertenece a la era de Vendel, la encontraron en Öland. Sé lo que vas a preguntarme y la respuesta es sí; la falsa descansa tras las vidrieras del Museo Histórico de Suecia. Esta es la original. Siempre la guardé, aunque para mí supone un mal recuerdo, el primer conflicto grave con mi hijo.

—Continúa —me animó.

—Los *berserkir* eran una casta de guerreros, o más bien mercenarios, que combatían como guardia personal de los reyezuelos del norte. Eran muy solicitados en tiempos de guerra, pero nadie quería saber nada de ellos después de la batalla. Estaban asociados con un extraño culto al oso. Se drogaban con un hongo muy común en aquellos bosques de abedules, la *Amanita muscaria*, y entraban en una especie de frenesí violento en el que no entendían de amigos o enemigos. Los vi combatir en varias ocasiones, y su fuerza era sobrenatural. Las heridas no les afectaban y continuaban de pie más allá de lo humanamente posible, pero acabados los efectos, caían en un sopor y muchas veces morían deshidratados. No tenían hogar y vivían de la hospitalidad de los *jarls*, los hombres libres como nosotros que los solíamos acoger durante las temporadas pacíficas. Aquel se llamaba Skoll, creo recordar. Y no era un hombre, era un demonio. Y como tal lo recuerdo.

—¿Un demonio? ¿Por qué?, ¿qué hizo?

—Se llevó la parte luminosa de Gunnarr y nos devolvió al longevo más oscuro de todos nosotros.

10

ADRIANA

19 de noviembre

Miré a través de la ventana del dormitorio. El nuevo día había traído unas nubes claras que se deshacían frente a nosotros.

—Iago, está amaneciendo ya —lo interrumpí—. Hoy tienes que estar de nuevo toda la mañana en la Neocueva de Altamira, ¿por qué no dejas la adolescencia de Gunnarr para otro momento y me cuentas de una vez por qué ha vuelto?

Él se revolvió, intranquilo.

—¿Qué más quieres saber? ¿No es suficiente con lo que te he contado?

—No, Iago. Creo que acabarías antes si me contaras qué pasó en la batalla de Kinsale.

—Kinsale... —repitió él, con la mirada perdida en el Cantábrico—. Si supieras todo lo que se perdió en estas mismas aguas, más al norte...

—Eso es precisamente lo que quiero que me cuentes. Entiendo la conmoción por la que acabas de pasar al ver a Gunnarr de nuevo, pero no tengo muy claro que estés reaccionando de forma adecuada. Ni siquiera tengo claro que estés reaccionando. Cuéntame lo que ocurrió en Kinsale, solo así podré ayudarte.

—Tal vez no quiera, Dana. Tal vez este sea uno de esos recuerdos que no quiero compartir contigo.

—¡Maldita sea! —estallé, levantándome—. Siempre acabamos en este punto, siempre hay algo que no quieres contarme, y hasta hoy lo he entendido y respetado. Pero ahora es importante. Hay un hijo tuyo rabioso de casi mil años rondando por Cantabria, y no tenemos ni idea de sus intenciones, ¿quieres ir por libre también en esto?

Iago me miró con esos ojos suyos llenos de aplomo, pero ni siquiera se molestó en contestar. Lo hacía muchas veces, eso de negarse a discutir, de no querer entrar en disputas.

—Bien, Iago. Entonces no tenemos nada más que hablar. Me voy al MAC a trabajar —dije con gesto cansino.

—Al mediodía nos vemos. Si quieres vamos a comer a la Posada del Mar a la hora de siempre y hablamos con calma —me dijo en tono conciliador.

—Como quieras —me rendí. Sabía que no habría manera de sacarlo de su mutismo.

Pero Iago iba muchos pasos por delante de mis pensamientos, como siempre acostumbraba.

—¿Te pesa? —quiso saber, atrayéndome hacia él y cobijándome bajo nuestra manta escocesa.

—¿A qué te refieres?

—Te pregunto si te pesan este tipo de situaciones tanto como para plantearte renunciar a seguir. Te pregunto si puedes digerir que te deje al margen de mi pasado, aunque el motivo sea tu propia seguridad. —Lo recitó de corrido, como si las frases llevaran tiempo escritas en su cabeza.

Pensé en sus palabras, no solíamos analizar demasiado nuestras diferencias: eran tan evidentes que bastante teníamos con obviarlas a diario.

—¿Te soy sincera, Iago? —Él asintió—. Hay una desproporción tan grande entre tu pasado y el mío que solo podemos plantearnos vivir este presente. Pero si tu pasado alcanza el presente, como es el caso de un hijo retornado en busca de algún tipo de represalia, todo nuestro precario equilibrio tiene muchos números para salir volando por los aires.

—Esa es la cuestión, Dana. Esa es precisamente la cuestión: para un longevo, el pasado siempre vuelve en forma de problemas.

—De acuerdo. Lo he captado. Yo me aparto, quedo fuera de la ecuación —dije levantándome, sin ganas de discutir.

Salí de nuestra casa y me dirigí en coche al museo.

Una vez allí, saludé a varios compañeros y decliné un par de invitaciones para desayunar en el BACus, el bar del museo. Después subí a mi despacho y cerré la puerta para aislarme de los trasiegos del museo. Necesitaba silencio. Después de una noche entera de vigilia en el siglo IX, mis reflejos estaban bajo mínimos.

Me concentré en el catálogo de piezas del Bibat, el Museo de Arqueología de Álava. El año anterior habíamos firmado con ellos un convenio de colaboración por el que nos habían cedido una cantidad respetable de piezas del Paleolítico. La exposición temporal había terminado y se acercaba la fecha de devolver las piezas expuestas, salvo que no íbamos a devolver todas las originales. Algunas jabalinas y varios adornos personales se quedaban con nosotros.

A lo largo de aquel año con Iago me había convertido en una arqueóloga fuera de la ley. El MAC continuaba con su discreto prestigio gracias a las exposiciones que organizábamos, pero Iago seguía con su empeño de recuperar piezas de todas las épocas por las que había transitado.

La incómoda cuestión de cómo las falsificaba, ahora que ni Lyra ni Nagorno podían hacerlo, era un tema en el que prefería dejarme al margen y darme escasos detalles para no empañar mi carrera dentro de la arqueología patria e internacional. Si algún día Iago daba un paso en falso, mi nombre nunca saldría a relucir y yo siempre podría alegar desconocimiento.

Pero no era difícil imaginar que una persona obligada a inventarse identidades falsas desde que los primeros registros empezaron a acorralarla tendría toda suerte de contactos en el oscuro mundo de las falsificaciones.

Aunque esa no era mi principal preocupación aquel día. No

podía dejar de darle vueltas al asunto de la vuelta de Gunnarr. ¿Qué no encajaba allí, en aquella escena? ¿Qué estaba fuera de lugar?

Y entonces caí en la cuenta: Gunnarr había dicho «Hola, padre» delante de mí.

Si era cierta la legendaria reserva de los longevos a compartir su secreto, ¿por qué Gunnarr no había tenido ningún cuidado en ocultar que Iago era su padre frente a mí, si aún no me conocía?

Y el vello de la nuca se me erizó, porque tuve una sensación de peligro tan intensa como una descarga eléctrica. Tenía que llamar a Iago, tenía que advertírselo. Gunnarr no había vuelto por casualidad, tal vez estaba al corriente de todo lo sucedido el año anterior o, como mínimo, sabía quién era yo.

Pero no pude siquiera marcar su número porque fue justo entonces cuando escuché un crujido a mi espalda.

Un clic en la madera que provenía del enorme armario situado tras la mesa de mi despacho. Aquel armario que, según habíamos descubierto Iago y yo un año antes, daba paso a un túnel que desembocaba en una cueva que conducía al mar, veinte metros bajo la alfombra que ahora pisaba. El túnel por el que sospechábamos que Nagorno había escapado después de lo que sucedió con Lyra.

Todo ocurrió con la rapidez con que suceden los hechos importantes de la vida. No me dio tiempo a girarme. Apenas recuerdo nada más que una manaza y un paño húmedo aplastándome la nariz, las mejillas y la boca, obligándome a respirar aquel olor cítrico, tan dulzón que me rendí a él sin oponer una digna resistencia.

Después, de manera fulminante, un fundido en negro, como en una de esas películas antiguas en las que secuestran a la protagonista con el viejo método de dejarla inconsciente con un trapo empapado en cloroformo.

11

IAGO

19 de noviembre

Comprobé la hora en la pantalla del móvil por tercera vez. Hacía cuarenta minutos que había quedado con Dana en el restaurante y yo continuaba ensayando perdones por la discusión de la mañana frente a una silla vacía.

A decir verdad, era la primera vez que Dana me daba un plantón como aquel, así que terminé pidiendo un rape negro a la plancha y después de acabar con él, envuelto en un insistente silencio, me dirigí al MAC a buscarla. Estaría enterrada y concentrada bajo su montaña de documentos, o tal vez molesta todavía por nuestro enfado matutino.

Subí al despacho de Dana, pero su mesa parecía despejada y ella no estaba. Deduje que se había ido; tal vez había comido en el BACus, tal vez estaba con algún compañero.

En toda la mañana no me había contestado al móvil. Le había dejado varios mensajes, pero tampoco se dignó a contestarlos. Tenía que estar mucho más enfadada de lo que yo había supuesto.

Entré en el BACus a eso de las cuatro de la tarde; solo quedaban algunos empleados tomando café antes de enfrentarse a la jornada vespertina. Me dirigí al sospechoso más probable, el colega con quien Dana y yo compartíamos a menudo reuniones y ratos de ocio.

—Salva, ¿has comido hoy con Adriana? —le pregunté al responsable de Edad Antigua.

Salva se retiró la gorra y se pasó la mano por la calva recién afeitada, un gesto que repetía varias veces al día y del que no era del todo consciente.

—Qué va. La vi subir esta mañana a primera hora al despacho, pero después ha debido de irse por alguna urgencia, porque tenemos pendiente una videoconferencia con el equipo del Bibat y ella no se ha pasado por mi despacho a recogerme.

«¿Urgencia? ¿Qué urgencia ha podido tener?», me pregunté, intrigado.

—Gracias de todos modos, luego hablamos —dije, acercándome a la barra—. José, ¿ha estado Adriana esta mañana por aquí? —le pregunté al camarero.

José tenía ese tipo de memoria especializada que tantas veces vi en los taberneros: siempre recordaba lo que pedía cada cliente, a qué hora traspasaba el umbral de la entrada y quién lo acompañaba.

Él negó con la cabeza, calibrando con precisión de psicólogo de la vida mi gesto de preocupación.

—Está bien. Si aparece por aquí, dile que me ha surgido algo urgente y que me llame sin falta, por favor.

—¿Todo bien, Iago? —preguntó sin dejar de sacarle brillo a una copa con el logo del MAC.

—Todo bien, José. Pero no olvides darle el recado, ¿de acuerdo?

Arranqué mi coche y me dirigí a nuestra casa, pero Dana no se había pasado por allí desde la mañana. Todo estaba tal y como yo lo había dejado antes de salir hacia Altamira.

Nuestra vida común había quedado suspendida en una instantánea que calibré en dos segundos. La cama hecha, la cocina recogida. Las novelas en su pila inestable junto al butacón.

Cogí las llaves de su antiguo domicilio y tomé la carretera a Santander. Poco después llegaba al piso de sus padres en la plaza Pombo, pero estaba tan gélido y desangelado que no duré allí ni medio minuto. Lo suficiente como para comprobar que Dana llevaba meses sin visitar sus recuerdos.

Le dejé otro mensaje de voz, algo más largo y algo más ansioso que el anterior. Consulté mi móvil, revisé sus cuentas en las redes sociales, donde solía pasar horas, por si había actualizado su estado. Nada en todo el día.

Las siete de la tarde.

Decidí volver al MAC, ¿dónde si no iba a estar? Me armé de paciencia y fui despacho por despacho preguntando a todo el mundo si alguien la había acercado a Santander o a nuestra casa. Ni Chisca, ni Nieves, ni Onofre, ningún becario, ni el nuevo de Restauración. Suspiré y toqué en la puerta del despacho de Elisa. Era la más improbable de las posibilidades, y aun así lo intenté.

—Elisa, ¿por casualidad has estado hoy con Adriana?

Ella levantó la vista sorprendida. Desde que Jairo del Castillo entró en el fuego del Averno, incinerado como un ciudadano más del siglo XXI, ella deambulaba por el museo con aire ausente.

Elisa siempre se me quedaba mirando un minuto más del que la educación permitía, creo que buscando en mi rostro algún rasgo de mi hermano, como convenciéndose de que alguna vez había existido y de que lo vivido con él hacía un año —aquel humillante episodio— había ocurrido de verdad.

Después de escuchar su distraída negativa noté que alguien me tocaba un hombro a mi espalda y me giré dando un respingo.

—Jefe, ¿has visto ya a Adriana? —me preguntó Salva, que había estado esperando pacientemente en el umbral—. Tengo a los de Vitoria bastante enfadados porque no se ha presentado a la hora programada para la videoconferencia.

—No la he visto, no —le contesté—. Y deja de preguntarme por ella. Sé más autónomo y resuélvelo por tus propios medios.

Salva se caló la gorra y se giró, disponiéndose a bajar por las escaleras.

—De acuerdo —se limitó a decir, después de encogerse de hombros.

Me arrepentí al segundo y salí corriendo tras él, escaleras abajo.

—Salva, te debo una disculpa. No debí hablarte así, estabas haciendo tu trabajo.

—Olvidado, jefe. ¿Un día duro?

«Buena pregunta», pensé.

—Aún no lo sé. Un día vacío, en todo caso.

—Que acabe pronto, entonces.

—Que acabe pronto —repetí, más bien como un ruego.

Las nueve de la noche. Tenía la desasosegante certeza de que nadie la había visto en toda la jornada, pero al menos sabía que Dana había ido al MAC, puesto que su coche seguía allí aparcado.

A esas alturas del día, ya estaba convencido de que le había sucedido algo, o de que el enfado de la mañana la había afectado más de lo debido, o tal vez había pulsado la tecla prohibida, la que nunca ha de tocar alguien que no quiere herir a quien tanto le importa.

Marqué de nuevo los nueve dígitos que me separaban de ella y dejé grabadas mis preocupaciones.

—Querida Dana, este es el undécimo mensaje que colapsa tu buzón de voz. Hace ya varias horas que tu silencio me preocupa. Entiendo tu enfado, y espero que esta noche podamos hablar con calma, o sin ella, de todo lo que ha quedado pendiente. Hablaremos del Neolítico, de la batalla de Kinsale y de la caída de Roma, si es preciso. Lo que quiero decir, Dana, después de este torpe intento de reconciliación con soborno informativo de por medio, es que siento que la conversación de esta mañana haya ido por estos derroteros. Mira, no sé si esta es nuestra enésima gran crisis, pero podemos superarlo juntos, ¿de acuerdo? Lo que te pido, por favor, es que me hagas una señal de que estás viva, respiras o caminas en el mundo de los que aún moramos en este planeta. Prometo paciencia.

Las once de la noche. Estaba enfadada, eso era cierto, pero ¿actuaría ella así, sin pasar la noche en casa y sin avisar? ¿Y dejando el coche en el museo? Removí de mala gana la sopa que estaba cenando.

«Pero ¿qué estás haciendo, Urko? Esto no es normal en ella y lo sabes».

Dejé la cuchara de diseño sueco en la sopa, dejé la sopa en el plato, dejé el plato sobre la mesa. Me puse una parka abrigada acorde con el frío que me esperaba aquella noche y conduje de nuevo rumbo al museo.

Llevaba las llaves de repuesto del coche de Dana y una vez que aparqué a su lado me metí en él, esperando encontrar algo anormal, pero no lo hallé. Accedí al edificio, que a aquellas horas estaba desierto y en calma. Tenía una sensación en el estómago que no me dejaba digerir la maldita sopa, y estaba a punto de echarla por la borda cuando entré en mi despacho, buscando un poco de comodidad en mi sofá para pensar con calma.

Y entonces lo vi todo: la daga, las runas grabadas, el papel.

Sobre la superficie de mi mesa, unas pocas palabras en el antiguo alfabeto rúnico, el *futhark* joven, según la variante que usaban los daneses.

ᛞᚢ ᛖᛚᛖ ᛈᚨᛞᚱᛖ
ᛈᚻᚱᛩᚢᛖ ᛩᚢᛁᛖᚱᚻ ᛩᚢᛖ ᛞᚢᛖᛚᚨ

Traduje a duras penas el mensaje que mi hijo me había dejado:

¿Duele, padre? Porque quiero que duela.

Junto a la última runa, Gunnarr había dejado clavada una daga antigua de factura vikinga. Tal vez no era una original de mil años, pero estaba gastada y era evidente que la había usado con frecuencia. El pequeño papel atravesado por el puñal proseguía lo empezado y estaba escrito esta vez en alfabeto latino y en un tosco castellano:

Necesito que duela para volver a considerarte mi padre.
Será rápido, empieza ya a buscarnos.
Llegarás a ella por aire o agua.
¿Serán miles, serán bellas?
No serán grandes, hallarás masacres y catedrales.

Ahogué un grito. Gunnarr el Embaucador, hijo de Kolbrun, hijo de Néstor, se había llevado a Dana a quién sabe qué remoto lugar y tenía la indecencia de dejarme un acertijo.

Arranqué el puñal de la mesa y acuchillé sus palabras, fuera de mí. Saltaron astillas, algunas me hirieron. No noté nada, excepto el calor líquido de un hilo de sangre frenando en mi jersey, a la altura de la muñeca.

Apagué la luz del despacho y me acerqué al ventanal. Madre Luna tenía esa noche los filos cortantes y lucía peligrosa. Tanto ella como yo sabíamos lo que debía hacer. Tapé el despropósito en que había quedado convertida mi mesa con varios tomos pesados de catálogos y volví a nuestra casa vacía con el papel y el puñal sobresaliendo del bolsillo de mi parka.

Dos horas más tarde, incapaz de dormir, deambulé por las calles desiertas de un Santander oscuro, frío y hostil.

Miré aturdido la ciudad, como si un terremoto hubiera destruido nuestros lugares comunes, el paseo Pereda, la Grúa de Piedra, el monumento al Incendio...

Habíamos reducido la existencia de Dana a una simple moneda de cambio.

«Estoy a punto de romperme en mil pedazos y el universo ni se va a enterar —pensé—. Va a ignorarme de nuevo, hará caso omiso y mañana un nuevo sol trazará su elipse en este rincón del mundo».

Me faltaba aire, como si tuviera que respirar a través del ojo de una cerradura. Tenía los sentidos aturdidos y hacía un buen rato que no sentía frío, tampoco calor. No olía el salitre del aire que traía el mar, no oía los embistes de las olas rompiendo en el paseo marítimo.

Los edificios eran todos iguales, tan impersonales que podían haber sido construidos en cualquiera de las épocas que habité. O tal vez era que cualquier obra humana me resultaba indiferente aquella noche. Una mala bestia que yo crie había secuestrado a Dana y me ordenaba que empezase a buscarlos, como si fuésemos críos jugando al escondite.

—De acuerdo, Gunnarr. ¿Quieres que me duela? —le grité al viento, encarándome con el oscuro Cantábrico—. Pues ya lo tienes, hijo. Duele, claro que duele. Ya tienes lo que querías. ¿Y ahora qué?

El mar se rio de mí, me ignoró y la marea continuó subiendo, ajena a mi desolación.

12

ADRIANA

19 de noviembre

«Respira, Dana. Tan solo respira», me ordenó una voz desde mi subconsciente.

Pero incluso esa tarea me resultaba difícil. Un saco me cubría la cabeza, el tacto áspero del esparto me arañaba la cara, aunque lo más molesto era la tierra. Quedaban restos de tierra dentro del saco y se me metían en las fosas nasales y en los ojos.

Parpadeé para intentar sacármelos, pero me arañaron las córneas y cada vez que pestañeaba era peor. Intenté ayudarme con las manos, pero descubrí que las tenía atadas a la espalda. El nudo era prieto y, después de un buen rato peleándome con la soga e hiriéndome la piel de las muñecas con el roce, tuve que renunciar.

«Me han secuestrado, es real, está pasando», pensé aterrorizada.

Y por primera vez en mi vida perdí los nervios, me dio un ataque de pánico y vacié mis pulmones de aire intentando gritar. Aunque no pude, porque un pañuelo, una tela, lo que fuera, me atravesaba la boca y terminaba con un nudo muy apretado en la nuca.

Por lo que pude deducir a través de los orificios del saco, estaba encerrada en un pequeño espacio sin luz, pero fui consciente de que me trasladaban a algún sitio, porque escuché el ruido del tráfico. Tal vez iba en el maletero de un coche o en una furgoneta.

Y después de aquel primer momento de pánico, todo dejó de

importarme porque el saco apenas me permitía respirar y ni siquiera fui capaz de percibir que la falta de oxígeno me llevaba de nuevo por los caminos de un sueño forzado.

No sé cuánto tiempo estuve inconsciente por segunda vez, pero al despertarme, pese a seguir a oscuras, enseguida me percaté de que mi secuestrador me había cambiado de lugar.

Descubrí también que había aflojado el nudo que atrapaba mis manos a mi espalda y, después de una breve lucha con la gruesa soga, por fin me liberé.

Me arranqué también el saco de la cabeza y comencé a palpar a oscuras en el interior de aquel cajón.

La caja donde me había metido en esta ocasión era un poco más grande que una maleta de tamaño familiar. El interior estaba mullido, como si esperase que durante mi traslado recibiera algún golpe brusco, y mis pies se toparon con un objeto duro y metálico que enseguida identifiqué: una botella de oxígeno.

La botella de oxígeno estaba enganchada a una mascarilla y entonces lo comprendí: el viaje sería largo, me quería mantener viva y era inútil que gritase.

Acerqué la mascarilla a la boca y abrí la válvula a tientas. Aspiré el aire que me ofrecía con la ansiedad de un recién nacido y me tomé mi tiempo.

No quería pensar en nada. Solo en respirar; sería mi ancla. No tenía nada más, y no quería pensar en la incertidumbre, en los motivos, en hasta dónde me llevaría aquel viaje forzoso.

Decidí centrarme en controlar todo lo que estuviese en mi mano: factores internos como el pánico y la ira jugarían en mi contra. Desconocía el tiempo que llevaba secuestrada, no tenía referencias visuales, no sabía si era de noche o de día, pero podía controlar mis ciclos de sueño y el hambre. El hambre…; hacía horas que no comía. Desde aquel desayuno con Iago.

«No pienses en Iago», me censuré. Estaría muerto de preocupación. Si pensaba en él, me vendría abajo de nuevo.

«No pienses en Iago».

Fue entonces cuando noté que todo vibraba, la maleta, mi cuerpo, la botella de oxígeno. Al principio era un rumor sordo, después la vibración fue a más. Era como estar dentro de una lavadora. El ruido se fue adueñando de todo, hasta que me dolieron los tímpanos debido a la presión. Abrí la boca, me tapé los oídos, creí que estallarían.

Y entonces lo comprendí: estaba dentro de las tripas de un avión. Un avión que estaba despegando. Tragué saliva.

¿Adónde me llevaba?

13

ADRIANA

20 de noviembre

Desperté en una celda de paredes heladas. Era una cámara antigua, como la de una prisión. Tenía pocos muebles, apenas un lecho y un lavabo. El camastro era estrecho, pero las sábanas y el edredón eran de una incongruente buena calidad. Estaban planchados y diría que sin estrenar. Examiné las grandes piedras que conformaban los cuatro muros que me retenían. Había un ventanuco con gruesos barrotes lamidos por el tiempo, pero estaba demasiado alto. Calculé que aquel lugar tendría unos mil años, por el estado de la argamasa y el tipo de construcción.

Así pasé la primera noche, muerta de frío, muerta de miedo.

Al día siguiente no me desperté por mí misma, sino que alguien lo hizo. Noté de nuevo el saco de rafia sobre la cabeza y la soga apresando mis manos a mi espalda. Me tomaron por el codo y me arrastraron como un peso muerto, a ciegas y atada. Durante el penoso recorrido, me subieron por unas escaleras sin demasiado cuidado. Después me guiaron por una superficie más lisa, finalmente noté bajo mis pies el tacto cálido y mullido de una alfombra.

«Estamos llegando», pensé.

Ya estaba cerca de descubrir la verdad.

Mi captor me arrojó al suelo y caí de rodillas, desorientada, todavía sin poder ver nada. Noté que me liberaban del suplicio de las cuerdas en mis muñecas, y por fin me quitaron el saco de la cabeza.

Frente a mí, en un salón con chimenea, forrado de maderas nobles y ostentosas, rodeada de los lujosos muebles, vi entrar a alguien que un día fue Jairo del Castillo pero que ya no lo era.

Aquella había sido su última identidad en Cantabria: el hermano mecenas de Héctor y Iago del Castillo, el que ponía el dinero para que el museo funcionara. El dandi mujeriego que destrozaba familias y vidas con la indiferencia de un elefante pisando hormigas. Eso éramos los efímeros para un aristócrata escita de tres milenios: daños colaterales.

Pero el que un día fuera Nagorno —su primer nombre— avanzó hacia mí con pasos renqueantes, como un viejo decrépito, arrastrando la larguísima cola de un batín damasquinado y granate. Tuve que mirarlo de nuevo para comprender qué le había pasado a aquel hombre a quien tanto odié.

Porque su rostro no había cambiado, seguía siendo una gloriosa belleza sin arrugas.

Su pelo, más corto pero igual de negro.

Su cuerpo todavía era el de un joven eterno de veintipico años, pero debajo de aquella carcasa, de su manera de moverse, de sus ademanes, del cansancio infinito de aquellas piernas que apenas lo sujetaban con la ayuda de un bastón, debajo de aquel cuerpo, Nagorno se había convertido en un anciano.

14

IAGO

20 de noviembre

Recibí la llamada de Nagorno a media mañana. Un número oculto me anunció en el móvil que el juego había comenzado.

—Hola, hermano —susurró con una voz más quebrada de lo que recordaba.

—Sabes que voy a matarte, ¿verdad? —respondí sin pensarlo.

—Te equivocas, vas a salvarme la vida. En caso contrario, te devolveré a Adriana en cajas numeradas.

«De acuerdo, te salvo la vida y me la entregas. Dentro de setenta años, cuando ella esté muerta y no tengas nada con qué herirme, iré a por ti igualmente».

—¿Ella está bien?

—Está perfectamente. Ha dormido doce horas y está muy descansada, ¿qué piensas, que soy un sádico?

Reprimí el impulso de lanzar el móvil al mar.

«Calma, Urko, calma».

—Entonces dime de una vez lo que quieres.

—Te pondré al día de lo que ha ocurrido en mi vida desde que me clavaste esa maldita jeringuilla: dos infartos, Iago, dos infartos de miocardio. He consultado a los mejores cardiólogos del planeta. Tengo el corazón de una persona de cien años. Tienen la certeza de que en los próximos meses tendré un tercer infarto y no voy a sobrevivir.

Escuché su sentencia, atónito. No esperaba aquellos resultados, no tan pronto, no de manera tan fulminante.

—¿Por primera vez en tu vida te has quedado sin habla? —preguntó, impaciente.

Me obligué a volver a aquella conversación, porque mi cerebro se había perdido en cálculos y nada me encajaba.

—Nagorno, esos no eran los resultados esperados.

—¿Y cuáles eran, hermano? ¿Cuáles eran?

Callé, ¿cómo contestar a aquella pregunta con Dana en su poder?

—Dime para qué has llamado. ¿Qué he de hacer para que liberes a Adriana?

—Revertir, antes de mi próximo infarto, los efectos de lo que sea que me inyectaras. Solo tú puedes hacerlo. Tienes tres semanas. Veintiún días. Si yo muero, Gunnarr se encargará de que ella no vuelva. Y créeme..., no querrás que deje a Adriana en manos de tu hijo.

—¡Si algo le ocurre a Adriana, te juro que...! —salté sin pensar.

—No estás en condiciones de amenazarme, Urko.

Apreté los labios, frustrado.

—Hablando de Gunnarr, ¿cómo pudiste ocultarme durante cuatrocientos años que no murió? ¿Cómo fuiste capaz de no contármelo cuando toqué fondo?

Nagorno guardó silencio, al otro lado de la línea pareció pensar la respuesta.

—Sabes que siempre lo preferiré a él, hermano.

Qué inútil volver a las viejas discusiones.

—¿De verdad sigues creyendo que Gunnarr es de fiar? Todo hombre es esclavo de sus elecciones —le advertí—. Pero cuídate de los zarpazos del oso.

—Descuida, tengo reflejos. O más bien los tenía. Lo que nos lleva a la cuestión central de esta conversación: ¿podrás tener la cura preparada a tiempo?

«Qué cura, Nagorno, si ni yo mismo tengo claro qué te inyecté».

—Voy a hacer todo lo humanamente posible por que así sea. Y no por ti, lo sabes.

—Comienza entonces cuanto antes. Y vayamos a los asuntos prácticos. La cuenta atrás ha empezado a correr para ti y para Adriana, así que, ¿necesitas alguna muestra orgánica?

—Sí, posiblemente necesite saber todo lo que pueda del estado de tu corazón. Envíame los resultados de todas las analíticas de esos doctores y una muestra de tu sangre. ¿Cómo puedo contactar contigo si necesito algo más?

—No te pases de listo, Urko. No estoy jugando.

—Yo tampoco, solo intento salvar la vida a Adriana y a mi hermano.

—Yo te llamaré cada pocos días.

—Tendrás que darme algo —lo tanteé—. Déjame hablar con ella, necesito escuchar de su propia voz que está bien.

—No voy a darte nada de eso porque sabes que Adriana está segura a mi cargo y la conservaré con vida mientras me sea útil para salvar la mía. No estoy negociando. Encuentra la maldita cura, solo así volverás a verla.

Y dicho esto colgó.

Así que era eso: mi experimento había fallado, mis cálculos para que el corazón de Nagorno envejeciera como el de una persona normal habían sido un estrepitoso fracaso.

Tendría que volver a investigar a contrarreloj, ¿por dónde empezar?

Arranqué el coche y me dirigí a mi antiguo piso del paseo Pereda en Santander. En la cuarta planta aún quedaban algunos de los instrumentos que Flemming Petersen —mi amigo científico danés— me había legado. Entré en mi laboratorio casero y paseé sin ganas por aquel cuarto desangelado, con las fundas de plástico ocultando como telas de fantasmas una investigación que jamás debió empezar porque se había llevado por delante a demasiada gente querida.

¿De qué me servía haber descubierto el secreto de nuestra longevidad? Ahora yo era la pieza a abatir y Dana un peón a sacrificar. No, no había sido un buen momento para intentar acabar con Nagorno.

Mi historia con Dana me hacía débil, una pieza extorsionable. Nunca le ganaría una partida a Nagorno en aquellas condiciones. No tenía más remedio que plegarme a sus deseos, dejarla en tablas durante unas décadas, y a la muerte de mi mujer... entonces sí, entonces acabar con él de una vez por todas.

¿En qué limbo había vivido aquel último año? ¿Cómo no anticipé que Nagorno volvería?, ¿cómo no pensé, cuando mi hijo regresó, que iba a usar a Gunnarr como brazo ejecutor?

15

IAGO

20 de noviembre

Bajé a la tercera planta, encendí mi portátil y recuperé los archivos encriptados con toda la información de la Corporación Kronon, la empresa de biotecnología a la que había espiado el año anterior para aislar el gen longevo. Debía ponerme al día en unas horas.

Pero yo sabía que Nagorno me acababa de pedir algo imposible, que no sabría revertir el efecto de una inyección defectuosa que le había clavado en el corazón inhibiendo su telomerasa. Que lo que él quería era como conseguir enviar una nave tripulada a Marte en varias semanas. Tal vez si me daba unas décadas, tal vez entonces... Pero la realidad científica era que no había aún tecnología para conseguir aquel logro.

Y la vida de Dana dependía de un maldito milagro tecnológico. Volver a convertir en longevo un corazón efímero y envejecido precozmente.

Me quedé un buen rato ensimismado, sentado en el alféizar del ventanal de mi piso en el paseo Pereda. Las vistas al Cantábrico más allá de la bahía me hicieron sentirme de nuevo en casa. En un año apenas había vuelto por allí. El hogar que Dana y yo estábamos construyendo nos mantenía ocupados con labores prosaicas, decisiones cotidianas como qué sofá colocar junto a la chimenea o qué vajilla aguantaría más años.

Más años, sonreí. Qué ironía, ¿habría más años para ella?

Decidí quedarme allí a dormir, no me sentía con fuerzas para volver a nuestra casa común. Conocía el poder para atormentarme que tenían las ausencias, y necesitaba pensar con claridad si quería salvarla.

Después de establecer un listado de prioridades en mi cabeza, me decidí y saqué el móvil del bolsillo del vaquero. Marqué un número de teléfono, rogando a algún dios olvidado que mi padre tuviese cobertura.

Lür llevaba un año perdido en algún lugar del Amazonas, ayudando a unas sanadoras de la tribu ashaninka a dejar constancia escrita de sus conocimientos ancestrales de plantas y raíces con propiedades curativas.

Algunas farmacéuticas europeas se habían aprovechado durante años de su sabiduría para patentar principios activos de granos como el *sacha inchi* o una liana llamada «uña de gato». Para las curanderas, mi padre era un biólogo activista con ilimitados fondos financieros y una sabiduría muy poco común con respecto a las propiedades de su flora autóctona.

Pero yo lo conocía bien. Sabía que para él era una huida, no hacia delante, sino al pasado.

Lür estaba demasiado afectado por los últimos acontecimientos, por la última diáspora de la familia, por la muerte de Lyra, por mi agresión a Nagorno. Lür siempre se refugiaba en lugares vírgenes donde la naturaleza era más poderosa que el hombre o la civilización. Tal vez porque era un experto en dominar medios hostiles, pero la mano del hombre, la mano de su propia familia... Ni siquiera su sensatez nos había servido a sus hijos para evitar, una vez más, el desastre.

—Hijo, ¿cómo va todo? —preguntó. Como ruido de fondo se escuchaba un pájaro que no supe identificar.

—Ojalá pudiera decirte que todo va bien, pero no es así. Gunnarr ha vuelto.

Lo escuché murmurar «Otra vez» para sí, luego me dijo:

—Escucha, hijo, ha vuelto a pasarte. Has perdido la memoria

y tus recuerdos son confusos. Te llamas Urko y naciste en lo que hoy llaman la prehistoria...

Puse los ojos en blanco. Mi padre pensaba que estaba sufriendo de nuevo uno de mis episodios de amnesia con los que mi cerebro me castigaba cuando absorbía demasiados datos.

—Padre...

—No, atiende, es importante —me interrumpió—. Tu hijo Gunnarr falleció hace cuatro siglos. Quiero que memorices los siguientes datos y esperes a que yo vaya a...

—Padre, no he perdido la memoria. Gunnarr ha vuelto, está vivo.

—Estás en el siglo XXI, en Europa, tu última identidad es...

—Mi última identidad es la de un arqueólogo llamado Iago del Castillo, nacido en Santander. Dirijo como puedo un museo privado de arqueología y Gunnarr, el hijo que creímos muerto en la batalla de Kinsale, ha secuestrado a Adriana por orden de Nagorno, al que inyecté hace un año un inhibidor de telomerasa en el corazón y cuyos efectos secundarios le han provocado dos infartos durante los últimos meses. ¿Quién ha puesto al día a quién? —dije de corrido.

Mi padre no tardó mucho tiempo en decidirse.

—Dame veinticuatro horas. Prepárame todos los papeles para retomar mi identidad de Héctor del Castillo. Vuelvo a Santander.

XVI

LÜR

Sungir, actual Rusia, 23.000 a. C.

Lür abrió los ojos, intentando recordar algo de las últimas jornadas. El veneno rojo de la raíz lo mantenía en un mundo de agradables ensoñaciones.

Y eso era mejor que la realidad, que el frío, que la soledad.

Había bajado por la ladera de la montaña nevada de noche, a oscuras, con la vista fija en los puntos diminutos de luz. Se había caído en mil ocasiones, de mil maneras distintas, y mil veces se había levantado, cantando como un demente, como el loco más feliz de la tierra.

«Hay más supervivientes, no estoy solo».

Lo primero que distinguió fue un rostro robusto, barbado como el suyo. El individuo le sonrió, metió su brazo musculado entre las piernas de Lür y lo cargó sobre sus hombros, en transversal.

—Pesas menos que un niño, hombre —le dijo.

—Creí que era la última persona en la Tierra —acertó a responder Lür. Había identificado su lengua, parecida a los dialectos antiguos del noroeste.

—Al principio nosotros también pensamos que no quedaría nadie después del Cataclismo. Pero mi clan lleva muchos ciclos enviando expediciones en las cuatro direcciones del viento, y hemos descubierto que hacia el sur hay clanes enteros que se van recuperando. Tenemos buenos rastreadores entre nosotros.

—¿Cómo habéis sobrevivido todo este tiempo?

—Madre nos protege —dijo, encogiéndose de hombros—. Ella supo interpretar las señales de la Tierra y de los animales cuando huyeron. Llevó a sus hijos a un refugio seguro, que solo conocían los Primeros Padres. Madre Roca los protegió hasta que los temblores pasaron. El resto... ya lo sabes, supongo. No quedó apenas nadie que sobreviviera ahí afuera.

—¿Madre? —repitió Lür, súbitamente despejado—. Bájame, te lo ruego. Tenemos que hablar.

El hombre obedeció y lo dejó de pie frente a él, pese a que le tendió una mano para que no se cayera. Algo en su anatomía recordaba a un bisonte.

—¿Estás hablando de Madre, la matriarca de los Hijos de Adán?

—¿Es que hay otra, forastero?

—Si supieras el tiempo que llevo persiguiendo la leyenda, dudando tras cada historia, preguntando a los ancianos en cada campamento... Entonces, ¿ella está viva?, ¿es real?

—Ella no muere nunca, ¿cómo podría el Cataclismo haber acabado con Madre, si es eterna?

—Pero ¿qué es Madre? ¿Es solo una matriarca o es una diosa?

—Ambas. Es hermosa, es pura, siempre permanece joven. Tiene la sabiduría de los Viejos Tiempos, de los Viejos Clanes, de los Primeros Padres.

Lür intentó digerir aquellas palabras que tanto tiempo había esperado. Tal vez era una alucinación de la raíz roja y nada de lo que había escuchado estaba sucediendo en realidad.

—¿Y no tiene enemigos? —insistió—. ¿Todo el mundo ha aceptado su naturaleza inmortal?

—Es poderosa, tiene el respeto de todos.

«O el miedo», pensó Lür.

Había conocido ya a demasiados líderes y sabía cómo se granjeaban el respeto de todos.

El hombre vigoroso continuó caminando a buen paso, pero a

Lür le parecía que marchaba demasiado deprisa para sus menguadas fuerzas.

—Veo que eres muy curioso. Veamos, el clan de los Hijos de Adán está formado solo por sus descendientes. Sus primeros hijos, sus primeros nietos, murieron hace muchas edades ya. Pero Madre es muy fértil y es buena paridora. En nuestro clan conviven sus hijos con sus nietos, biznietos, tataranietos... Aunque no somos salvajes que se aparean entre los de su misma estirpe. Buscamos compañeros y compañeras en otros clanes, cuanto más lejanos mejor. Acudimos a los encuentros de los solsticios, pero nunca nos dispersamos. Si un Hijo de Adán toma a un compañero o compañera, este ha de venir y adaptarse a vivir con nosotros en nuestro clan. Eso nos hace poderosos, y Madre siempre nos protege.

—¿Me estás llevando ahora a vuestro campamento?

—Así es, serás bienvenido allí. Y muchas de nuestras hijas estarán encantadas de conocer a un nuevo compañero, una vez te alimentes. Imagino que no te quedan fuerzas para reírte con ellas bajo las mantas —le sonrió.

—Ya ni sueño con eso —suspiró Lür, de excelente humor—. No creí que volvería a ver más mujeres que las pintadas en lo profundo de las cavernas.

El hombre le dio una palmada cómplice en la espalda y sonrieron al unísono.

—¿Cuál es tu nombre?

—Me llaman Lür. En tu idioma significa «Tierra».

—¿Es tu Nombre Verdadero?

—Sí, no lo cambié. Me describía muy bien —contestó Lür, algo incómodo ante la indiscreta pregunta.

—A mí me llaman Negu, como este invierno. ¿Cómo sabes hablar mi lengua?

—La aprendí a hablar hace mucho tiempo. Dices algunas palabras que no entiendo, creo que hablo el idioma de tus abuelos. Pero no te preocupes, en breve hablaré como tú y no te sonaré extraño.

—Eso ya lo veo, imitas muy bien mi acento. ¿Eres intérprete, como yo? —quiso saber el hombre.

—En ocasiones he oficiado de intérprete, sí. Cuando ha sido necesario.

Negu se detuvo al llegar a lo alto de una colina y le tendió la mano para que pudiese alcanzar el repecho de nieve.

Se veían ya las columnas de humo que salían de las tiendas, aunque Lür no esperaba encontrar lo que vio.

Una veintena de tiendas circulares fabricadas con defensas y huesos de mamuts, lo suficientemente amplias como para que varios hombres se tumbasen formando una larga fila. Estaban cubiertas de pieles tensas, todas ellas blancas, y a través de sus cúpulas agujereadas se elevaba el humo de las hogueras.

«Ahora lo entiendo —pensó extasiado—. El mamut también es el tótem de Madre, por eso es tan longeva».

A su alrededor se arremolinaron todos los miembros del clan. Niños, muchos jóvenes y mujeres, algún anciano. La mayoría tenía los mismos rasgos. La piel algo bronceada, los ojos levemente rasgados. Se podía diferenciar a los verdaderos Hijos de Adán de los que no compartían sangre entre ellos.

Todos iban bien preparados para aquel invierno eterno. Bombachos largos de pieles, abrigos, capas, sombreros, manoplas. Sobre las pieles llevaban cosidas miles de conchas pequeñas de cauri, blanco y brillante. Más al sur, aquellos moluscos eran muy apreciados y le habrían servido a Lür para los intercambios.

Una anciana le tendió la mano y le sonrió, invitándolo a pasar al interior de la tienda principal. Lür aceptó la invitación, súbitamente aterido por el frío y el cansancio acumulado de tantas centurias.

Varios muchachos y muchachas lo siguieron, haciéndole todo tipo de preguntas: ¿de qué dirección del viento venía? ¿Quedaron hombres o animales vivos en su campamento? ¿Padre Sol se estaba recuperando en los parajes que había recorrido o era tan débil como el que los alumbraba a ellos?

Lür contestó a todas las preguntas, atropelladamente, hablando a veces como un niño, riendo a carcajadas al ver de nuevo tantos rostros, tantos ojos, tantas sonrisas.

Después lo alimentaron, era carne seca que masticó con deleite sin preguntar su procedencia. Le tendieron un cuenco de madera con agua pura y finalmente lo tumbaron, lo arroparon con varias pieles junto a la hoguera y lo dejaron por fin a solas en la tienda para que descansase.

Pero Lür no podía descansar, su cuerpo empezó a temblar violentamente, sin que él pudiera hacer nada por evitarlo, y todo el miedo de siglos se convirtió en un largo sollozo de felicidad.

XVII

LÜR

Sungir, actual Rusia 23.000 a. C.

Al día siguiente despertó también cansado, con hambre y con sed. Por la tienda deambulaban varios miembros del clan. Algunos de ellos colgaban pequeños peces abiertos junto al fuego para ahumarlos, un par de madres alimentaban a sus bebés, otros tejían largas redes de nudos prietos.

A su lado estaba sentado Negu y, en cuanto lo reconoció, Lür se incorporó con dificultad.

Negu le había preparado un guiso de conejo. Lür acabó con él en pocos minutos, todavía un poco aturdido por la algarabía cotidiana que lo rodeaba. Tenía un pensamiento en mente, y se preguntó si sería demasiado prematuro para aquello. Pero llevaba demasiado tiempo escuchando las leyendas, si hubiera una remota posibilidad de que fueran ciertas..., ya no estaría solo, no sería el único longevo en el mundo.

«Mejor saber —se convenció a sí mismo—. Tal vez mañana se desvanezcan y nunca llegue a descubrirlo».

—¿Podéis llevarme ante Madre? se atrevió a preguntar por fin a Negu.

—Ella no atiende a forasteros. Madre nos protege, pero nosotros también la protegemos a ella. No nos gusta dejarla expuesta, siempre está arropada por algún Hijo de Adán.

—Comprendo.

—¿Para qué quieres conocerla, Lür?

—Para decirle que yo también soy especial, que tengo interés en hablar con ella. Quiero preguntarle por los Viejos Tiempos, por lo que ella ha vivido. Saber dónde vio la luz por primera vez, a cuántos deshielos ha sobrevivido...

—Dices que eres especial, ¿en qué sentido? —dijo Negu, escrutando su rostro como si quisiera saber si tenía delante de él a un mentiroso.

Lür suspiró. Confiaba en su porteador. Lo podía ver en su mirada franca, y era un hombre también sensato e inteligente. Posiblemente había sido un líder en su clan hasta que se exilió con los Hijos de Adán.

Pero Lür tenía memoria.

Memoria de cómo había sido siempre rechazado por todos los clanes al conocer su verdadera edad. Memoria del terror de las mujeres por creer que les robaría las fuerzas al yacer con ellas y se volverían ancianas en una noche. Memoria de los exilios forzosos a un lado y al otro de la Gran Cresta...

Negu parecía un buen hombre, pero todo podía cambiar después de una revelación como aquella. Lür no había sobrevivido corriendo riesgos innecesarios, sino gracias a que los había esquivado y bordeado.

—En un sentido muy parecido a ella. Pero no puedo, no debería, darte más detalles. Lo que necesito es que entiendas la importancia de poder hablar con Madre.

—¿Importancia, para quién?

—Para mí, para Madre, para todos los Hijos de Adán.

Ambos hombres se midieron las miradas. Ambos hombres no vieron otra cosa que una limpia honestidad en los ojos del otro.

Negu se levantó y le tendió una mano, ayudándolo a incorporarse.

—De acuerdo, Lür. De acuerdo. Madre te recibirá.

—¿No deberías consultar con Madre antes? —preguntó Lür, receloso.

—En esta ocasión no será necesario. Madre no es alguien que se deje aconsejar y es ella la que toma todas las decisiones que conciernen a los Hijos de Adán. Pero vi enseguida en ti a un hombre diferente, tal y como tú afirmas, aunque no consigo descubrir qué es lo que te hace distinto. En todo caso, Madre te atenderá cuando se lo explique.

—¿Y quién eres tú entonces, a quien Madre escucha?

—Madre es mi compañera, Lür. Y tú ahora eres nuestro invitado.

18

ADRIANA

20 de noviembre

Me giré para ver la cara de mi carcelero, aunque intuía de quién se trataba desde hacía ya unas horas. Gunnarr estaba detrás de mí, pendiente de mis movimientos, por si salía corriendo de aquel lujoso salón saturado de antigüedades, sofás mullidos de cuero, arpas, bustos de mármol y estanterías de libros centenarios que alcanzaban varios metros de altura en aquella impresionante y lujosa estancia.

—Aquí estás de nuevo, destrozándome la vida —rugí, enfrentándome a Nagorno.

Quise levantarme, pero Gunnarr puso su mano fuerte sobre mi hombro y me mantuvo arrodillada.

—No quisiera —contestó Nagorno, con un gesto duro.

—¿No quisieras? ¡Pues deja que me vaya, maldito psicópata!

—Eso está en tu mano, basta que me cuentes lo que mi hermano me inyectó.

«No, no basta. Si te lo digo ya, no me necesitas con vida, y Gunnarr tendrá vía libre para matarme», pensé.

—Nagorno, tengo un padre, un primo, sobrinos, familia, amigos y compañeros que ahora mismo tienen que estar muy preocupados por mí. —«Por no hablar de Iago, pero mejor no mencionarlo y enfurecerte, ¿verdad?», callé—. No puedes hacerme esto; tengo una vida —insistí—. No puedes irrumpir en ella, secuestrarme, tomar la información que te interesa y..., ¿y luego qué, Nagorno?

—¡¿Que no puede?! —tronó Gunnarr a mis espaldas—. ¡¿Que no puede?! ¿Has visto lo que ha hecho mi padre a tío Nagorno?, ¿en qué lo ha convertido?

Se colocó delante de mí, con los brazos en jarras. Seguía vistiendo con su uniforme de motero, la cazadora de cuero desgastada y las botas embarradas, pero era consciente de que tenía delante de mí a alguien nacido en la cultura vikinga, con sus propios códigos morales, un pasado muy violento y un motivo para vengarse de Iago que yo desconocía.

—¿Y en qué lo ha convertido, Gunnarr? ¿Qué ha ocurrido exactamente?

Nagorno se adelantó con dificultad, tocó el brazo con el bastón a su sobrino y lo apartó de mi lado.

Pude notar su respiración pesada; ya no era el silencioso ofidio que yo había conocido en el pasado, ahora solo era un dandi decrépito.

Me sostuvo la mirada, en eso no había cambiado: la entereza, la furia de aquellos ojos oscuros que tanto daño me habían hecho. Lo odié con todas mis fuerzas al recordar que aquellos ojos, aquel frío rostro, eran posiblemente lo último que vio mi madre en su vida.

Después salió de él un gemido, como si el esfuerzo de mantenerse en pie fuese demasiado agotador. Gunnarr se apresuró a coger un inmenso butacón, lo levantó como si fuese una pluma y se lo acercó, solícito.

—Siéntate, tío. Demasiadas emociones por hoy. Deberías retirarte a descansar.

—No, hemos llegado muy lejos en esto, Gunnarr. Antes habrá que explicar a Adriana cuál es la situación.

—Ahora está rabiosa, no va a razonar —dijo.

Lo fulminé con la mirada y él me fulminó con la suya, pero pese al miedo, pese a la íntima convicción de que él sería mi ejecutor en caso de que aquella frágil negociación se rompiese, medí mis fuerzas con las suyas, aunque los ojos que se clavaban en los míos eran exactamente iguales a los de Iago, y a mi cerebro le costaba aceptar una situación tan divergente.

Nagorno tomó asiento con dificultad y carraspeó, como si le molestase aquel minuto de furiosa intimidad entre ambos. Recordé su egomanía, su necesidad de ser el centro de atención en cualquier circunstancia; en aquel detalle tampoco había cambiado. Su esencia se mantenía intacta.

—Al principio no quise molestarte —confesó con gesto serio—. Me juré que no volvería a acercarme a tu radio de acción en lo que te restaba de vida. Me juré que ajustaría cuentas con mi hermano una vez que tu ciclo de vida hubiera concluido. Unas pocas décadas no son demasiada espera para un longevo y soy un hombre paciente, puedo distraerme durante años en otros empeños.

—He aquí un hombre que ni siquiera puede serle fiel a sus propias promesas —le hice ver.

Gunnarr dejó escapar un silbido, algo parecido a la admiración.

—Dijiste que era de armas tomar, pero ya veo que te quedaste corto —dijo, soltando una carcajada.

—Te lo dije, es de las que no se postran. Va a ser difícil llegar a un acuerdo que nos satisfaga a ambas partes.

—Deja de hablar como si esto fuera uno de tus negocios —lo interrumpí—. Es mi vida de lo que hablamos. Dime al menos en qué parte del planeta estoy, adónde me habéis traído, cuánto tiempo he estado inconsciente...

—Yo colaboro si tú colaboras, Adriana. Y ahora déjame continuar. Te estaba contando que al principio me obligué a dejaros tranquilos a ambos. Pero después sobrevino el primer infarto. Pude salvar la vida, pero creí morir, creí morir... —dijo ensimismado, mirando a algún punto perdido de su biblioteca de libros centenarios—. Después de aquello, nada volvió a ser igual en mi vida. Todas mis rutinas me fatigaban y me dejaban exhausto. Me agotaba disfrutar con las mujeres, me extenuaba cabalgar, jugar al golf...; como un anciano. Como un maldito anciano. Mi corazón ha envejecido mucho durante este año, me siento viejo y cansado por dentro, pese a que mi apariencia sigue siendo la de un eterno veinteañero. Pero no estoy senil, mi cerebro piensa igual de rápido que antes. No tengo olvidos, no tengo ningún síntoma de demencia. Es solo este corazón: le cuesta bombear sangre... —Y dicho esto se quedó callado, perdido en las espirales de algún recuerdo.

—Entonces acudió a mí —interrumpió Gunnarr—. Al principio no lo creí. Pero hace poco sufrió un segundo infarto y aún está recuperándose, como ves. Fui yo quien decidió extorsionarte, si tienes que buscar un culpable a quien odiar, ódiame a mí. No me importa.

«Apenas te conozco y ya lo hago», pensé.

Los miré a ambos. Me negaba a ser un juguete de las circunstancias, alguien a quien privar de su libertad, alguien a quien trasladar a su antojo, alguien a quien amedrentar para conseguir algo de información.

«Soy más que eso —pensé—, me da igual cuántos años hayáis vivido más que yo. Me da igual por lo que hayáis pasado, lo que os hayan hecho vuestros enemigos».

Y en aquel momento decidí no verme nunca como alguien inferior frente a ellos.

Después me puse en pie con dificultad y los miré a ambos a los ojos cuando yo misma recité mi más que probable sentencia de muerte.

—Devolvedme a la celda. No voy a hablar, ni hoy ni nunca. Os habéis equivocado de persona.

—Entonces pasamos al plan B —dijo Gunnarr—. Si no nos das ninguna pista de lo que mi padre le inyectó a tío Nagorno, nuestros médicos no van a poder salvarlo. Así que habrá que enviar una prueba de vida a mi padre para que él mismo empiece con la investigación cuanto antes.

—No —lo interrumpió Nagorno—. Tú quieres una simple venganza sangrienta hacia tu padre, y te dejé claro que no se trata únicamente de eso, maldita sea.

—Te equivocas. Lo que quiero es que vivas, no quiero que mueras en mis brazos en un par de semanas, pero mi padre puede dudar de que vamos en serio. Créeme, es la única manera de que se deje de remilgos y se ponga a trabajar ya.

—¿Y qué sugieres?

—Como te decía: una prueba de vida. Al igual que siempre hemos hecho, a la antigua usanza. Una oreja, algo que no comprometa la supervivencia de esta joven.

El estómago me dio una patada.

—No, una oreja no. Si Adriana sobrevive a esto y se la entregamos a mi hermano, nunca va a perdonarme que la devolvamos mutilada de esa manera.

—No lo va a notar, sobrevivirá; yo cauterizaré la herida. Y tiene el pelo largo, lo podrá disimular toda su vida —dijo Gunnarr, tirando de mi lóbulo—. Pásame ese abrecartas.

—¡Te he dicho que no, Gunnarr! Una oreja, no.

Empecé a empapar la camiseta por la espalda.

«Va a mutilarme», alcancé a pensar, pero el terror me mantenía paralizada y la soga retenía mis manos atadas a la espalda.

—¡Lánzame el maldito abrecartas! —bramó Gunnarr, tirándome al suelo—. ¿Qué demonios os ha pasado a todos estos últimos años? Os habéis ablandado, sois longevos de mantequilla.

Entonces Nagorno, haciendo un esfuerzo por enderezarse, le puso la mano sobre su brazo de gigante, como una serpiente enroscándose en un oso, cada uno consciente de sus poderes.

—Déjalo —se limitó a susurrar. Porque no necesitaba más. Era Nagorno, y Gunnarr se plegó a su orden—. Devuélvela a su celda, no quiero verla. Su presencia aquí me ha agotado.

La mirada de Gunnarr se ensombreció y apenas me dio tiempo a ver el gesto que Nagorno le hizo con la barbilla. Volvió a colocarme el saco en la cabeza y me arrastró escaleras abajo de vuelta a mi celda. Una vez allí, me lanzó sobre el camastro.

Después, para mi sorpresa, me desató las manos y yo misma me quité el costal que me impedía ver lo que estaba haciendo.

Gunnarr estaba cerrando por dentro la puerta de la celda. Se guardó la llave en sus pantalones de camuflaje y nos quedamos en silencio en aquella habitación cerrada.

—¿Vas a mutilarme ahora que estamos solos? —fui capaz de preguntar cuando recuperé el habla.

19

ADRIANA

20 de noviembre

—Compréndelo, *stedmor* —dijo Gunnarr—. Tenía que saber hasta dónde estaba dispuesto a llegar mi tío.

—Pero ¿si no llega a frenarte?

Me miró con un gesto elocuente.

—Haces demasiadas preguntas, mi tío ya me advirtió de tu curiosidad. Dime, ¿por eso compartes tu vida con un longevo, Adriana Alameda, por tus ansias por saberlo todo? Qué pareja más desconcertante formáis mi padre y tú. El hombre reservado y la arqueóloga curiosa.

«Vaya —pensé frustrada—, nos ha calado».

Hubo un brillo de picardía en sus ojos, como el niño que descifra el acertijo de un adulto.

Después se acercó a la pared donde se apoyaba mi camastro y puso la mano sobre la roca.

—Demasiada humedad —susurró para sí.

Se agachó junto a la cama y se puso a buscar algo bajo los muelles.

—¿Qué haces? —le pregunté sin comprender. Él no respondió.

Sacó una pequeña caja de plástico, me acerqué con precaución y vi que era uno de esos aparatos para absorber las humedades que se solían colocar en los trasteros.

—Está empapada, mañana te traeré otra —murmuró, después de examinar la esponja interior.

—¿Me secuestras, finges que quieres amputarme una oreja, y ahora te preocupas por la humedad de mi celda?

—Me preocupo por tus huesos, sí. No quiero que enfermes, y dado que tu cabezonería va a hacer que esto vaya para largo, prefiero que estés en las mejores condiciones que tío Nagorno me deje proporcionarte.

Intenté encajar aquello en mi cabeza, pero había demasiado que procesar.

—Tú me dejaste la botella de oxígeno, ¿verdad? Y estas sábanas y el edredón nórdico.

Él no asintió, pero supe que la respuesta era afirmativa.

Se limitó a levantarse del suelo con la caja en una mano y se dirigió hacia la puerta en silencio.

Pero antes de cerrarla hizo un gesto de morderse las uñas, pensativo, como si dudase de si hacerme o no una pregunta.

—Oye, no he dejado de darle vueltas desde que te lo requisé junto a tu bolso y tu móvil. ¿Cómo ha llegado esto a tu poder? Una vez me perteneció.

Me enseñó la placa de bronce del *berserker* que Iago me había dejado nuestra última noche.

—Me lo dio tu padre el último día que pasamos juntos, que no tengo claro si fue ayer, o incluso antes. Me contó las circunstancias de tu nacimiento, tu infancia...; esos dulces recuerdos de familia que tanto os gustan a los longevos —añadí.

—Y te dio esto... —murmuró, sin dejar de mirar la pequeña placa de metal—. Es curioso que la guardara. Precisamente esta placa.

—Sí, la noche no dio para más y su relato se quedó en cuando apareció en vuestra granja el *berserker*.

—Skoll...; llevaba mucho tiempo sin pensar en él —dijo, clavando su mirada en las losas de piedra del suelo.

—Soy de las que escuchan —me atreví a decir—, y me temo que la noche se me va a hacer muy larga en tu mazmorra.

Frunció el ceño por un momento, y se tomó un tiempo para decidirse.

—De acuerdo, *stedmor*. Ahora tengo que acostar a mi tío, espérame despierta.

20

ADRIANA

20 de noviembre

Me quedé sentada sobre la cama, esperando la llegada de Gunnarr. Me envolví con el edredón y evité apoyarme en la pared de piedra para no perder calor corporal. Esperé y esperé, hasta que el sueño me venció y claudiqué.

Creo que soñé con un olor conocido y unos ojos que me resultaban familiares.

No, estaba despierta. Gunnarr me observaba con atención, sentado a mi lado sobre la cama. Me despejé en un segundo y di un respingo, incómoda. Tener a aquel gigante a mi lado, indefensa y aislada en quién sabe qué oscuro rincón del planeta me hizo sentir muy vulnerable.

—Tranquila, muchacha. ¿Temes que te haga daño acaso?

Yo no contesté, pero me separé por instinto de su cuerpo.

—¿Te asusta mi presencia en esta celda? —preguntó, escrutando mi rostro—. ¡Oh, Dios!, ¿de verdad temes que te violente? Descuida, mujer, soy célibe.

—¿Célibe?

—Bueno, bastante célibe.

—«Bastante» célibe —repetí incrédula.

—Sí, bastante célibe. Solo he roto el celibato en tres ocasiones a lo largo de mil doscientos años. Tres mujeres que lo valieron: una para bien, dos para mal. Pero nada más, así que no temas, no te haré daño de esa forma. Soy indiferente a muchos placeres, de modo que no te preocupes. Y jamás he sido ese tipo de persona.

—No me harás daño de ese modo, tú lo has dicho. Pero serás mi ejecutor llegado el momento, ese es el plan, ¿verdad?

—Dime, ¿por qué lo piensas?

—Nagorno no está en condiciones de hacerlo, y si muere, tú te vengarás de tu padre, sea lo que sea lo que te haya hecho.

—¿No te lo ha contado nunca?

—No, ni lo hará. Si Iago ha decidido no contármelo, no habrá manera de hacerlo cambiar de opinión. Y punto. Él es así, hermético. —Suspiré. Dolía su recuerdo y hasta entonces no me había permitido pensar en Iago—. Una caja fuerte por cerebro.

—Yo, en cambio, puedo llegar a ser un libro abierto, *stedmor*. ¿Eres de las que preguntan? Adelante, no voy a ocultarte nada. Querías saber qué ocurrió con el *berserker*. Bien, te lo contaré. No será agradable, pero te lo contaré. Te he robado la libertad, así que al menos mantendré tu cabeza ocupada. Cortesía de la casa.

Asentí con un gesto y Gunnarr comenzó su relato, arrellanándose sobre la cama.

21

ADRIANA

20 de noviembre

—Creo que había cumplido ya los doce inviernos. Faltaban dos deshielos para que me considerasen un hombre —comenzó Gunnarr—, pero mi voz había cambiado y le sacaba a mi padre media cabeza. Practicaba todas las madrugadas solo, en el bosque, arrojando las armas contra los troncos tal y como mi tío Nagorno, al que yo conocía como Magnus, me había enseñado. Todos en la granja aún dormían a esas horas, pero yo siempre fui un ave madrugadora. No me molestaban las personas, pero tampoco me incomodaban mis ratos de soledad.

»Una mañana vi que un oso negro me observaba durante mis entrenamientos, a lo lejos, escondido tras los árboles, a veces alzado sobre sus patas traseras.

»Desde aquella noche empecé a soñar con él. Eran sueños oscuros teñidos de sangre, pero por algún retorcido motivo me daban mucha satisfacción. En mis sueños tenía inmunidad mágica ante las armas. Las espadas no me podían morder, las lanzas rebotaban en mi pecho, los escudos se hacían añicos antes de llegar a mis manos. Y siempre, tras de mí, estaba un oso negro tutelándome.

»Así ocurrió durante muchas noches y nada comenté a nadie, excepto a mi padre, con quien todo lo compartía, hasta el más privado de mis pensamientos.

»Verás, mi padre, a quienes todos conocían como Kolbrun, era un *jarl* muy respetado por aquel entonces. Nuestra granja era próspera, y pese a que no hacíamos ostentación de nuestras riquezas, yo conocía bien el alcance de su patrimonio, pues acompañaba a mis tíos Magnus y Néstor a esconder los metales nobles cuando volvían de comerciar a lo largo de la Ruta del Este.

»Pero mi padre era mucho más que un hacendado rico. En los *things*, las asambleas, recitaba las leyes de memoria como ningún anciano podía hacerlo. De hecho, todos le consultaban ante cualquier duda, era como...

—Como una enciclopedia —lo interrumpí.

—Eso es, como una enciclopedia de leyes danesas. Jamás erraba capítulo o verso. Recordaba las conclusiones y las sentencias de antiguos juicios, y yo era el más orgulloso de los hijos por tener un padre como él. Por eso le hablé de mis sueños y del oso negro que me rondaba.

"Padre, deberíamos partir hacia los bosques y hacer una batida. Si el oso se acerca tanto es porque está hambriento y no traerá nada bueno a la granja".

"Enviaré a tu tío Néstor, es mejor rastreador que tú".

"Precisamente por eso quiero acompañarlo, tengo que aprender de él".

»Mi padre accedió e iniciamos la búsqueda, pero no encontramos nada, o más bien no encontramos ninguna huella de oso, pero sí que descubrimos que alguien estaba acampado en el bosque. Mi padre y mis tíos se inquietaron y estuvieron alerta durante unos días, pero nada ocurrió, hasta que un amanecer volví al bosque con mis dos pequeñas hachas para continuar mis entrenamientos.

»Supe que era un *berserker* porque apareció ante mí sin camisa una madrugada glacial y tranquila, después de una noche de nevada intensa, con una capa de piel de oso negro atada al cuello. Era el atuendo habitual de aquellos guerreros durante las incursiones de pillaje o durante las batallas entre reyezuelos locales. En tiempos de paz eran simplemente unos apestados, unos locos peligrosos cuya compañía todos los daneses rehuíamos.

»Era muy ancho de espaldas, tenía el pelo negro muy revuelto y una barba hirsuta que apenas le dejaba piel descubierta en el rostro. Era feo como un perro envenenado. Tenía esa fealdad que asusta a los infantes en sus pesadillas.

»Se colocó delante del árbol al que yo apuntaba. Tuve que bajar las hachas.

"Has oído hablar de mí", dijo, a modo de saludo.

"Tu olor te precede". Y no dije nada que no fuera cierto, apestaba a inmundicia y orines.

"He matado por osadías menores", contestó, frunciendo el ceño.

"¿Y por qué estás tardando?".

»Calló y se llevó la mano al cinto. Iba armado, como todos los hombres adultos de mi época. Una espada bastante larga de mango romo.

"Dime qué quieres de mí, *berserker*", atajé.

"Te quiero a ti. Te he observado estos días y tienes el tamaño, la fuerza y la destreza necesaria con las armas. Esa capacidad tuya para lanzar con las dos manos a la vez y hacia diferentes objetivos te va a hacer muy valioso en el futuro, muchacho. Vas a ser uno de nosotros; quiero formarte y, si sobrevives al rito, serás el próximo líder de los doce. Cuando yo muera en una batalla, y puede que ocurra en un par de inviernos porque ya estoy viejo, quiero que estés preparado para sucederme".

»Has de entender, *stedmor*, que el doce era un número recurrente en nuestra cultura. Doce eran también los hombres libres elegidos para la asamblea del *thing*. Y casi todos los reyes nórdicos tuvieron su ejército particular de doce *berserkir*.

"¿Y qué te hace pensar que voy a dejar mi granja y me voy a unir a ti?", le pregunté.

"¿Cuántas noches llevas soñando que un oso negro te hace invencible?".

»Aquellas palabras me provocaron un escalofrío que me recorrió toda la columna y me dejó petrificado en el sitio.

»Conté las noches.

"Doce".

"Bien, entonces estás listo. Yo no te he elegido, ha sido tu destino. Simplemente te ha sido revelado".

"No, mi destino es heredar la granja de mi padre y administrarla tan bien como él. De mi futuro solo espero ser un hombre justo y respetado, y proteger a los míos".

"¿Eso te ha dicho tu padre? Porque Odín me ha contado sus planes para ti y son muy diferentes. Tu destino está escrito desde mucho antes de que tú nacieras, muchacho. Fuiste excepcional desde que estabas atrapado en la barriga de tu madre, ¿verdad?".

»Aquello estaba empezando ya a enfadarme. No me gustó que mentase a mi difunta madre.

"¿Y tú qué sabes de eso?".

"Sé que ya eras un *berserker* por entonces. Probablemente naciste desgarrando a una mujer, ese es nuestro destino".

"¡Que te calles, te he dicho! ¿Qué sabes tú de mi madre?".

"Gunbjorna era la tallista de runas más conocida de Scandia, ¿nunca te has preguntado el porqué de su nombre?".

"¿Gunbjorna? ¿Qué le ocurre a su nombre?".

"Todos los *berserkir* somos hijos de osos. Nuestros progenitores deben llevar su marca en el nombre: Gerbjorn, Gunbjorn, Arinbjorn, Esbjorn, Thorbjorn... Así que la pregunta que has de hacerle a tu padre es: ¿por qué te está escondiendo tus capacidades y tus talentos?".

»Solo quería que se callase, que dejase de hablar de mí como si me conociera mejor que yo. En un impulso, le lancé las hachas, aunque sin intención de herirlo.

»Una sobre la cabeza. Otra entre las piernas.

»Ambas quedaron clavadas en el tronco, a pocos centímetros de su carne. Pero él ni se movió. No las esquivó, como habría hecho un hombre cualquiera.

»Y esa indolencia me conmovió, la quise para mí.

»Quise ser ese tipo de hombre, alguien a quien no le turbase un arma volando hacia una muerte segura.

»El *berserker* me citó para el día siguiente y después desapareció.

»Aquella noche no soñé con el oso negro, ni soñé que era invencible en la batalla. Las flechas me herían y dolían como un infierno. El fuego me alcanzó y me desfiguró la piel, las espadas les arrancaban astillas a mis huesos y creí morir de puro dolor. Me desperté empapado de terror y corrí al lecho de mi padre a despertarlo.

»Jamás me he sentido peor que aquella madrugada, con el cuerpo apaleado por las pesadillas, con la conciencia de haber perdido un poder que me hacía invulnerable.

»Salimos a la trasera del *skali*, cubiertos con las pieles con las que dormíamos. Mi padre iba sin calzarse, como si la nieve que pisaba no le molestase. Me escuchó con paciencia. Yo estaba muy alterado, se lo conté todo: mis sueños, el encuentro con el líder de los *berserkir*, la sensación que me perseguía desde que el oso negro entró en mis pensamientos, el desasosiego porque la granja se me hacía más y más pequeña cada día que pasaba.

"Gunnarr, el hombre que se te ha presentado se llama Skoll. Hemos escuchado hablar de él y sabíamos que estaba por los alrededores, en la última asamblea nos previnieron contra él. Ha recorrido todas las granjas de la costa y ha retado a todos los *jarls* que ha ido encontrando. Granjas pequeñas, granjas prósperas: todas le valen. Pero es astuto, se acoge a las leyes de antaño y desafía a un *holmganga*".

"No soy docto como tú en leyes, padre".

"Un *holmganga* es un antiguo reto público. No es muy común en estos días, por eso no lo conoces. El que es retado no se puede negar, como en los duelos habituales. Y lo peor de todo es que si pierde es nombrado *niðingr*".

"Cobarde", murmuré.

"Sí, con lo que eso supone para un *jarl* y para sus herederos de por vida. En todo caso, eso no ha ocurrido durante los últimos doce inviernos, que sepamos. Siempre gana el duelo, hasta la fecha es imbatible. Después mata al propietario, se queda con las esposas, los esclavos y todo lo que le perteneció al difunto. Pero se olvida de administrarlo, se juega las posesiones en partidas con otros *berserkir* y las suele perder. Al este de nuestra granja está dejando un reguero de caos. Las granjas están pasando de malas manos a peores, pero nadie se atreve a hacerle frente en un cara a cara, y los reyes están de su parte. Todos reclaman a sus doce *berserkir* en cuanto tienen una pugna con sus vecinos; son su fuerza de choque y eso los hace intocables. Nadie mata a un *berserker* si no quiere ser aniquilado por la furia del rey al que sirve".

"Pero, padre, el *berserker* sabía cosas de mí, de mi madre. Dijo que ese es mi destino y no el de sucederte en esta granja, como yo creía. Y por primera vez he sentido que lo que me has enseñado no es suficiente, que quiero conocer cómo se viven otras vidas, más allá de ordeñar vacas y dar de comer a los gorrinos".

»Mi padre se volvió y me dio la espalda, escrutando el bosque, como si temiera que uno de los cuervos de Odín nos estuviera espiando.

"Pero no de esta manera, Gunnarr. Ese hombre no tiene nada bueno que enseñarte. Es un depredador que altera la paz, eso es todo. ¿Qué mérito le ves a sus hazañas?".

"Pero ¿y esos sueños tan vivos? —insistí—. ¿No debería hacerles caso?".

"¡Ya basta! —me frenó—. ¡No eres consciente del peligro en el que estamos todos los que vivimos dentro de estas vallas, y solo me hablas de ensoñaciones de adolescente!".

»Se quedó frente a mí, pero tuvo que alzar la cabeza para clavar sus ojos en los míos.

"Tú no has visto combatir a los *berserkir*. Nadie conoce su secreto, pero en verdad son invencibles. Nunca he conocido nada igual. Si Skoll viene y me reta, todo lo que he construido aquí se convertirá en un infierno y las personas que dependen de mí no volverán a conocer la tranquilidad".

"¿Los has visto combatir? ¿Cuándo, padre? Nunca me has contado que estuviste en una batalla, ¿por qué nunca me hablas de tu padre, o de la vida que llevabas antes de llegar aquí?".

»Mi padre me miró, y vi en sus ojos algo parecido a la impotencia.

"Tienes que dejar de ser un crío, Gunnarr, y empezar a pensar como un hombre", murmuró y se metió en el *skali* de nuevo.

»Y entonces noté una vez más al oso negro a mis espaldas. No me giré, pero sabía que estaba allí, esperándome.

"Eso es lo que voy a hacer, padre".

»Empaqué mis cosas y tomé un trozo de corteza de abedul. Después tallé unas runas y las dejé debajo del lecho de mi padre.

22

ADRIANA

20 de noviembre

—¿Qué escribiste en esas runas? —quise saber.

—No lo recuerdo con precisión, fue algo así como «Padre, ¿y si soy algo más que un granjero? Déjame averiguarlo, ¿podrás perdonarme?».

Después Gunnarr se desperezó como un cachorro de gato, mirando las luces del alba que entraban por el elevado ventanuco de mi celda. Me fijé entonces en que parte de su cuello estaba quemado. La piel devastada se extendía bajo su camiseta de motero. Él pareció percatarse y se subió los cuellos de cuero de su cazadora desgastada.

—Y por esta noche ya es suficiente, muchacha. Mañana seguiré respondiendo a tus preguntas, siempre que durante el día disimules ante mi tío y no le hables de mi incursión nocturna.

Asentí, no tenía nada que perder, y tal vez mucho que ganar con las visitas de Gunnarr. Además, mientras lo mantenía hablando me olvidaba de mi penosa situación y sus historias eran mucho mejor que el silencio de mi celda medieval.

—Iago siempre está en tensión cuando cuenta sus recuerdos —me apresuré a decirle cuando vi que se levantaba de la cama y se disponía a marcharse—, como si temiera cada una de mis preguntas, como si no tuviera la conciencia limpia.

Gunnarr frenó en seco, camino de la puerta.

—Mi padre no ha sido un mal hombre, aunque muchos de sus errores lo han dejado marcado y nos han marcado también a otros miembros de la familia. Pero no tiene capacidad para la autoindulgencia. Debe de ser duro para él mirarse al espejo y ver a su peor enemigo.

—Hablando de indulgencia, ¿tan grave fue el daño que te hizo como para no perdonarlo en cuatro siglos?

—Tú odias a Nagorno.

—Así es.

—Porque mató a tu madre.

—Exacto.

—Y no lo perdonarás, por muy arrepentido que ahora esté de habérsela llevado por delante.

—No me sirve; mi madre no está.

—Entonces no somos tan diferentes, tú y yo. Yo sigo enfadado con mi padre porque por su culpa murió alguien a quien quise. De igual manera, mi padre no conocía su relación conmigo, no sabía lo que ella significaba para mí, pero el mal que hizo no puede ser remediado.

—Estarían muertos igual —dije, sin saber muy bien por qué.

—No te entiendo.

—La mujer, la que entiendo que Iago te quitó, ahora estaría muerta, y mi madre puede que también, tal vez habría muerto ya a estas alturas. Pero tú y yo seguimos aquí, muchos años después de que ellas murieran, heridos por lo injusto de la situación, como si una parte de nuestras vidas se hubiera quedado allí con ellas, en el pasado, incapaces de avanzar del todo.

Gunnarr continuó dándome la espalda, no se movió, salvo por el leve gesto de apretar los puños y dejar blancos los nudillos.

—No te atrevas a pensar que puedes comprender mi dolor, *stedmor*.

Y agarró el pomo de la puerta, se palpó el bolsillo, encontró la llave.

—No en toda su extensión, has tenido siglos para rumiar ese

dolor. No puedo ni imaginarlo. Pero creo que ahora te entiendo un poco más —dije, antes de que se marchara.

—¿A qué te refieres?

—Antes pensaba: «Hace falta ser muy obstinado para llevar cuatrocientos años sin perdonar a un padre como Iago». Te tenía por poco flexible, por rencoroso.

—No lo estás arreglando —me hizo ver.

—Pero entiendo que no puedas perdonarlo; yo no puedo perdonar a Nagorno. —Ignoré su comentario—. Lo miro y lo veo acabando con mi madre. Veo todo lo que no tuve: una adolescencia con ella, tratarnos como adultas, que conociese a Iago. Me dejó huérfana, Gunnarr. Me dejó sola en el mundo, me convirtió en adulta en una tarde.

Gunnarr dejó la puerta y se apoyó en la pared, frente a mí. Miró hacia otro lado, bajó un poco la cabeza.

—A mí me ocurrió igual. Cuando vi aparecer a mi padre en el despacho del museo, lo he añorado tanto... He sabido de él por mi tío Nagorno, siempre he sabido lo que hacía con su vida durante estos últimos siglos. Mi padre es un buen compañero para caminar a su lado, y lo he echado mucho de menos. Pero cuando me llevó a ese cementerio, no fui capaz. No fui capaz de olvidar lo que me hizo. Dejarlo ir, dejarlo atrás. —Se pasó la mano por el pelo, en un gesto idéntico al de Iago cuando un pensamiento lo molestaba—. Lo miro a los ojos y sé que se sabe culpable, y precisamente eso no me deja perdonarlo. No, hasta que él sufra.

—Somos un poco estúpidos todos, ¿verdad? Nosotros cuatro —le dije—. Estamos atrapados en esta maraña de culpas y venganzas, y nos vamos a destrozar la vida los unos a los otros.

—Así es.

—Gunnarr, yo no voy a perdonar a Nagorno por lo que le hizo a mi madre, ni voy a perdonarlo por lo que me está haciendo ahora. Ni a ti tampoco, maldita sea, por muchas historias de vikingos que me cuentes. Me has arrancado de mi casa, me has arrancado de los brazos de mi compañero, me has arrancado de un trabajo que me llena para traerme a una celda y amenazarme con matarme. No, Gunnarr. Tú y yo no somos iguales. Yo nunca te lo habría hecho, nunca habría secuestrado a nadie ni lo mataría.

—Eso es porque piensas como una efímera, solo ves tu pequeño mundo. Si vieras el cuadro completo, cambiarias de opinión, créeme.

Me levanté y me acerqué a él, manteniéndole la mirada.

—Pues enséñame el cuadro completo.

—No, ese es un privilegio que solo yo me he ganado y tendrías que hacer muchos méritos para ser digna de asomarte a él. Pero puedo ir dándote pistas, si eres capaz de verlas, de intuirlas, de olisquearlas. Veamos hasta dónde llega tu inteligencia, *stedmor*. Abre los ojos y los oídos, escucha lo que ves y mira lo que digo, sobre todo lo que digo entre líneas. En las omisiones es donde se hallan las verdades más contundentes. En lo que no se contesta está la clave de la respuesta. Los actos que nos avergüenzan son los que mejor nos definen. Piensa en lo que calla mi padre y lo conocerás mejor que él mismo.

—Lo que quieres hacerme ver es que para ser longevo y sobrevivir entre efímeros tenéis que ser maestros en la ocultación —dije—. Lo sé, Gunnarr. He vivido entre cuatro de vosotros y soy consciente de la carga que os supone mantener una máscara permanente.

Gunnarr me escudriñó como si mi rostro fuera un enigma por descifrar y se marchó un poco frustrado, dejándome sola una vez más.

«De acuerdo, Gunnarr. Recojo el guante. Juguemos».

23

IAGO

21 de noviembre

Esperé a que oscureciera para coger el coche y conducir hacia Puente Viesgo. Entre semana, el aparcamiento de la entrada del Centro de Interpretación estaba siempre desierto, y mucho más a aquellas horas. La noche era magnífica, el cielo estaba despejado, teñido de un índigo profundo. Miles de astros que se habían apagado hacía eones de tiempo moteaban la bóveda sobre mi cabeza.

Como tantas otras veces, tomé el sendero oculto y comencé la ascensión. A mis pies, el valle de mi infancia dormía y apenas aguantaban encendidas las luces lejanas de algunas casonas apartadas. No necesitaba la linterna del móvil, la sombra blanca de Madre Luna me escoltó a lo largo del camino hasta el tilo retorcido. Al entrar en la cueva prendí una antorcha que había preparado previamente en casa. Me descalcé y me quité la camisa, llevaba los signos de ocre pintados en los brazos y en el torso. Era Urko de nuevo, volviendo a mi primer hogar.

Él ya estaba. Padre me esperaba junto al panel de las manos donde Dana y yo habíamos recitado nuestros votos frente a Madre Roca. También él había dibujado en ocre su pasado como Lür, el patriarca de La Vieja Familia.

Nos quedamos frente a frente ambos hombres, padre e hijo, poniéndonos al día en silencio, solo con la mirada. Después él se acercó, nos sujetamos los brazos y unimos nuestras frentes, al modo antiguo. El saludo de los hombres que se respetan y no se temen.

Después nos sentamos, con la espalda apoyada en la pared de la cueva.

—Recuerdo la conversación que tuve contigo hace un año, en esta misma galería, antes de partir hacia el Amazonas. Recuerdo que te dije que acabarías convirtiendo a Adriana en longeva, que acabarías sucumbiendo cuando la vieses envejecer... —dijo.

—Lo recuerdo. Pero ya te lo dije: ella no quiere, Adriana no quiere ser longeva. Le basta con vivir unas décadas más, y yo voy a respetarlo. Lo que no esperaba era el chantaje de Nagorno. Pensé que la dejaría al margen de nuestros asuntos. Y desde luego, no esperaba la vuelta de Gunnarr.

—No, yo tampoco —dijo, soltando un largo suspiro—. Si lo hubiera sospechado, me habría mantenido a vuestro lado. Dime, ¿qué tienes?

—Un maldito acertijo —contesté, sacándome del bolsillo trasero del pantalón el papel que Gunnarr me había dejado.

—Déjame ver.

Mi padre conocía los entresijos de los criptogramas, él instruyó a Gunnarr y lo convirtió en un hábil descifrador de códigos.

—Veamos, «Llegarás a ella por aire o agua» —levantó la vista, esperando mi obvia respuesta.

—Es una isla, entiendo.

—¿Yakarta, en la isla de Java...? —me tanteó.

—¿No es demasiado predecible que Nagorno se la lleve a su rincón favorito del planeta?

—Yo no descartaría ninguna respuesta, ni siquiera las más obvias.

—De acuerdo —asentí—, no lo descartamos, pero el lugar donde la hayan llevado tiene que cumplir todos los requisitos. Gunnarr no deja nada al azar.

—Me llama la atención esta frase: «Hallarás masacres y catedrales». ¿Crees que lo dice en sentido literal o figurado?

—No lo sé. Buscaré registros de masacres en catedrales. Pero habrá cientos —repuse—: todos los bombardeos sobre islas que hayan destrozado iglesias, solo contando las dos últimas guerras mundiales...

—Sé optimista, Urko; si son catedrales, hablamos de cristianismo. Solo hay que buscar en una horquilla de mil seiscientos años de historia. La primera catedral fue construida en el siglo IV, en Armenia. Aunque no tiene que ser esa, lo que buscamos son islas con pasados recientes.

—Tienes razón, es nuestra pista más concreta. Habrá que investigarla —le dije—. Continuemos. Lo que sigue es curioso: «¿Serán miles, serán bellas?». ¿A qué crees que se refiere?, ¿a un lugar donde haya miles de bellezas?

—O tal vez no —dijo mi padre—. Lo que me resulta más curioso es que lo escribe con interrogación. ¿Es una duda? ¿Por qué no lo afirma?

Lancé un guijarro al fondo de la galería, frustrado.

—¿Cómo saberlo? ¿Cómo descifrar lo que tiene mi hijo en la cabeza y lo que trata de decirme después de cuatrocientos años de rumiar lo que le hice?

—Está bien. Hay mucho por hacer y poco tiempo por delante. Dividamos las tareas, ¿por dónde empezamos?

—Yo he de centrarme en la investigación de la telomerasa; tengo menos de veinte días para revertir el efecto. Por tu parte, encárgate del museo.

—Me ocuparé de él, pero voy a dedicarle el mínimo tiempo durante estas tres semanas —dijo Lür—. Mi prioridad ahora es encontrar a Nagorno, Gunnarr y Adriana. No será fácil. Si la tienen escondida, la habrán llevado a un lugar apartado.

—No tiene por qué —resoplé, agobiado—, puede estar en un apartamento frente a Central Park y ni nos enteraríamos, o en un rascacielos de la avenida más concurrida de Shanghái. Reconócelo, las posibilidades son infinitas.

—Pero Gunnarr se ha encargado de acotarlas: una isla, masacres, catedrales, miles y bellas... Esas son las pistas.

—O tal vez no todas —dije—. Gunnarr es un embaucador, puede que algunas sean falsas y las haya dejado por el simple placer de provocarnos un quebradero de cabeza.

—Hasta las pistas falsas tienen su razón para estar ahí, yo se lo enseñé. Incluso el mentiroso nos cuenta la verdad a través de sus mentiras.

Nos quedamos un rato en silencio. Mi padre estudiaba el papel, poniéndolo a contraluz por si su nieto nos había dejado algún mensaje oculto con jugo de cítrico, pero yo ya lo había comprobado antes y sabía que la respuesta era negativa.

—Urko, ¿de verdad crees que Nagorno la matará?

—Mató a Vega y a Syrio, a quienes él creía sus dos sobrinos, solo por su anhelo de ser padre. Ahora es diferente, ahora se trata de su vida, y Adriana ni siquiera es de su sangre. Me está marcando el terreno, me está diciendo hasta dónde llegaría si sale de esta con vida y se me ocurre volver a intentar matarlo. Él sabe que he descubierto algo con relación al gen longevo. Si sobrevive a esta injerencia, quiere que no vuelva a usarlo en su contra.

—Estar con Adriana te hace vulnerable. Eres consciente, ¿verdad?

—Siempre lo he sabido. Mientras yo sea un hombre con alguien a quien querer, con alguien que me importe, seré débil ante Nagorno.

—Por eso no has intentado tener hijos con ella.

—Al principio era mi anhelo, lo reconozco. Tener hijos con Dana, verlos crecer sin abandonarlos, poder compartir con ellos mi verdadera naturaleza... Lo deseé muchas veces en el pasado, y ahora tenía la oportunidad de convertirlo en una realidad. Incluso cuando mi hija murió y descubrimos que Nagorno no estaba muerto, seguí firme en mis convicciones. Pero este año de convivencia con Dana ha colmado todas mis expectativas. Durante este tiempo he vivido una vida plena, una especie de burbuja de felicidad que me ha hecho reconsiderar mis prioridades. No soportaría pasar por lo que le hizo a Lyra, acabar con su familia. No estoy en condiciones de soportarlo.

Mi padre suspiró, con la mirada perdida en las grietas de la roca.

—No solo me preocupa Nagorno —dijo—. Está el factor Gunnarr. ¿Hay algo más que deba saber?

—Me dejó talladas unas runas en la mesa del despacho y, después, el papel que conoces. «¿Duele, padre? Porque quiero que duela. Necesito que duela para volver a considerarte mi padre».

—Luego te está proponiendo un rito de paso para perdonarte.

—Sí, yo también lo he visto. Hay una voluntad de perdonarme, de que volvamos a ser el padre y el hijo de antaño, pero me ha de doler.

—¿Crees que con el secuestro será suficiente? —me interrogó, con voz ronca.

—¿Me estás preguntando si creo que matará a Adriana?

Asintió.

—Pongamos que finaliza el plazo con el resultado más que probable de que yo no haya encontrado el antídoto para Nagorno, y mi hermano muere. Está claro que Gunnarr tiene la orden de ejecutar a Adriana en caso de que eso ocurra. Y, según sus creencias, así estaríamos en paz por lo sucedido hace tanto tiempo. En el cerebro de Gunnarr, lo justo sería una muerte por otra y, si Nagorno no sobrevive, tendrá la excusa perfecta para cobrarse su deuda.

24

IAGO

22 de noviembre

Al día siguiente tomé un vuelo a París. De nuevo había retomado la identidad de Walter Zachary. Me rasuré la barba de tres días hasta dejar una perilla similar a la que Tomás Pilkington había conocido y tuve que recurrir otra vez a las lentillas marrones y a las monturas de pasta negra. De nuevo era el científico rastreador de los candidatos a los prestigiosos Premios Hooke de Ciencias.

En esta ocasión fue Pilkington quien se ofreció a viajar a Europa. Cuando lo llamé fingiendo que su candidatura tenía muchas posibilidades de resultar la ganadora del premio, me contó que la Corporación Kronon estaba planeando abrir una sede europea y tenía programado un viaje a París desde hacía tiempo.

La noticia me alivió y frenó un poco la cuenta atrás que llevaba en mi cabeza. No tendría que perder dos días en viajes transoceánicos para volar a la sede de la Corporación Kronon en San Francisco, tan solo un par de horas de vuelo a la capital francesa.

Pese a que el invierno también castigaba aquel año a la región, aquella mañana un sol blanco y luminoso calentaba los puentes y las farolas parisinas.

Le había propuesto a Pilkington un café discreto que conocía bien. En la primera planta había un reservado de cojines granates y dorados para esos clientes que buscábamos una discreta intimidad. La mayoría le daba unos usos menos científicos que los nuestros, pero sabía que Pilkington también agradecería el detalle.

A la hora en punto subí por las escaleras del café Procope, pagué una espléndida propina al camarero para que no entrase nadie en nuestro reservado bajo ningún concepto y me senté sobre el mullido sofá a esperar a mi confidente.

La puerta se abrió minutos después, pero Pilkington no iba solo; lo acompañaba una mujer joven, una ejecutiva morena a quien no pude ver bien el rostro hasta que se sentó frente a mí.

«Es imposible».

Eso fue lo único que acerté a pensar al verla.

«Es imposible».

—Querido Walter, espero que disculpe nuestro retraso; el vuelo ha tenido más turbulencias de las que puedo relatarle sin aburrirlo. Estamos recién llegados a París, ni siquiera hemos pasado por el hotel para dejar nuestras maletas. Se las hemos fiado al camarero. Confío en que no haya ningún problema...

Yo no escuchaba sus palabras, solo la miraba a ella. Y ella a mí.

«¿Eres tú?, ¿eres realmente tú?».

—Y discúlpeme por no haberlo avisado antes de que iba a venir acompañado. Ella es Marion Adamson, mi superior jerárquico en la Corporación Kronon. Se encarga de supervisar mi trabajo y es la máxima autoridad en la empresa en lo que se refiere al comportamiento de la telomerasa. Ella supo en su día de la primera visita que nos hizo con relación a los Premios Hooke.

Me levanté del asiento, con todo el aplomo que pude reunir, y alargué la mano para estrechársela.

—Encantado, Marion.

—Lo mismo digo, querido Walter.

Me miró a los ojos, y los mantuvo allí clavados largo rato. ¿Estaba tan desconcertada como yo?

Escruté su rostro y lo único que hallé fue que estaba pendiente de mis reacciones.

¿Era posible que Marion Adamson fuera Manon Adams, la esposa que tuve en el siglo XVII en Nueva Inglaterra, la que murió durante aquella epidemia, la que nuestro hijo enterró tras la granja de la colina de Duxbury?

¿Y si no era ella y era una tataranieta idéntica?

SEGUNDA PARTE

25

IAGO

22 de noviembre

La garganta se me había secado; acudí al café que el camarero me había dejado servido y carraspeé, incómodo.

Me obligué a tomar el control de la conversación y ejecutar el plan que previamente había trazado sin desviarme de él por aquel... imprevisto.

—Como sabe, míster Pilkington, me encuentro en estos momentos deliberando qué instituciones he de presentar como candidatos firmes a los Premios Hooke. Si bien, tal y como le dije hace un año, los descubrimientos de la Corporación que ustedes representan no me parecían los más adecuados para el perfil del ganador, debo decirle que, una vez estudié en profundidad el material que amablemente me proporcionó, he cambiado de parecer.

Pilkington, que me había escuchado en tensión, reclinado sobre un mullido sillón frente al mío, pareció relajarse al oír mis palabras.

«¿Hasta dónde sabe tu jefa?», le pregunté con la mirada. Él respondió en silencio con un gesto discreto; interpreté que me estaba pidiendo cautela. Pilkington me había entregado material confidencial de la Corporación Kronon que guardaba por si necesitaba chantajear a sus superiores.

—¡Cuánto me alegra escuchar sus palabras! —respondió—. Lo vi muy remiso a creer en nuestra línea de investigación, pero como sin duda se habrá documentado a lo largo de este año, los estudios acerca del antienvejecimiento se están convirtiendo cada vez más en una prioridad para las farmacéuticas, tanto en Europa como en Estados Unidos.

—Me consta, por ello quisiera ahondar en sus últimos hallazgos acerca del comportamiento de la telomerasa. Verá, tan interesante me parece el hecho de inhibir la telomerasa como de volver a activarla. ¿Han hecho algún adelanto en esa dirección?

Miré de reojo a la supuesta Marion. Noté que el rostro se le tensaba levemente al escuchar mis palabras. Solo levemente, pero suficiente como para saber que la había dejado intrigada.

Pilkington también la miró, pidiéndole permiso antes de decantarse por una u otra respuesta.

Ella le hizo un discreto gesto de asentimiento.

—Es cierto que este año nos hemos centrado en el comportamiento de la telomerasa. —Hizo una pausa y la miró de nuevo antes de continuar.

—Verá, antes de proseguir —lo interrumpió Marion— y de compartir con usted más material confidencial, tal vez debamos alcanzar algún tipo de preacuerdo en lo que a la consecución del premio se refiere.

—Creo que sabe que asegurar un premio de estas características antes de que el jurado decida, además de imposible, también es ilegal —contesté.

—No me refería a un precontrato, en el sentido legal del término. Más bien un compromiso por su parte de que nuestra propuesta será vista con particular interés entre los miembros del jurado. —Su voz era seda. Estaba negociando duramente, pero su voz era seda.

«Diecinueve días —me recordé—. Actúa rápido, arregla después los platos rotos».

—A eso sí que puedo comprometerme —respondí, después de pensarlo un momento—. Pero tengo unos plazos muy apremiantes en estos momentos. Soy consciente del esfuerzo que les voy a pedir, pero convendría que me enviaran todos esos estudios esta misma noche.

Pilkington tragó saliva.

—¿Esta misma noche? —repitió—. Me temo que tenemos programada una agenda muy exigente para este viaje. Creo que imagina la cantidad de reuniones con posibles socios europeos a las que tenemos que asistir durante los próximos días.

—No hay problema —interrumpió Marion, apurando su café—, dígame en qué hotel se aloja y yo misma le acercaré el material.

—Perfecto entonces —asentí—. En cuanto acabemos la reunión le facilito el nombre.

En realidad, no había reservado ningún hotel. Mi plan inicial era volver a Santander aquella misma noche para no perder un tiempo que desgraciadamente no tenía. Pero la aparición de aquella mujer, idéntica a mi esposa fallecida cuatro siglos atrás, había trastocado todo cuanto había programado.

Después se produjo un incómodo silencio que ninguno de los tres supo bien cómo llenar.

—La doctora Adamson es americana —se apresuró a contarme Pilkington—, pero me contó que sus orígenes son europeos, ¿no es así?

—Ingleses y holandeses —apuntó Marion, sin dejar de mirarme.

—¿No será una de las famosas descendientes del Mayflower? —le dije.

Ella rio y se reclinó en el sofá.

—Soy consciente de que todos mis compatriotas afirman descender de aquellos ciento dos puritanos, pero en mi caso es rigurosamente cierto. Mi árbol genealógico está muy documentado.

—¿Había un Adamson en el Mayflower? —La reté con la mirada—. Yo diría que en la lista había un Adams, pero no recuerdo un Adamson.

Pilkington me miró, sorprendido.

—¿Está usted familiarizado con la célebre lista de pasajeros del Mayflower? No sabía que le gustaba la historia americana. Es usted una caja de sorpresas, señor Zachary.

—Siempre me fascinó aquella historia de los supervivientes de la colonia de Plymouth. Los primeros inviernos debieron de ser muy duros, terribles... El frío, el hambre...

—Las epidemias... —añadió Marion, acabando con su café.

¿O era Manon?

—¿Conoce el terreno? —me preguntó—. ¿Ha visitado Massachusetts en alguna ocasión?

—Sí, reconozco que he estado varias veces en los últimos tiempos. Siempre me provoca una honda impresión. No solo visitar el poblado de Plymouth reconstruido, a la manera del siglo xx, debo decir. ¿Conoce usted el Pilgrim Hall, el Museo de los Padres Peregrinos, el más antiguo de Estados Unidos?

—Lo conozco, sí.

—Algunos de los objetos expuestos en esas vitrinas me producen gran perturbación —murmuré.

¿Hasta dónde me seguía en mis tanteos? ¿Cuánto sabía de mí aquella mujer?

—El sombrero de piel de castor de Constance Hopkins, la cuna del bebé de Susanna White, Dios los tenga en su gloria —se adelantó ella—. Incluso hay una pieza curiosa, casi incongruente, dados los orígenes de los Padres Peregrinos: una navaja española.

—Toledana, sí —asentí, hablando apenas entre dientes. Me dejé la navaja en la granja, junto con muchas de mis pertenencias que creí que no sobrevivirían al incendio que provoqué.

—Eso es. De Toledo, España —prosiguió Marion—. Debían de ser famosas en aquella época por su bella factura, ¿no le parece? Me pregunto qué historia habrá detrás de tan simple objeto, qué relato nos tendría que contar su dueño. ¿Verdad, Pilkington?

—Es curioso, sin duda. Doctora Adamson, ¿un poco más de café? —preguntó.

Al escuchar la voz de Pilkington recordé que aún seguía con

nosotros. Apenas era consciente de su presencia en aquella habitación. Nuestro convidado de piedra nos miraba a uno y a otro, sin comprender absolutamente nada. ¿Cómo podría siquiera imaginar lo que estaba pasando allí?, ¿lo excepcional que era que dos longevos, que un día se amaron sin saber que lo eran, se encontrasen cuatro siglos después en un café de París?

¿Era eso lo que estaba ocurriendo? ¿Era Marion Adamson realmente Manon Adams o solo una impostora?

Una vieja melodía salió de su elegante americana blanca. Aquella melodía... era antigua, medieval. Solía escucharla en las entradas de algunas fortalezas del Languedoc, en Francia. Los viejos titiriteros anunciaban su presencia con sus flautas tocando aquellas notas melancólicas. Toda la cristiandad —que era como se llamaba entonces el territorio que abarcaba la actual Europa— la conocía, era como el *top ten* de las canciones más escuchadas. Después, poco a poco, se perdió, se dejó de escuchar en los caminos y en los castillos. Aquella generación de titiriteros murió y los que vinieron después rechazaron las canciones de los ancianos.

Pero aquel recuerdo me hizo tragar saliva, vinieron a mí sabores de salsas medievales que no había vuelto a probar. Sensaciones irrecuperables como el tacto de una buena tela de Yorkshire en mi manga. Algunas desagradables, como las noches en posadas infames sobre colchones de paja infestados de pulgas, o los olores apestosos de las letrinas. Otras sublimes como perfumes florentinos con matices ya perdidos.

La voz de Marion, aquella mezcla exacta de aplomo y dulzura en sus palabras, me trajo de nuevo al siglo XXI, ¿o era al XVII?

Pilkington y yo escuchamos atentos su conversación telefónica en un perfecto francés con algún socio de la Corporación Kronon y supe que nuestro extraño encuentro había tocado a su fin.

—Me temo que la agenda manda —nos dijo Marion, después de colgar—. Querido Walter, esta noche, cuando termine todas las reuniones que hoy me van a mantener ocupada, me pasaré por su hotel y le haré entrega de esos trabajos, ¿le parece bien?

Me saqué de la cartera mi tarjeta de visita falsa con el nombre de un Walter Zachary que nunca existió. Recordé que fue Lyra quien la diseñó y la envió a imprimir, junto con todo el material falso de aquella efímera identidad. Garabateé una dirección en el reverso y se la tendí.

—No es un hotel —le susurré cuando pasó a mi lado, abandonando el reservado—. Es una de mis propiedades.

—Espérame allí —me dijo al oído, fingiendo que nos despedíamos con dos besos en las mejillas, al modo español—. No te vayas a vender pieles de castor esta vez.

Sentí un mareo, cerré los ojos para no caer.

Ya no tenía dudas: aquella mujer era Manon, la esposa que en su día tanto amé.

XXVI

IAGO

Londres, 1620 d. C.

Mi padre extendió un mapa sobre la mesa de madera del tugurio.

—Se lo robé a un espía del embajador de España en Londres —susurró—, pero no te inquietes; lo voy a devolver.

—¿Estás de nuevo metido en asuntos de espías? ¿Es eso lo que te retiene en Londres?

—No exactamente. Permíteme que te cuente, querido hijo. Pedro de Zúñiga, el que fuera embajador español hasta el año 1609 de Nuestro Señor, se empeñó en advertir al rey Felipe II de España de que pusiera fin a la empresa inglesa del rey Jacobo de fundar colonias en la Costa Oeste. De hecho, el primer barco de la Compañía de Plymouth, el Richard, partió de Inglaterra en agosto de 1606, pero fue interceptado y capturado por los españoles cerca de las costas de Florida en noviembre de aquel año. Aunque el siguiente intento tuvo unos resultados más gloriosos, en principio. Partieron dos barcos, el Gift of God y el Mary and John, pero solo este último llegó al río Kennebec en agosto del 1607. En aquellas inhóspitas tierras construyeron lo que ves en este documento. Pedro de Zúñiga se hizo con este mapa y se lo envió como prueba a Felipe II. Pude falsificar una copia rápida que ahora está en ciertos archivos de Madrid, pero volveré algún día a reponer el original.

Tomé una vela y la acerqué al dibujo. No acertaba a comprender el interés de mi padre. Vi una edificación en forma de estrella, construcciones interiores, un almacén de provisiones, un granero...; no quería saber nada de edificios defensivos. O tal vez todo me recordaba todavía a Kinsale.

—Es un fuerte —me aclaró mi padre—. El fuerte de San Jorge, en la colonia de Popham. Lo financió la Compañía de Virginia de Plymouth en el año 1607 de Nuestro Señor, al otro lado del océano. Un año más tarde fue abandonada. Desde entonces la Compañía no ha vuelto a financiar empresa alguna.

—Y me estás contando esto porque...

Habíamos acudido a nuestra taberna favorita de Londres, la Devil's Tavern, llamada así por su dudosa reputación. Pero tenía por aquel entonces casi cien años, aunque la habíamos conocido como The Pelican. Era un lugar seguro para nosotros. Ningún sujeto de moral intachable osaba acercarse a aquel tugurio infame y eso siempre era bueno para nuestros planes.

Pese a todo, aquel día yo no gozaba de buen ánimo. No dejaba de mirar fijamente mi cubilete de agua.

De agua.

Juré a mi padre y a mis hermanos que no volvería a probar el alcohol, después de que arriesgaran sus vidas y sus almas para sacarme del presidio. Y lo había cumplido... Al menos delante de ellos no había vuelto a beber.

—Estoy compartiendo esta confidencia contigo porque esta semana mi buen amigo John Calvert ha solicitado a su majestad, el rey Jacobo, una carta para enviar nuevos colonos a la zona de la Compañía de Plymouth con la intención de retomar de nuevo sus afanes de conquista en las colonias. Dios sabe que es una inversión arriesgada, pero ha conseguido que setenta comerciantes inversores contribuyamos con mil ochocientas libras para sufragar los gastos. Has de saber que hay un grupo de puritanos que se exiliaron en Leiden, Holanda, por sus desavenencias con la Iglesia anglicana, pero allí tampoco acaban de encontrar su lugar. Han conseguido implicarlos en el negocio, cada uno de ellos ha recibido una acción de diez libras y el que lo ha requerido ha sido libre para adquirir más acciones. He aquí, pues, el negocio propuesto: en siete años han de devolvernos la deuda y repartiremos las ganancias entre puritanos e inversores a partes iguales. Las haciendas, las casas, los bienes... Ellos persiguen también otras inquietudes, además de las económicas. Tienen el empeño de fundar allí su Nueva Jerusalén, pero he de advertirte de que en la travesía van otros aventureros que no son puritanos. La empresa se puso en movimiento el pasado agosto. En principio marcharon dos barcos, el Speedwell y el Mayflower, hacia las costas de la Compañía de Plymouth, pero el Speedwell ha tenido problemas y se han visto obligados a retornar a mitad de camino. Han intentado repararlo en el puerto de Southampton sin éxito, así que van a embarcar en unos días de nuevo, todos en el Mayflower. Cuarenta y dos de tripulación, ciento un pasajeros en total. Y ahí es donde entras tú. Toma, hijo —dijo, extendiéndome un papel timbrado—. Te hago entrega de tus acciones. El trato es el que sigue: tú embarcas con los puritanos, te encargas de que la empresa sea económicamente viable y a tu retorno nos repartimos los beneficios.

—Vas a malgastar tu dinero. Si el fuerte de la colonia de Popham ni siquiera sobrevivió un año, ¿qué te hace pensar que en esta ocasión la colonia puede ser incluso rentable?

—Porque te envío a ti y confío en tus habilidades. Tú conoces las condiciones en el Nuevo Mundo, sobrevivimos a Florida y a Ponce de León. No me preocupa tu supervivencia. Lo sabes todo del frío y del hambre. ¿Qué puede matarte, después de todo lo que has pasado?

«¿El espectro de un hijo al que traicioné?», quise contestarle. Pero callé por no hacerle daño. Mi padre estaba convencido de que yo estaba prácticamente recuperado de aquel episodio lamentable.

—Debes saber que hay otra colonia al sur, en Jamestown. Pertenece a la Compañía de Virginia de Londres, también privilegiada por el rey Jacobo. Después de unos comienzos en los que el hambre acabó con cerca de los seiscientos colonos, parece que ahora han encontrado un buen negocio cultivando una cepa dulce de tabaco proveniente del Caribe. Pero no te envío para que pongas en pie una plantación de tabaco. Lo que quiero que me traigas es esto. —Se quitó su picudo sombrero de ala ancha y lo colocó sobre la mesa.

—Me envías a las colonias para que me haga sombrerero.

—No exactamente, hijo. Los sombreros se fabricarán aquí, en Londres, como viene haciéndose desde el siglo XIV. Observa a tu alrededor, ¿acaso no ves nuevas oportunidades en cada esquina? Londres ha pasado de tener sesenta mil habitantes a tener trecientos mil en pocas décadas. Los viejos ricos seguimos invirtiendo en propiedades y terrenos, pero los nuevos ricos se lo gastan todo en deslumbrar con sus trajes aparentes y con los sombreros de piel de castor. Hay decenas de tiendas que abren todos los días de sol a sol, y no dejan de recibir encargos. Cada sombrerero es capaz de fabricar tres sombreros al día, por lo que la demanda no deja de crecer. La piel de castor ha de prepararse con diversos productos químicos, pero es la mejor; repele la humedad y su acabado es tan suave como apreciado.

—¿Adónde quieres llegar, padre? —lo atajé.

—Lo que quiero que hagas es que contactes con los nativos del norte, establezcas una red comercial con ellos y ayudes a la futura colonia a enviar pieles de castor a Inglaterra. Hay otros posibles negocios: la vaca marina, como llaman en esta isla al bacalao. Aquí es muy apreciada en épocas de Cuaresma, y tengo contactos para desviar el negocio hacia Castilla. Debes ver si es viable, ya hay mucha competencia con los vizcaínos y los franceses al norte, pero puede ser una solución que los de la colonia de Jamestown no tienen. Es un reto para ti, ¿no te seduce, hijo?

Comprendía las motivaciones de mi padre, quería alejarme de la vieja Europa donde los malos recuerdos me estaban carcomiendo vivo. Me quería enviar lejos, a una empresa improbable que me mantuviera ocupado en sobrevivir. Yo sabía que en el fondo el retorno de su inversión le importaba menos que mi vuelta a la vida después de mi desastroso duelo por Gunnarr.

Lo que no le había contado era que dos décadas no habían servido para nada. Seguía viendo a Gunnarr en cada hombre rubio más alto que yo con el que me cruzaba. Me lo encontraba detrás de la sonrisa torcida de un posadero, montado a caballo cruzando el Támesis, uniformado y desfilando para el rey Jacobo.

Todos eran él.

—Vamos, hijo, ¿qué me dices? ¿Me ayudarás en esto? —insistía mi padre, al otro lado de la mesa de la cantina, a miles de millas de distancia de mis pensamientos.

Tomé el vaso de madera lleno de agua, brindé con él forzando una sonrisa, y le dije las palabras exactas que él deseaba escuchar:

—¡Qué demonios! Sea, padre, ¡seremos socios de nuevo!

Una semana más tarde, después de haberme despedido de mi padre en Londres, conducía un carro tirado por un caballo alquilado a través del puerto de Southampton buscando un barco de nombre Mayflower. Había recibido instrucciones de buscar a Adams, la persona encargada de las provisiones y de la lista de pasajeros.

El olor a puerto siempre me resultaba una ofensa para los sentidos. Las capturas de pescado, los alimentos podridos en las travesías que se lanzaban al mar allí mismo, en la rada, los vómitos de los pasajeros primerizos... No estaba muy seguro de querer emprender aquel viaje.

De repente mi caballo hizo un quiebro y se puso a relinchar de terror como si hubiera visto al mismo diablo. Entonces vi a un hombre grande, de espaldas. Hablaba con una mujer enlutada junto al casco de un barco.

«Gunnarr, hijo, ¿eres tú?».

XXVII

IAGO

Southampton, 1620 d. C.

Bajé del carro de un salto y salí corriendo tras él, pero cuando llegué a los pies del barco, la inmensa silueta había desaparecido y solo encontré a una joven puritana, vestida al modo holandés con la cofia blanca, la falda oscura de lana y los cuellos enormes de encaje que le tapaban los hombros.

—¿Con quién estabais hablando? —le espeté, doblándome y tomando aire delante de ella por el esfuerzo de la carrera.

—Señor, ¿nos conocemos? —contestó.

—No, pero creí reconocer al hombre con el que hablabais hace un momento.

—Señor, llevo aquí parada desde el alba con el listado de víveres, y muchos quedan por llegar. Veo que sois uno de los pasajeros —dijo, señalándome el documento real que yo estrujaba con una mano—. ¿Santo o extranjero?

—¿Sois la esposa de Adams, el encargado de las provisiones? —quise saber, ignorando su pregunta. Mi padre ya me había advertido de que los puritanos se llamaban a sí mismos *sants*, «hombres santos», y para ellos, el resto de los pasajeros eran *strangers*, «extranjeros».

Ella me miró de arriba abajo. Yo vestía como un aventurero, con jubón, calzones, capa corta y mosquete, además de un sombrero castoreño para enseñárselo a los indios. A mí me parecía ridículo, pero para los ojos ingleses era un artículo de lujo y, como bien dijo mi padre, de nuevo rico ostentoso, así que a los puritanos les parecería un trotamundos enriquecido y presuntuoso.

—Mi nombre es Manon Adams y ciertamente me encargo de los listados de los pasajeros y de las provisiones. He enviudado hace poco, y como consecuencia he heredado la deuda que mi marido contrajo alegremente con la Compañía de Plymouth. Así que ya no hay señor Adams y sí que hay muchas libras por devolver.

—Vos diréis, entonces.

—Lo primero que voy a hacer es apuntaros en el listado de pasajeros del Mayflower, este viejo barco que antes cargaba vino. ¿Me permitís vuestras credenciales?

Le extendí el papel y ella frunció el ceño al leer mi nombre.

—Aquí solo pone vuestro nombre, Ely. ¿No tenéis apellido?

—Apuntad simplemente Ely. Es suficiente para identificarme.

Ella garabateó mi nombre, no muy convencida, en el manoseado pliego de papel del que no se separó aquel día.

Y así quedó en la famosa lista del Mayflower que tantos escolares norteamericanos estudiarían cinco siglos más tarde: un solo pasajero aparecía sin apellido. Un pasajero al que las crónicas pronto perderían de vista.

—¿Habéis traído con vos las provisiones?

—Así es —asentí, mirando en dirección al carromato y al caballo—, ahora os acerco los dos toneles estipulados.

La viuda Adams me ayudó a descargar las pesadas barricas de madera donde había metido todo lo que me iba a acompañar en las colonias.

—Señor, no pretendo husmear en vuestros bienes, pero he de hacer un inventario de lo que lleváis para asegurarme de que este viaje va a ser viable y de que cada viajero no carga con trastos inútiles que no ayudarían a nuestra supervivencia.

Abrió uno de los toneles y se asomó al interior, extrañada.

—¿Y vuestra ropa? ¿No lleváis ropa para afrontar el frío invierno en la costa?

—Habrá nativos, cazaré pieles y comerciaré con ellos. Tengo informes de otras colonias; los indios tienen telares en sus campamentos.

—¿No os importa vestir como un nativo? —preguntó la viuda, con la extrañeza pintada en el rostro.

—Serán vestimentas más apropiadas para aquellas latitudes, ¿o pensáis que vuestros cuellos almidonados y las cofias os serán de utilidad cuando caigan los primeros copos de nieve?

—¿Y tantos platos de metal y tanto cubierto? ¿Pensáis regentar una posada?

Me reí de su ocurrencia, aquella mujer se movía dentro de parámetros muy rígidos.

—Son mi moneda de cambio con los nativos.

Cómo decirle que conocía la fascinación que ejercían nuestros brillantes platos en el Nuevo Mundo. Cómo decirle que un tonel lleno de platos me convertía a efectos prácticos en el hombre más rico de cuantos embarcaban en el Mayflower.

—¿Por qué lleváis tanta fruta fresca, no será más útil para vos la carne salada? —preguntó, abriendo el segundo tonel.

—Estos limones serán útiles si la tripulación enferma.

—Supercherías, no está probado.

«Creedme, yo sí lo he probado».

Miré con aprensión a la tenaz viuda, que comenzó a retirar los limones de la parte superior del tonel.

—Señora, tan solo dejadme pasar. Lo demás es cosa mía.

Pero ella no estaba dispuesta a claudicar. Sacó una de las botellas que se ocultaban al fondo del barril.

—¿Qué vais a hacer con tanto alcohol?

—Comerciar con los nativos —mentí.

En realidad eran las reservas, mis reservas. Todavía me sentía inseguro y temía ver de nuevo el espectro de Gunnarr. Solo había una forma de alejar a mis fantasmas y era desdibujarlo todo con el alcohol. Y desde luego, aquella viuda holandesa o inglesa, o lo que fuera, no iba a interponerse en mis intenciones.

—No puedo dejar entrar en un barco tal cantidad de bebida. William Bradford me ha puesto al frente de esta tarea y confía en mi criterio. Si la tripulación se entera de que hay disponibles tantas botellas, este viaje se puede convertir en un infierno.

—Nadie se va a enterar de que hay disponibles tantas botellas, señora. No vais a decírselo a nadie, y yo soy un hombre discreto que no gusto de compartir mis intenciones con nadie. Volved a leer el permiso timbrado por su majestad donde se me da libertad para embarcar con los víveres que estime convenientes —dije, cansado de tanta formalidad.

La viuda Adams comprendió que había perdido la batalla, dio un paso atrás y me dejó subir al barco.

XXVIII

IAGO

Océano Atlántico, 1620 d. C.

Durante la primera cena, las familias de los puritanos se sentaron en varias mesas apartadas. Conté pocos niños y alguna mujer embarazada. Los pasajeros del fallido Speedwell se hermanaron aquella primera noche con los del Mayflower y juntos rezaron por el éxito del nuevo viaje. Pero apenas había espacio para todos, íbamos a tener que soportar muchas semanas de hacinamiento y pude comprender la preocupación que la viuda Adams dejaba intuir en su semblante siempre alerta.

Aquella noche comenzaron ya los problemas para mi mermada voluntad. Hui de la muchedumbre y del calor humano del comedor y subí a la solitaria cubierta con una botella escondida bajo mi capa. El aire era demasiado frío y de las luces de Southampton solo quedaba un recuerdo difuso. Nos habíamos adentrado en el negro océano y un viento helado nos daba la bienvenida y me metía los pelos en la boca.

Iba a ser un viaje desagradable. Aquellas latitudes estaban muy al norte y el Atlántico no sabía de veranos ni de otoños.

No podría decir a ciencia cierta lo que ocurrió a continuación.

Sé que el alcohol me envolvió en la añorada bruma en la que me hallaba a salvo, pero mis ensoñaciones terminaron bruscamente, cuando sentí mi cuerpo sumergido en el mar.

No recordé haberme caído por la borda, pero allí estaba, en

medio del Atlántico, intentando mantenerme a flote. Me despejé en un segundo, consciente de que nadie vendría a rescatarme y de que el Mayflower seguiría su rumbo sin que sus ocupantes supieran nunca que uno de sus pasajeros iba a perecer de frío en las heladas aguas del océano.

29

IAGO

22 de noviembre

Aún sacudido por la reunión con Pilkington y Marion, deambulé durante un par de horas por el séptimo distrito de París hasta que llegué al centro comercial Le Bon Marché. Allí, en Ladurée, horneaban deliciosos *macarons* de mil colores diferentes.

«A Dana le van a encantar», me dije a mí mismo, en un vano intento de convencerme de que mi vida continuaba con sus rutinas.

Adriana era muy golosa y el mejor regalo del mundo para ella eran las palmeras, los lazos y las polkas de hojaldre que conseguía de un buen amigo de la Cofradía del Hojaldre de Torrelavega. Se las llevaba los domingos por la mañana a la hora del desayuno y las comíamos antes de que la humedad de nuestra ciudad las ablandase.

Después me dirigí a un edificio al que no volvía desde hacía tiempo. Tuve que ordenar reconstruirlo después del bombardeo de los alemanes en la Segunda Guerra Mundial, pero el arquitecto consiguió devolverle su antigua identidad gracias a los planos originales que yo había guardado a buen recaudo durante la contienda. Una discreta empresa lo mantenía impoluto sin hacer muchas preguntas, y siempre que el destino me hacía recalar en París, me alojaba en un apartamento que podía llamar mi casa.

Dana aún no lo conocía, como no conocía muchas de mis

propiedades ni el alcance de mi patrimonio. No quería intimidarla demasiado. Dejé que pensase que Nagorno era el único billonario de la familia, así estaba bien para todos. Con un ostentoso y poco discreto longevo era suficiente.

Saqué de la americana la llave de mi espacioso apartamento y fui directamente al comedor. Después de la reunión con Pilkington y su jefa, había avisado de que me preparasen la cena para aquella noche. El servicio había dejado los platos que les pedí y un *bouquet* floral de lo más provenzal, muy al gusto francés.

Soupe de poisson, sopa de puré de pescado, una *coquille St.-Jacques*, una vieira gratinada con salsa de nata y una *tarte Tatin.*

Cené solo, como tantas veces en mi vida, frente a la claraboya ovalada que presidía el edificio, mirando a lo lejos las luces de aquella noche fría y serena de París.

Después me retiré las lentillas marrones, ¿para qué usarlas ya, si Manon me conocía con mi color de iris original?

El timbre sonó por fin y me enfrenté con mi pasado en el recibidor del apartamento.

Me acerqué a la puerta y la abrí. Manon se había cambiado. Ya no llevaba el aburrido peinado de ejecutiva, su melena negra caía por los hombros, tal y como yo recordaba cuando se quitaba la cofia de puritana en la intimidad de nuestro hogar.

—Manon...

—Ely...

—Entonces, ¿no moriste en la epidemia de 1630?

—No, desde luego que no. Cavé una tumba, tallé mi propia cruz y la dejé vacía. Nuestro hijo enfermó la misma noche que tú te fuiste. Pensé que la epidemia te había alcanzado a ti también, que por eso no volviste con nosotros. Pero nuestro hijo murió en pocos días, y a mí me había llegado el momento de cambiar de nombre, de lugar... Apuré mucho mi tiempo por estar con vosotros, amor mío.

Cerré los ojos al escuchar aquellas palabras, clavado en el umbral, con una mano en el pomo de la puerta.

—Fingiste tu muerte y dejaste que el cadáver de nuestro hijo se pudriese a la intemperie —fui capaz de decir.

—Así fue, debía fingir lo que no sucedió en caso de que algún vecino se acercara a nuestro hogar. ¿Qué ocurrió contigo?

«Que os iba a abandonar, que volví a por vosotros cuando llegó la epidemia, que quemé nuestra granja al pensar que habías muerto, que...».

—Yo no me contagié, Manon. Pero sí que supe de vuestra muerte, y escapé de allí lo más rápido y lo más lejos que pude.

Nos quedamos en silencio, frente a frente, digiriendo las palabras.

—Entonces eres... —comenzamos a decir los dos, al unísono.

—Dilo tú —la apremié.

—No sé lo que soy, solo sé que no envejezco.

—Eres una longeva entonces, como yo...

—Una longeva... —Sonrió—. Nunca se me había ocurrido llamarme así. Sí, supongo que soy una longeva, como tú dices.

—¿Cuántos años tienes? —quise saber.

—¿Aún no has aprendido que nunca se le debe preguntar eso a una mujer? —contestó con una media sonrisa, casi seductora.

—Vamos, Manon. Hemos compartido intimidad para eso y para mucho más.

—Entonces deberías ser un caballero e invitarme a pasar, ¿no crees?

—Tienes razón —dije, soltando el pomo de la puerta y dejándole espacio para entrar—. Ven, subamos al ático del edificio. Las vistas de París en invierno bien valen un Pétrus del 99.

—¿Has vuelto a beber?

—No, brindo con agua desde hace cuatro siglos.

Tomé la cubitera con los hielos y subimos a la última planta de mi edificio por la escalera oval de caracol. Ella no parecía intimidada por aquella opulencia. Se movía acostumbrada a la arquitectura de otros tiempos más magnánimos.

Nos sentamos en las butacas de la terraza, le serví una copa fría. La alzamos por los viejos tiempos, como conocidos que se reencuentran.

Como amigos que se han querido mucho.

—¿Y ahora vas a contarme cuál es tu edad o seguimos hablando del tiempo en Europa? —le pregunté.

Se reclinó sobre su silla, paladeó mi vino, miró hacia los jardines del Campo de Marte.

—Tal vez fuera premonitorio, pero nací a la vez que la historia, con la escritura. Mesopotamia, hace seis mil años.

—No tienes rasgos sumerios —le indiqué.

—Lo sé. ¿Y tú, Walter Zachary?, ¿cuál es tu edad y tu procedencia?

—Diez mil trescientos once años. Prehistoria, en el norte de España.

—Vaya... —murmuró, luego se rio—. Al venir hacía aquí en el taxi me preguntaba si no serías un chiquillo de solo cuatrocientos años. Pero no, eres un antiguo entonces...

—¿Un antiguo? —repetí—, ¿es que has conocido a más como yo?

—No, no es eso —contestó, distraída—. Es solo que siento un gran respeto por los ancianos —dijo, guiñándome un ojo.

«¿Por qué me estás mintiendo?».

—¿Cuál fue tu primer nombre? —quise saber.

—Maia, pero llámame Marion. ¿Y tú?

—Urko, pero llámame Iago.

—¿Iago?

—Es mi otra identidad, la de verdad.

—¿Tenemos identidades de verdad, *Iago*? ¿O somos simples disfraces con una fecha de caducidad?

—¿Así te sientes, Marion?

—A veces, sí. Demasiadas veces, tal vez. Así me siento, siempre cambiando, siempre empezando de cero, siempre terminando sin despedidas ni explicaciones. Es un proceso casi cínico. Es como llevar siempre la vida de una doble espía.

—Lo has definido bastante bien. Yo también me siento así en ocasiones. Pero ¿qué otras opciones tenemos?

—Sabes que hay otras opciones. Salir en los medios, contarlo al mundo...

—Iniciar una distopía, ¿no te daría miedo?

—Me da terror solo de pensar en las consecuencias —murmuró para sí—. Hay que pensarlo, hay que pensarlo mucho...

Y sus ojos se perdieron durante un momento por las calles de París. Yo respeté su silencio, como respetaba antaño sus noches de vigilia, escribiendo las crónicas de los primeros pasos de la colonia de Nuevo Plymouth.

La temperatura de la noche parisina había ido bajando, pero ninguno de los dos hicimos gesto alguno de sentirnos incómodos. Después, sobrevino una calma en la atmósfera que había presenciado mil veces antes.

Ambos alzamos la mirada al cielo, como animales husmeando un olor apetecible.

—Va a nevar —susurramos a la vez.

Y nos miramos, tal vez sorprendidos. Qué fácil sería todo con ella...

—¿Por qué has dicho que fue premonitorio nacer a la vez que la escritura? ¿Ese ha sido tu oficio, ser escritora? —me obligué a preguntarle para romper aquel clímax que iba en aumento.

—He tenido mil oficios, como tú, imagino. Pero siempre que he podido y las circunstancias me lo han permitido he ejercido mi vocación, que es la escritura. He sido cronista, escribana, redactora, escribiente, novelista, periodista... —susurró—. ¿Qué eres tú, Iago? ¿Cuál es tu talento? ¿Lo has desarrollado?

Por fin alguien hablando mi idioma. Sin falsas modestias.

—He cultivado mi inteligencia hasta donde he podido estirarla. Continúo retándome, siempre retándome: más estudios, más idiomas, más conocimientos, más campos de la ciencia que dominar... Ese es mi talento.

—Tu zona de confort, como dicen ahora —resumió, y los dos reímos.

Reímos como chiquillos. Por poder compartir chistes anacrónicos, por conocer a alguien con quien hablar del pasado sin cortapisas y que no perteneciese a mi conflictiva familia. Alguien que me entendía sin necesidad de explicarle por qué debía entenderme. Alguien que lo comprendía todo porque también pasó por ello.

—Dices que eres escribana, pero has sido reina en algún momento de la historia, tienes el porte de las monarcas, siempre lo pensé. Incluso vestida con paños oscuros, con la cofia y los cuellos cuadrados de encajes blancos, al modo puritano. Dime, Marion, porque la pregunta me corroe desde que te he visto en el Procope, ¿alguna vez fuiste soberana?

—He tenido súbditos, sí. Pero no quisiera abundar en ello ni que te intimide esa revelación.

Se inclinó sobre la mesa que compartíamos y su blusa blanca se abrió levemente, dejando intuir las curvas elegantes que una vez conocí, ¿lo hizo con alguna intención?

«No —pensé—. Ella nunca se insinuaría en un primer encuentro».

Y era cierto, Marion no necesitaba aquel juego. Estaba bastante más allá de eso.

—¿Recuerdas los *Travelogues*, los libros de viajes? —me preguntó, cambiando de tercio.

—Ajá —asentí.

—Son mi especialidad, comencé en el siglo IV. Partí de Gallaecia hacia Jerusalén bajo la identidad de una mujer rica y culta, Egeria. Mi empeño fue describir las rutas de los peregrinos para dejar constancia de todo lo que acontecía y así poder ayudar a los viajeros.

—Eres Egeria —murmuré, apurando mi copa de agua—. Tengo un ejemplar muy tardío de tus crónicas en mi casa de Santander. Siglo XIII, me recuerdo adquiriéndolo. No sé por qué he conservado en la memoria aquel detalle nimio, pero el hecho es que lo recuerdo.

—Siglo XIII —repitió, con una leve sonrisa—; tuve que huir de la peste negra hacia Bohemia. Allí encontré bolsas de población que no se infectaron, ahora se cree que fue por el tipo de sangre. En la ciudad abundaba el cero positivo, más resistente a la cepa de la pulga de la rata negra y resultó más fácil esquivar el desastre. ¿Cómo te libraste tú?

—Sudeste asiático —sonreí recordándolo—. ¿Qué más has escrito?

—Tal vez hayas leído acerca de la mítica reunión donde hace ciento veinticinco años comenzó la revista *National Geographic*. Yo no aparezco en la famosa imagen de 1888, por motivos obvios. Me encargué de redactar el orden del día, en realidad. Me pareció una idea fabulosa, en la onda de los tiempos que corrían. El empeño de los exploradores del XIX se estaba perdiendo, viajar a las colonias exóticas había dejado de ser una obsesión nacional en Europa y en Estados Unidos. Pensé en que una publicación periódica de viajes mantendría viva la llama. Convencí a varios cartógrafos y científicos voluntariosos, los que han quedado como fundadores para la historia, y sufragué los gastos de las primeras expediciones.

—*National Geographic*... ¿Sigues vinculada?

—En la sombra, obviamente. Pero yo la dirijo, sí. Nómbrame un país, te doy un contacto. Dime una frontera cerrada, puedo cruzarla. Es útil si eres una... longeva, ¿no crees?

—Claro —atajé, intentando cambiar de tema—. Háblame de tus otras obras. Seis mil años de producción literaria de viajes han tenido que dar para mucho.

—*The Grand Tour*, del supuesto Thomas Nugent. ¿Recuerdas que su capítulo de «Pompeya en ruinas» puso de moda en el siglo XVIII las visitas arqueológicas a esas ruinas?

«Pompeya, mi padre siempre ha estado obsesionado con las ruinas de esa ciudad», estuve a punto de decirle.

Pero al recordar a mi padre, callé por seguridad y el embrujo cesó de repente en mi cabeza. Porque volví a la realidad, a la inquietante realidad: mi esposa, a la que había dado por muerta hacía cuatrocientos años, estaba frente a mí, tomándose una copa en el París del siglo XXI.

¿Cuántas posibilidades entre un millón había de que dos longevos se encontrasen por segunda vez en su paso por los milenios?

30

IAGO

22 de noviembre

—Te has ganado la vida como cronista de viajes, pero ¿qué hace entonces una escritora en la Corporación Kronon?

—Trabajo allí desde hace algún tiempo. La ciencia no era precisamente mi campo, pero no dejo de preguntarme qué soy, qué me ha hecho así..., y leí un artículo acerca del envejecimiento firmado por ellos que me pareció lo suficientemente serio. Me reinventé una vez más, me formé, llené las lagunas de mi currículum y finalmente pasé el proceso de selección. Entré como directora de medios, pero durante estos años trabajando allí me he especializado en el área de los telómeros. Y ahora, querido Iago, explícame qué haces tú husmeando en la Corporación Kronon.

Disimulé un gesto de fastidio. Comenzaba de nuevo la partida de póquer.

Cuánto decir, cuánto callar.

Cuánto apostar, cuánto perder.

—¿Cuánto sabes realmente de mí, Marion?

—Te investigué, no eres un ojeador de los Premios Hooke. Tengo un buen contacto allí y pregunté discretamente por Walter Zachary. No te conocen, pero no te comprometí, descuida.

—Es de agradecer tu prudencia.

—Jamás comprometería a un longevo —murmuró—. Bastante difícil lo tenemos como para ponernos zancadillas.

—Pero no estabas sorprendida al verme hoy, en el reservado. Yo casi me caigo de espaldas cuando te reconocí, pero tú... No solo has disimulado frente a Pilkington; no estabas genuinamente sorprendida.

Se miró las palmas de las manos, como si esperase encontrar un anillo que ya no tenía.

—Llevo un tiempo buscándote —dijo por fin, como si fuera una confesión deshonrosa.

—¿Un tiempo?

—Hace un año te vi en las cámaras del sistema de seguridad de la Corporación Kronon, cuando viniste a San Francisco. Te reconocí, te habías dejado la misma perilla que hace cuatro siglos en Plymouth; eran los mismos rasgos, tanto tiempo después. Nunca te olvidé; he tenido muchos hombres a mi lado, pero a ti nunca te olvidé. Te lloré durante décadas y me seguí considerando viuda durante muchísimo tiempo.

«A mí me ocurrió lo mismo, ¿cómo olvidarte, querida Marion? ¿Cómo olvidar lo que vivimos?».

—¿Vigilas todas las grabaciones de seguridad de la Kronon? ¿Ese es también tu cometido? —carraspeé, intentando centrarme.

—No exactamente, pero controlo mucho las actividades de Pilkington. Es un hombre que hace demasiadas preguntas en todos los departamentos y eso a mis superiores no les gusta.

—¿Y quiénes son tus superiores?, ¿quién está detrás de la Corporación Kronon?

Apartó el rostro, incómoda.

—Esa es una de las cosas que trato de averiguar, son tremendamente discretos, ni siquiera sé si los nombres de los ejecutivos con los que me reúno en la sala de dirección son reales o son hombres de paja. Y tal vez no deba meterme en esos asuntos, solo quiero estar cerca si puedo arrojar algo de luz para saber qué soy en realidad.

«Y yo puedo decírtelo, pero es demasiado pronto para eso».

—Sospecho que tú también estás detrás de lo que la Corporación Kronon pueda descubrir en cuanto a antienvejecimiento, ¿verdad? —añadió, terminándose el vino—. La pregunta es, ¿por qué has vuelto, después de un año? ¿No fue suficiente con lo que Pilkington te dio? ¿Has encontrado algo, un hilo del que tirar? Podemos hacerlo juntos, yo desde dentro y tú con esa identidad tan escurridiza.

Marion dejó su copa junto a la mía, y al hacerlo, un dedo rozó levemente el dorso de mi mano. Me levanté de un salto, incómodo.

—No puedo, Marion. No puedo seguir con esto.

Me acerqué a la barandilla de hormigón y me acodé, mirando las farolas.

—¿Seguir con qué?

—Comparto mi vida con una mujer, y todo esto es por ella.

—Explícate —dijo después de levantarse y ponerse a mi lado.

—No puedo contarte más. La han secuestrado y solo tengo dos opciones: encontrar a quien lo ha hecho o desarrollar en diecinueve días un compuesto que revierta los efectos de un inhibidor de telomerasa.

—¿Y si no?

—Si no ella muere, Marion. Ella muere.

31

ADRIANA

21 de noviembre

Desperté por la mañana, después de espesos sueños en los que Gunnarr aparecía y me guiaba por un bosque denso. Pero abrí los ojos y seguía en mi celda. Me encontré con varios platos de comida caliente en el suelo de piedra. Suficientes como para pasar el día. Un bollo de pan recién horneado que devoré sin pensarlo demasiado. Un cocido de carne que parecía caza mayor. Una trucha a la parrilla que se deshizo en mi boca. Y pese a que todo estaba delicioso y hacía tiempo que no comía algo con tanto sabor, guardé parte de las raciones; no sabía cuándo volvería a comer.

El día se me hizo eterno entre aquellos muros de piedra. El viento no dejaba de soplar a través del elevado ventanuco y me sentía desorientada sin reloj ni móvil. Mi única referencia era la claridad que me llegaba desde el exterior y que fue abandonándome hasta dejarme de nuevo entre las sombras.

Gunnarr llegó cuando yo ya dormitaba. Se sentó sobre el edredón sin encender las luces.

Se aseguró de que estaba despierta y continuó con su historia como si nunca se hubiera ido de aquella celda:

—Así pues, abandoné la granja aquella madrugada sin despedirme de nadie, me encontré con Skoll en el bosque y lo seguí. Aquellos primeros días que estuvimos solos fueron los más instructivos de mi vida.

»Skoll me aleccionó en el uso de elementos cotidianos que, manipulados, tenían efectos muy potentes y muy útiles. El pan contaminado con cornezuelo del centeno, por ejemplo, precursor del LSD. Puedes imaginarte los efectos alucinógenos que tenían aquellos bollos.

»Así conocí de primera mano a Odín, a sus cuervos y a toda su corte celestial.

»Pero no al Odín sabio que mi padre me había enseñado, sino al Odín vengativo, al guerrero, al que cercenaba vidas a lomos de su caballo de ocho patas, un regalo maldito de Loki.

»Ellos me hablaban y yo conversaba con ellos. Y no solo eran los dioses. Todos los objetos inanimados cobraban vida, las montañas eran seres gigantes, los cantos rodados de los arroyos eran elfos luminosos...

»Comenzó mi instrucción dándome pequeñas dosis en cada comida para conocer los efectos sobre mi cuerpo, asegurándose de que no tuviera ningún arma cerca.

»Más tarde empezó a darme cerveza con beleño negro. El beleño daba sensación de ligereza. Al beberlo me sentía como si perdiera peso, como si este cuerpo tan grande fuera un ente ingrávido y tenía la sensación de que volaba por los aires.

»Era fantástico.

»Era yo, Gunnarr, en toda su extensión, no un granjero.

"Todo es mentira —me repetía Skoll—, no creas lo que sientes ni lo que ves. El resto de los *berserkir* piensan que realmente vuelan, y es bueno que así lo crean mientras combaten, pero tú has de liderarlos y es importante que veas la realidad".

"Pero he volado, te juro que he tocado con mi mano la copa de ese pino. Te juro que he estado en la cima nevada de ese monte. Mira mis manos, aún están frías".

"No te has movido de tu sitio, niño".

»Skoll lanzó una elocuente mirada a su bota y me di cuenta de que su enorme pie aplastaba el mío desde hacía un buen rato.

"Te contaré el secreto que todo el mundo persigue de nosotros: ¿por qué no nos hacen daño las armas? Es por la baba roja del caballo de Odín; cuando cae sobre el tapiz del bosque, se convierte en este hongo rojo. Parece inocente, pero con los polvos que sueltan sus esporas puedes controlar a once hombres y esos once hombres pueden controlar el devenir de una batalla. Lo que soñaste durante doce noches, el poder de ser invulnerable, indestructible, inmortal: esa sensación únicamente te la dará esta seta roja".

"Entonces, ¿es solo eso? ¿Una sensación? ¿No es real?".

"Será real si crees que lo es".

"No me sirve, son palabras huecas para embaucarme. Yo quería que fuese real".

"Así que querías ser inmortal de verdad", susurró con desprecio.

"Eso es, eso quería. Así me sentía en sueños".

"Muy bien, niño. Continúa soñando, pues", dijo, me dio una palmada en la espalda y se largó a recolectar setas.

»Cuando ya me había aleccionado en los usos de los polvos, las plantas y sus raíces, cuando mi cuerpo se acostumbró a ver los colores más brillantes cada mañana y los sonidos más nítidos, entonces me llevó al campamento donde nos aguardaban los otros diez *berserkir*.

»Todos ellos tenían muchas batallas a sus espaldas, eran viejos camaradas de guerra y estaban acostumbrados a luchar juntos. Me miraron con la apatía con que se mira a un cachorro y después me ignoraron.

»Partimos al día siguiente hacia el oeste, bordeando la costa en dirección a Frisia. Cruzamos por lugares que más tarde se llamarían Halen, Stalen y Visen. Allí precisamente tuvo lugar la primera razia en la que participé. Una granja bastante desprotegida, sin vallado, gobernada por un anciano cuyos hijos habían partido meses antes a alta mar y no habían vuelto.

»Fue asquerosamente sencillo: el incendio, el pillaje, los hombres desarmados. Apenas opusieron resistencia. Yo no podía creerme lo que estaba haciendo. Había recibido mi dosis de hongo rojo por la mañana, y era cierto que me sentía poderoso y ligero, pero también era consciente de cada aullido de dolor de mis víctimas, granjeros como yo. Algunos, vagamente conocidos.

»Pero ¿sabes qué recuerdo tengo de aquella sangría, *stedmor*? El miedo a que mis vecinos me reconocieran y se lo contaran a mi padre. Eso recuerdo. Así que me embadurné la cara de sangre, en un intento de pasar desapercibido, y continué con la matanza, rogando a Odín que mi padre no se enterara jamás de aquello.

»Cuando dejaron de escucharse gritos, Skoll se me acercó y me señaló uno de los edificios adyacentes al *skali*.

"Ahora las mujeres, no las mates. Solo viólalas, es bueno que Odín esparza su semilla y que cuando muramos siga habiendo *berserkir* a este lado del Valhala".

»Así que me adentré en un cobertizo, pues allí había visto cómo una muchacha se ocultaba.

»En realidad era una despensa donde se guardaban todas las provisiones. Ni siquiera se escondió al escucharme entrar. Se enfrentó a mí temblando, con la valentía de las mujeres nórdicas.

»La tiré al suelo y miré a mis espaldas, pero ningún *berserker* me había seguido, todos ellos estaban ocupados en labores similares a la mía.

"¡Grita, mujer! Quiero que grites y me supliques que no lo haga".

»Le rasgué la falda y el delantal. Ella se quedó paralizada, muerta de terror. Me bajé los pantalones y me incliné sobre ella.

"¡Vamos, grita! ¡Fuerte! ¿Es que nunca has fingido con tu esposo?".

»La muchacha me miró sin comprender.

"¿No vas a tocarme?".

"Por supuesto que no, ¿por quién me tomas? —repliqué, ofendido—. Y ahora, ¿quieres hacerme el favor de gritar como si te estuviera rompiendo en dos? Si no lo haces, vendrán los otros *berserkir* a asegurarse de que te estoy forzando en condiciones, y entonces, te lo aseguro, sí que te van a entrar ganas de gritar".

»La buena mujer se puso a dar alaridos, cada vez más convincentes, mientras yo me tumbaba a su lado y me reponía un poco de lo que acababa de vivir. Hice el recuento de mis primeros muertos, algunos de ellos muchachos imberbes como yo.

»Entonces oí cómo alguien se acercaba al cobertizo y me coloqué sobre ella. Skoll se asomó por la puerta, tal y como había previsto. Yo fingí embestirla, quedó complacido de lo que vio y se fue. Eso fue todo.

—Así que no la violaste —pensé en voz alta.

—No quería desgarrar mujeres, ya lo hice una vez al nacer y nunca me lo perdoné —contestó Gunnarr, encogiéndose de hombros en la penumbra.

»Volví al campamento, mientras todos los *berserkir* me felicitaban efusivamente por mi bautismo de sangre. Skoll no dejaba de observarme con un brillo de orgullo en sus ojos oscuros.

"Eso que haces con las dos manos nos va a ser de mucha utilidad, niño. Jamás he visto alguien tan rápido matando, ¡y a pares!".

»Yo sonreía, siguiéndoles la corriente, pero en mi interior estaba demasiado conmocionado por lo que acababa de hacer.

»Aunque lo peor estaba por llegar.

32

ADRIANA

21 de noviembre

—Skoll consideró que ya estaba preparado para ser uno de los suyos y a la mañana siguiente me desperté aterido de frío. Solíamos dormir a la intemperie y me habían robado mi manta de pieles. La encontré pronto, no tuve más que seguir el eco de sus risas. Dos de ellos estaban restregando la manta con miel.

"¿Qué creéis que estáis haciendo con mi manta?", les grité, encarándome con ellos.

"No te bañes en el río durante una semana", intervino Skoll, que aquella jornada estaba de excelente humor.

"Harás de mí un *berserker*, pero no pienso oler como vosotros. ¿Y por qué estáis echando a perder mi manta?".

"Te estamos preparando para tu dama. En unos días estará todo listo para el rito. He de esperar el viento adecuado".

»Aquella madrugada infame llegó por fin. Me envolvieron en un trozo de piel pringosa que un día había sido mi manta. Después me llevaron a una cueva bien oculta en el bosque. Me arrojaron dentro con la manta, desarmado y un poco aturdido.

"Si sobrevives, tráeme una pata. Esa es la prueba que has de superar", me gritó.

»Al principio no vi nada, pero la pude oler como ella me olió a mí. Era una osa recién parida, separada de su cría. Intenté escapar, corrí hacia la entrada de la cueva, pero descubrí horrorizado que los *berserkir* habían prendido una muralla de fuego, impidiendo mi salida y la de la osa, aunque el viento de aquel día llevaba el humo hacia fuera y no nos asfixiaba. Ni siquiera iba a tener una muerte rápida.

»Así que me enfrenté a ella, que me embistió, rabiosa como estaba, y quedamos ambos de pie, bailando una danza letal. Frené el daño que iban a hacerme sus pezuñas con estas manos que ves, sentí en sus almohadillas blandas el barro y el musgo del bosque. Estaba anonadado, sabía que iba a morir, casi me entregué. Asumí que me iba a devorar, sin una sola arma contra aquella colosa enfurecida.

»Entonces alguien me lanzó al interior de la cueva mis dos pequeñas hachas. Siempre pensé que fue Skoll, al menos así he querido creerlo. Mejor eso que pensar que aparecieron de la nada.

»Lo que ocurrió a continuación fue una salvajada, no hubo nobleza ni gloria en aquel acto. La maté poco a poco, a pequeños hachazos, como se tala un árbol, y desde luego no fue por voluntad propia.

»Yo habría acabado con su sufrimiento de manera rápida, pero no tenía otras armas más adecuadas, ni la fuerza aún para matarla más rápido. Tardé horas. Sufrí por ella, maldije las risas de los *berserkir* que creí escuchar; nunca he soportado la agonía de una madre.

»En la entrada de la cueva aún se levantaba una barrera de llamas, pensé que los *berserkir* me esperarían afuera, que al lanzarles la pata de la osa me ayudarían a salir. Pero no lo hicieron, después de un tiempo se aburrieron y se largaron. Tuve que atravesar el muro de fuego y parte de mi ropa prendió. Me quemé los pies, pues iba ciego debido al humo, caminando sobre las ascuas, y al principio no encontraba la salida. Los pulmones me ardían como si hubiera tragado brasas.

»Regresé al campamento, donde encontré a todos sentados en círculo calentándose alrededor de una hoguera. Pude ver en sus miradas sorprendidas que muchos no me esperaban vivo, pero no volví con las manos vacías. Alcé la cabeza arrancada de la osa frente a ellos.

"¿Quién la quiere?", los interrumpí, paseando mis ojos por última vez por aquellos rostros odiados.

»Los once *berserkir*, incluido Skoll, se abalanzaron sobre ella. Todos la codiciaban, era magnífica. Sabían que causaría terror entre los enemigos como máscara en la batalla, los reyezuelos la temerían, la fama de quien la portase aumentaría y los poemas de los escaldas lo aludirían.

"¿Dónde está la cría?", pregunté, sin soltar mi trofeo.

"¿De qué cría hablas, niño?".

"De la cría de la osa. Acababa de parir".

"La hemos dejado en el bosque, a medio día de distancia, en dirección norte".

»La habían expuesto, la habían abandonado a la noche, al frío y a las alimañas.

»Arrojé la cabeza de la osa a la hoguera, y todos saltaron a las llamas para rescatarla como demonios entrando en el infierno. Aproveché para salir corriendo.

»Y corrí, corrí pese a las ampollas de los pies, pese a tener los brazos dormidos después de tanto hachazo.

»Corrí en busca de la cría, aunque ella me encontró a mí, un par de millas después, imagino que yo estaría impregnado del olor de su madre y ella lo reconoció. Era una osezna, la recogí y le di mi calor aquella primera noche de su vida. Durante los siguientes días la alimenté, la enseñé a cazar presas pequeñas y a encontrar panales, bayas silvestres...; esas cosas que comen los osos.

"Te esperaré —le dije, cuando me despedí de ella—. Volveré cuando estés lista y puedas vengar a tu madre. Me dejaré matar por ti y pagaré la deuda".

»He vuelto mil veces a ese bosque, y no la he encontrado. Pero sé que sobrevivió, siempre lo he creído... Ahora el bosque linda con un centro comercial, y pese a ello suelo volver regularmente.

»Sigo buscando a esa osa y a sus descendientes.

»Creo firmemente en las deudas de sangre que se transmiten en familia.

33

ADRIANA

21 de noviembre

—Volví de noche a la granja de mi padre. Entré sigiloso en el *skali*, cuando todos dormían, y le dejé bajo su lecho una corteza de abedul con unas runas grabadas.

> Padre, no estoy seguro de merecer tu perdón.
> Si vienes, hallarás hachas y troncos,
> y un hijo arrepentido.

»Lo esperé en el claro del bosque donde entrenaba cada día. Fue la madrugada más larga de mi vida.

»El sol se fue alzando sobre el horizonte con una lentitud que desconocía, y mi padre no hizo acto de presencia. Yo sabía que lo había humillado públicamente fugándome con una banda de *berserkir*, que su heredero dejaría una mancha en la familia difícil de olvidar, que probablemente habían llegado a sus oídos las salvajadas que yo había perpetrado.

»Pasó el día entero, y no apareció. Me quedé dormido, allí mismo, frente al tronco donde entrenaba, sin comer, sin beber nada. Solo esperándolo.

»Me despertaron los ruidos del bosque, unas pisadas presurosas en la nieve. Me levanté de un salto, alerta pero desorientado.

»Entonces lo vi aparecer. Era mi padre, que corría hacia mí.

»Me miró como si fuera un espectro, horrorizado al verme con tan mal aspecto, quemados los pies, con sangre de la osa aún por todo el cuerpo, aterido de frío, de hambre, de horror por lo vivido.

»Se llevó el puño a la boca, con un gesto que me supo a impotencia, y después me venció todo el cansancio y perdí un poco el equilibrio. Él se abalanzó a por mí para recogerme antes de que cayera y me abrazó. Me rodeó con sus brazos fuertes, en el suelo, y sollozó como un crío, repitiendo mi nombre.

"Lo acabo de ver, Gunnarr. No había encontrado tu mensaje hasta ahora. Por poco te pierdo, por poco te pierdo de nuevo, hijo".

Miré a Gunnarr de reojo, tragó saliva y le tembló levemente la barbilla. Tenía la mirada fija en la pared de la celda.

—Mi padre me perdonó el agravio. Mis tíos, Magnus, Lyra y Néstor, reaccionaron con una alegría y un alivio que no esperaba. Siempre me trataron como si fuera una joya que preservar, un regalo, algo excepcional. Ni un reproche, ni una palabra al respecto. No volvimos a hablar de los *berserkir*.

»Y días más tarde, mi padre decidió celebrar en mi honor el *Jól Blot*, el solsticio de invierno. Toda la granja se unió al jolgorio. Por todas partes había mujeres amasando el pan y cortando verduras, calderos en el fuego, jabalíes sobre las ascuas.

»Sacaron de los baúles las copas de cristal que mi tío Magnus había traído de Renania, un lujo poco visto por aquellos parajes, donde siempre bebíamos en cubiletes de madera. Cubrieron las paredes de tapices espléndidos que ni yo mismo sabía que guardábamos. Contrataron músicos que llenaron la colina de los sonidos alegres de las liras y las flautas de hueso, incluso mi tío Néstor sacó un antiquísimo lur de bronce, cuyo sonido ronco se decía que alejaba los malos espíritus.

»Hicimos juegos y carreras con esquís, trineos y raquetas. Los ancianos celebraron sus torneos de tableros y otros juegos importados de lugares más al sur.

»Mi padre estaba exultante, y todos los vecinos invitados se acercaban a felicitar a Kolbrun por la vuelta de su hijo descarriado.

»Teníamos por delante doce noches de fiesta, doce noches en las que debíamos subir a la colina, cantando y gritando para despedirnos del sol en la "noche madre" del año.

"Te juzgué mal, hijo —me dijo mi padre, más alegre que de costumbre, durante uno de los momentos de descanso de las carreras—. Tienes más edad de la que representas. Pensé que a tus doce inviernos eras un niño, pero has vivido ya situaciones propias de un adulto. He hablado con una de las hijas de nuestro vecino Knud, ella es grande como tú y siempre te ha mirado con buenos ojos. Creo que ha llegado el momento de que te inicies como hombre. Pero antes escúchame bien. Tienes ya el vigor de varios jabalíes y aún te queda por crecer. Procura no confundir nunca fuerza con placer, elige mujeres fuertes que soporten tus embestidas".

"Padre —lo frené—, te lo agradezco mucho, pero no me interesa tu propuesta. Y dile, por favor, a esa joven que admiro su belleza y su valentía, pero que sin duda yo no soy el adecuado para ella".

"¿Estás seguro, Gunnarr? No voy a ser de esos padres que obligan a pasar por el rito a sus hijos con esclavas desdentadas, pero has de saber que la gente murmurará si te mantienes casto".

"Solo los débiles y los inseguros actúan por el miedo a las habladurías. A mí me son indiferentes las opiniones ajenas. Únicamente me importa estar a la altura a los ojos de mi padre".

"Como quieras", dijo con una amplia sonrisa, y acercó su frente a la mía antes de desaparecer con un cuerno en la mano lleno de cerveza.

»Me quedé mirándolo un poco preocupado. No sé qué ocurría aquel día, era como si alguien hubiese adulterado las bebidas. Probé el *jólaöl*, la cerveza de especias que se tomaba solo durante aquella fiesta, y creí distinguir un matiz de tierra que ya conocía y que no debía estar allí. Ni siquiera el hidromiel que mi tía Lyra había preparado sabía igual.

—Um... —lo interrumpí sin poder evitarlo—, el hidromiel de Lyra. Lo había olvidado, era delicioso.

—¿Probaste el hidromiel de tía Lyra? —preguntó, levantando su ceja blanca—. ¿Cuándo demonios ocurrió eso?

—El año pasado, durante el solsticio de verano. Hicimos una fiesta en una playa. Estuvieron Iago, Nagorno, Lyra y Lür. Fue magnífico verlos a los cuatro saltando sobre la hoguera. Aquella fue la primera noche que tu padre y yo estuvimos juntos, la primera noche que decidí creerlo. —Hablé más para mí que para él; sospecho que lo necesitaba: transportarme por un momento a un pasado más cálido donde Iago aún estaba conmigo cada noche.

Gunnarr me escrutó, frunció el ceño, se rascó la frente.

—Vaya, no había pensado en vosotros como una pareja con una historia que contar.

—Soy muy consciente de ello. Para ti soy una madrastra más, de tantas que has tenido. Una que puedes secuestrar y con la que puedes entretenerte en tus noches de insomnio.

Se revolvió, un poco incómodo, y sus dedos tamborilearon sobre el edredón.

—Bien, sigamos. Te estaba contando que comencé a inquietarme cuando vi que todos iban más borrachos que de costumbre. Mis tíos, Magnus y Néstor, me dedicaron un par de sonrisas idiotas y alzaron sus cubiletes cuando pasé corriendo delante de ellos. Incluso tía Lyra se tuvo que sentar, mareada.

»Yo estaba preocupado, intuía que algo oscuro se nos avecinaba.

»Fue entonces cuando los vi.

»A los once.

»Formaron en círculo en la loma de la colina rodeando a mi padre. Llevaban sus caretas de oso y se habían quitado las camisas y las capas. Habían venido a combatir, con los escudos mordidos y las espadas ya desenvainadas. Siete de ellos echaban espuma roja por la boca; Skoll los había drogado bastante más que de costumbre.

»Su líder apareció con la cabeza de la osa que yo maté sobre el cráneo, rondó a mi padre, que trastabillaba con su cuerno de cerveza. Había perdido su porte y su aplomo. Solo era un hombre que se tambaleaba.

»Skoll se plantó frente a él. Los músicos dejaron de tocar y se retiraron sin disimulo, los ancianos se levantaron y se apresuraron a alcanzar la cuadra para huir con los caballos. Las mujeres se desbandaron, buscando escondrijos.

"Kolbrun, sabes a qué he venido. Por los poderes que el rey Svear me ha otorgado, te reto al duelo sagrado de nuestros antepasados. El que resulte ganador será propietario de todo lo que posees. El que resulte perdedor no será admitido en el Valhala, donde no hay lugar para los cobardes".

»Mi padre se le acercó mucho al rostro, sin dejar de sonreír.

"A ti te esperaba, bastardo", dijo, con la voz destemplada.

»Y entonces cayó al suelo, incapaz de sujetarse por más tiempo en una vertical digna.

"Esto va a ser más fácil de lo que esperaba", murmuró Skoll.

»Tiró el escudo a un lado, desenvainó la espada que tanta carne había separado, puso el pie en el cuello de mi padre y alzó el arma con ambas manos, dispuesto a hundirla en el pecho de su rival, que lo miraba risueño sin enterarse de nada.

34

IAGO

22 de noviembre

Marion sopesó mis palabras. Algunos pequeños copos de nieve le caían sobre el cabello negro, pero pareció no darse cuenta.

—Entonces ella muere... Por eso tenías tanta prisa... —murmuró, con semblante serio.

—Así es.

—Entonces, ¿esto es todo? ¿Nos reencontramos, y te vas?

—Marion, no sé cómo encajar esto ahora mismo en mi vida. Solo sé que su supervivencia depende de mí y que tengo menos de tres semanas para dar con lo imposible. No soy capaz de ver más allá de eso, no quiero ver más allá de eso. Mañana vuelvo a Santander de madrugada. Tienes mi tarjeta con un móvil en el que localizarme. Yo puedo contactar contigo a través de Pilkington.

—¿Esto es una despedida?

—Me temo que sí.

Marion alzó el rostro hacia el cielo oscuro y cerró los ojos, como encapsulando aquel momento.

Después se levantó y sacó un *pendrive* de su bolso.

—Aquí tienes la recopilación de todo lo investigado por la Corporación Kronon en lo referente al comportamiento de la telomerasa. Está encriptado, la clave de acceso es el nombre de nuestro hijo.

Y después abandonó la terraza y sus pasos de reina la llevaron con dignidad escaleras abajo.

Me metí el *pendrive* en el bolsillo y me precipité tras ella.

—¿Cómo se llamaba, Marion? ¿Cómo se llamaba nuestro hijo?

Marion me miró, sorprendida, y frenó en su carrera hacia la puerta del apartamento.

—¿No lo recuerdas? ¿Qué fuimos?, ¿una familia más entre las mil que has tenido?

«No, Marion, fuisteis los más queridos, los más amados, los más añorados».

—Recuerdo que nuestro hijo tardó un invierno más de lo habitual en empezar a hablar —recité, sin filtro—. Recuerdo que heredó mi puntería, recuerdo que odiaba la papilla de maíz que le preparabas y que cuando tú no te dabas cuenta le daba el cuenco al perro que teníamos. Lo recuerdo trabajando a mi lado, hora tras hora, madrugada tras madrugada, mientras preparábamos la tierra para después plantar semillas que los grajos se intentaban llevar. Recuerdo mi empeño en enseñarle a sobrevivir en aquel nuevo mundo.

—¿Por eso le exigías tanto?

«Tenía que dejarlo preparado para cuando os abandonara».

—Marion, no me prives de ese recuerdo, ¿cómo se llamaba?

—Te has privado tú solo. Como longevo deberías ya saberlo: elegimos qué recordar y elegimos qué olvidar. Y tú elegiste olvidar su nombre.

—Tal vez porque su recuerdo escocía demasiado.

—¿Fuiste feliz a mi lado, pese a lo dura que fue nuestra vida allí?

«Mucho, Marion, así lo recuerdo. Tú me curaste de las heridas que dejó Gunnarr».

Pero era inútil seguir habitando en el pasado.

—Si no vas a decirme la clave de acceso a las investigaciones deberías irte y yo debería descansar, mi vuelo sale por la mañana —dije—. Tengo las horas contadas para salvarla. Buenas noches, querida Marion. Te deseo una larga vida.

Desperté al alba y tomé un taxi hacia el aeropuerto Charles de Gaulle. Me quedaban un par de horas para embarcar, así que me distraje en la zona de las *boutiques* en cuanto comenzaron a subir las persianas, comprando bombones de chocolate belga para mi padre en el local de Godiva. Si no fuera por el *pen*, volvería a casa con las manos vacías, sin ningún avance que me acercara a la investigación. Había dedicado a aquel viaje veintisiete horas y la cuenta atrás no se detenía.

Frustrado, deambulé por los locales hasta que las botellas de las licorerías se me antojaron demasiado tentadoras y hui en dirección contraria, metiéndome en la penumbra de una *boutique*. Tomé un par de camisas azules para zafarme de la implacable persecución del trajeado dependiente y me escondí tras la gruesa cortina del último probador.

Me desnudé de cintura para arriba y estaba abotonándome una de las camisas cuando vi a Marion entrar en el probador y cerrar la cortina. Nuestros ojos se encontraron en el espejo.

—Peregrine —se limitó a decir.

—Peregrine —repetí.

Era cierto, ¿cómo lo pude olvidar? Nuestro hijo se llamó Peregrine.

—¿A qué has venido, Marion? —dije, recuperando de nuevo mi camisa de científico.

—Voy a ayudarte.

—Ya lo has hecho dándome la clave de acceso a las investigaciones.

—Me refiero a ayudarte de verdad. A que no estés solo en esto, te echaré una mano con ese inhibidor, y mientras tanto te ayudaré a localizar a tu mujer. Tengo contactos en todas las fronteras. Si ha salido de España, alguien tiene que haber recibido una buena suma por fingir no ver nada.

El aire acondicionado de aquel cubículo rezumaba un olor masculino de canela para activar los deseos de compra de los clientes, pero no era en comprar camisas en lo que Marion pensaba en aquellos instantes.

Conocía lo que me estaba pidiendo con la mirada y desvié los ojos hacia la pared, mordiéndome el labio.

—Si tu mujer muere y en algún momento acabas volviendo a mí, siempre nos preguntaremos si estás conmigo porque no está ella. Necesito que viva.

—De acuerdo —cedí finalmente—. Permitiré que me ayudes. Pero no estoy, para nada, en el punto en el que tú estás. Tengo demasiado que digerir con tu vuelta, es cierto, pero debes saber que lo que tengo con ella no es una relación con fecha de caducidad. Aunque ella envejezca, aunque eventualmente muera en unas décadas, tomé la decisión de no perderme la vida que tengo ahora con ella, o la que tenía hasta que la secuestraron. Por eso, Marion, vamos a dejar el pasado en el pasado.

Fueran cuales fueran sus razones, necesitaba ayuda con la investigación, y puede que alguien familiarizado con la telomerasa a ese nivel fuera la única persona en el mundo capaz de ayudarme.

«Todo por Dana, lo que sea por ella —me repetí—. Arregla los platos rotos después».

—¿Y qué vas a hacer con tu trabajo en la Kronon? —le recordé—. ¿Lo has pensado?

—Lo he pensado, sí —dijo, suspirando—. Tenía dos meses para poner en marcha la sede europea; voy a tener que atrasar todas las reuniones y los trámites durante estos dieciocho días. No les hará gracia, imagino, pero lidiaré con ello.

—De acuerdo, Marion. Ven a Santander conmigo. Tenemos menos de tres semanas para hacer historia.

XXXV

IAGO

Océano Atlántico, 1620 d. C.

Fue entonces cuando me di cuenta de que llevaba una maroma atada alrededor de mi cuerpo y que, desde la cubierta del barco, las sombras de una mujer y de un muchacho tiraban de ella hasta que lograron alzarme de nuevo a la superficie de la embarcación.

—Está bien, Degory —le dijo Manon Adams al sastre, un puritano al que entregó un par de monedas que rápidamente escondió en un bolsillo del jubón.

Yo me ovillé como pude, tiritando, abrazándome a mi ropa empapada en busca de un poco de calor que me devolviera a la vida.

—He sido yo quien os ha lanzado al mar, Ely. Si habéis pensado beberos todo el alcohol que trajisteis en la barrica, ya podéis olvidaros. Tengo que explicar a William Bradford por qué he permitido que un solo hombre subiera a bordo con tanto alcohol y creí en vuestra explicación. Pero si vos no cumplís con vuestra palabra, y he permitido que se embarque un simple borracho, la responsabilidad será mía. Nos quedan varios meses de penosa travesía, sin contar con las penurias que hallaremos en Virginia. Quiero que seáis consciente de que cada vez que bebáis y perdáis el sentido yo estaré aquí para arrojaros al mar sin demasiados miramientos.

—¡No sabéis lo que estáis haciendo, voy a morir de un enfriamiento, maldita sea! Y no sois nadie para meteros en mis asuntos y en lo que yo quiera hacer con mi vida —le reproché, lleno de rabia.

Ella no se inmutó y me tendió un coleto, unas medias y unos calzones negros.

—Tened, he robado un poco de ropa seca. Ponéosla ahora e iré a la caldera a secar vuestras prendas. Antes de que todos despierten deberéis poneros de nuevo la vuestra y devolver la que ahora os presto. Pero tened claro que, si volvéis a beber, esta escena se repetirá. Y no lo hago por ayudaros a vos, creedme, sino para evitar conflictos mayores en el Mayflower.

Sea como fuere, la viuda Adams cumplió tenazmente su promesa. Fui arrojado al mar durante las noches que siguieron, incapaz, después de dieciocho años de vivir alcoholizado, de resistirme a las pocas horas de olvido que me proporcionaba la bebida.

Yo la maldije y la insulté cada vez que me izaba a cubierta, pero vi en sus ojos la firmeza de quien no pensaba deponer su actitud por muchas injurias que recibiera.

Nuestro duelo diario también trajo ventajas consigo. La viuda Adams y yo nos acostumbramos a conversar junto al fuego de la caldera cada noche, mientras todos dormían. Ella escribía sus crónicas junto a la luz de una vela y yo me secaba con trajes robados a los puritanos, buscando en el fuego un calor que comenzaba a vislumbrar en sus ojos.

Pero empecé a temer por mi vida. Pese a que siempre fui bastante resistente a las enfermedades, el chapuzón diario en las aguas heladas del océano me estaba enfriando los pulmones, y me sentía cada vez más débil.

Así que decidí dejar de beber, consciente de que Manon —como ya me había acostumbrado a llamarla— no cedería y de que su voluntad era mucho más firme que la mía.

La primera noche que pasé sobrio me quedé jugando a los naipes con otros pasajeros, pero mis manos comenzaron a temblar y me concentré tanto en tratar de disimularlo que no fui capaz de seguir el rumbo de la partida. Frustrado, pagué las monedas que perdí y subí a cubierta.

Tras el mástil intuí una sombra que me acechaba, pero la ignoré y me dirigí a proa. Sabía que no lo lograría, que el espectro de Gunnarr también atravesaría los mares y lo encontraría en los bosques de las colonias. No hallaría un lugar donde esconderme de mis pecados. Y notaba la garganta seca, añorando el sabor dulce de mi anestesia.

—Esta noche habéis tardado en subir —dijo una voz de mujer a mi espalda.

Me giré y la miré fijamente, deseando tener la fuerza de voluntad de esos ojos que siempre estaban pendientes de mis caídas.

—No habéis traído la botella —murmuró Manon para sí—. Parece que por fin está ocurriendo...

Y sus manos comenzaron a buscar entre mis ropas. Unas manos sabias cuyos roces no esperaba por parte de una viuda. Pese a mi sorpresa, le mantuve la mirada y me dejé hacer, deseando que su meticulosa inspección no acabara nunca.

—Ayudadme —le pedí, sin poder contenerme. Manon apoyó su frente en la mía—. No sé si podré solo. No quiero volver a Europa, y no quiero ser el hombre inútil que ahora soy, pero mi voluntad está muy menguada.

—Tiraré todas vuestras botellas —susurró.

—No servirá, robaré al resto de los pasajeros.

—¿Podéis aguantar durante el día sin beber a la vista de todos?

—Sí, el problema son las noches.

—Yo os haré compañía por las noches. No duermo mucho, como sabéis; aprovecho para escribir mis anotaciones y transcribir las crónicas que William Bradford me ha encargado. Os mantendré ocupado de día y de noche.

Y así hizo, apenas tuve descanso desde aquella noche. Manon me encargó una tarea tras otra, desde hacer reparaciones en la quilla después de una tormenta especialmente violenta que a punto estuvo de quebrar el casco en dos, hasta asistir al parto de la señora White el día que el viejo doctor, Samuel Fuller, se encontraba indispuesto. Llamaron a aquel niño Peregrine, y la mujer me hizo prometer que llamaría así al primer hijo que tuviera en el nuevo continente.

Con el paso de las semanas, Manon me convirtió en imprescindible para los colonos y yo ya casi no pensaba en Gunnarr.

XXXVI

IAGO

Nueva Inglaterra, 1620 d. C.

Pocos días después de desembarcar en la costa nevada del Cabo Cod, muchos kilómetros más al norte de lo planeado, una expedición de dieciséis hombres partimos en una chalupa armados con mosquetes, coseletes y sables, comandados por el capitán Myles Standish.

Durante las últimas semanas de travesía me había ganado el favor del gobernador Carver y le había hablado de mis planes de contactar con los nativos y establecer un comercio de pieles de castor. Había llegado el momento de cumplir con la tarea que mi padre me había impuesto para hacer viable su inversión.

Encontramos una llanura con varios montículos, yo intuía dónde nos estábamos adentrando, pero los ingleses no parecían darse cuenta. Algunos soltaron sus armas cuando vieron unos cestos de vivos colores y descubrieron que había mazorcas de maíz.

—Nos servirán para plantar semillas en la colonia —dijo uno de los hombres, tomando un cesto con intención de llevárselo.

—Os ruego que lo dejéis donde lo habéis encontrado —les pedí, adelantándome—. Los nativos no han abandonado estos cestos al azar. Son ofrendas, ofrendas para sus muertos. Estamos sobre sus tumbas. Eso es un cementerio.

Todos miraron con aprensión a sus pies. Standish se puso a escarbar y descubrió un esqueleto que por su atuendo parecía haber pertenecido a un gran jefe, pese a que su melena era rubia. Todos nos miramos con extrañeza, sin comprender.

Recordé el viaje que hizo Gunnarr seis siglos antes y la colonia que Leif Erikson fundó más al norte, en Vinlandia. ¿Podría haber sido algún descendiente de aquellos nórdicos? ¿Habría dejado allí Gunnarr su simiente? ¿Podría pertenecer aquel cadáver a uno de mis biznietos?

Cuántas veces me hice preguntas similares en todos los rincones del planeta.

Unos gritos furiosos me sacaron de mis cavilaciones, los nativos nos atacaron con flechas de punta de piedra y todos corrieron a refugiarse en la maleza de un bosque de enebros cercano.

Todos menos yo, que corrí tras los nativos y los atajé saltando entre los troncos de los árboles.

Quedé frente a un pequeño grupo y me apuntaron con sus arcos. Estaban alterados y muy ofendidos. Yo me quité toda mi ropa y me tiré boca abajo desnudo con los brazos en cruz sobre la nieve, como había aprendido de mi padre cuando era un adolescente. Era el signo ancestral del hombre desarmado. Todas las tribus antiguas lo conocían y lo respetaban. Después me concentré en sus gritos, en las palabras que repetían: hombre, padre, hombre muerto, gran hombre, líder...

—*Sachem* —les dije.

«Quiero ver al gran *sachem*, llevadme con vuestro líder».

Uno de los indígenas, con la cabeza rapada a ambos lados y una cresta tupida, se acercó y comenzó a registrar mis ropas. Sacó de un bolsillo del jubón una de mis armas y dijo en español:

—Una navaja de Toledo.

—¡Por las barbas de Cristo!, ¿cómo demonios sabes mi idioma? —exclamé también en español, mientras me levantaba.

—*Non-englishman*? —me preguntó con cautela. Por lo visto, también sabía algo de inglés.

—No, soy español. Aunque los ingleses no lo saben.

Ambos reímos, y él ordenó al resto de los guerreros que bajasen los arcos y me pidió con un gesto que me vistiera, aunque miré casi con avaricia las pieles calientes que llevaban sobre los hombros.

—Soy Squanto, el último del pueblo wampanoag. Hace unos años un inglés llamado Thomas Hunt me secuestró y me vendió en Málaga a unos monjes. Ellos me educaron en los ritos cristianos. Una vez que fingí que me habían convertido, me permitieron viajar a Inglaterra, donde me embarqué de nuevo para volver a Patuxet, mi poblado, y encontrarlo vacío. Me he unido a los nauset, ellos me contaron que las epidemias de los últimos inviernos acabaron con todos los de mi pueblo.

—Squanto, mi Nombre Verdadero es Urko, aunque frente a los ingleses deberás llamarme Ely. Quiero ir con vosotros. Esta colonia ha llegado para quedarse, pero creo que todos podemos beneficiarnos y no ser enemigos. Coge mi sombrero —dije lanzándoselo—. ¿Reconoces esas pieles?

Él lo atrapó al vuelo.

—Son de castor. Abundan mucho al norte, podemos cazarlos o comerciar con otros pueblos nativos. ¿Qué has traído de Inglaterra para cambiar?

Sonreí, Squanto hablaba mi idioma, en todos los sentidos.

—Espérame aquí mismo dentro de dos lunas. Ven con guerreros de hombros anchos para cargar con la mercancía que traigo. Y háblale al gran *sachem* de mí.

—De acuerdo, Urko. Mandaré a un mensajero de pies rápidos al suroeste, al hogar de Massasoit. Estoy seguro de que te escuchará con atención.

—Sea —le dije, y apreté mi mano alrededor de su antebrazo, hermanándome con él.

—Sea —repitió Squanto, devolviéndome la navaja toledana.

XXXVII

IAGO

Nueva Inglaterra, 1620 d. C.

Volví corriendo hacia la costa donde la chalupa estaba a punto de zarpar hacia el Cabo Cod de nuevo para reunirse con el *Mayflower.* Los hombres del capitán Standish me habían dado por muerto y se sorprendieron al verme, pero no les quise dar demasiadas explicaciones.

En cuanto subí a bordo, hablé con el gobernador Carver y con William Bradford. Ambos tenían bastante sentido común y les preocupaba la viabilidad económica de la empresa tanto como las almas de sus feligreses.

A la mañana siguiente hice los preparativos para partir de nuevo con el barril lleno de platos de metal y reunirme con Squanto.

—Os vais —me dijo Manon, acercándose a mí por la espalda y ayudándome a cargar el barril en la pequeña barca auxiliar que me habían prestado.

—Así es. Voy a viajar al sur a conocer al líder de los nativos y después intentaré establecer una red de comercio de pieles de castor al norte. Iré volviendo a la colonia cuando necesite mercancías para negociar y cuando tenga pieles suficientes para enviar a nuestros socios londinenses. Vos tenéis también mucho trabajo por delante. Construid cabañas que soporten este invierno —dije, mirando el cielo blanquecino—, creo que va a ser especialmente frío y crudo. Administrad como sabéis los víveres. No creo que haya disturbios por la comida entre los colonos, he visto que son gente piadosa. Yo volveré antes del deshielo, si me es posible. Intentaré traer semillas para que plantéis maíz y habas como los indios.

—No pretendáis consolarme como a una niña; esta tierra es pedregosa y está helada, costará arrancarle frutos —dijo, torciendo el gesto.

—Los indios lo hacen, todas sus tierras están aradas y el maíz crece sin problemas.

—No hasta la primavera. ¿Cómo conseguiremos comida mientras tanto?

—¿Y no saben los ingleses cazar ciervos, gansos y conejos? —pregunté, perdiendo la paciencia.

—¿Vos no sois inglés, entonces?

Callé, frustrado. Nunca me permitía un desliz semejante, pero aquella mujer, aquella mujer... Qué más daba.

—Los pasajeros están débiles —prosiguió Manon, cambiando de tercio—, los puritanos solo conocen los oficios de las ciudades. Nos dejáis en un maldito cementerio.

—No, Manon. Sois fuerte, ayudaréis a la colonia de la manera que mejor sabéis; sois una mujer práctica y aquí os necesitan.

—¡No hablo de mí, maldita sea! Yo no temo por mi muerte, conozco mis fortalezas. Hablo de que sois uno de los pocos hombres útiles que tiene la colonia y la vais a abandonar.

—No la voy a abandonar, si hago esto es por la colonia. Si fuera por mí, me iría con los nativos y me olvidaría de todos.

—¿De todos? Maldito desagradecido.

Tenía razón, eso es lo que era. Un maldito desagradecido. Cambié de tema y le hablé en un tono más tranquilo.

—Yo voy con los nativos, esta colonia necesita devolver la deuda que ha contraído y no bastará solo con cultivar maíz. Los comerciantes de Londres querrán ver cargamentos de pieles de castor, y para eso hay que ganarse la confianza de los nativos. No comerciarán con nosotros si les somos hostiles. Queríais que me mantuviera ocupado: pues bien, ya he encontrado ocupación y ni siquiera me acuerdo de las botellas que, por cierto, sé que tirasteis al mar sin mi permiso.

Manon se quedó mirando la costa helada; todo era brumoso y blanco a nuestro alrededor. Comenzaba a nevar de nuevo y se abrazó a su sempiterna capa de lana negra de puritana.

—Idos pues.

«Aguanta, Manon —pensé mientras saltaba al bote y me alejaba remando—. Mantente con vida este invierno y volveré a por ti».

38

IAGO

23 de noviembre

Tras el encuentro en el probador de la *boutique*, Manon y yo embarcamos en el avión poco después, mientras un París aún en calma nos ofrecía su mansa despedida.

—¿Sigues escribiendo mil palabras al día? —le pregunté, al observar que sacaba de su bolso un pequeño cuaderno de notas y una Parker de esmalte dorado.

—Conoces mis rutinas —comentó sin mirarme, mientras comenzaba a garabatear sobre el papel en blanco y una sonrisa se le colaba en el rostro.

Sí, las conocía y las recordaba. Manon escribía todas las noches, cuando acostábamos a Peregrine. Retirábamos los cuencos de la mesa donde habíamos cenado y escribía junto a la luz titubeante de una vela, cuya cera recogía una y otra vez hasta convertirla de nuevo en otra vela que alumbraba otras cien noches de escritura.

—Nada que ver con la primera tormenta al salir del puerto de Southampton, ¿verdad? —murmuró Marion, una vez acabó, inclinada sobre la ventanilla del avión que me devolvía a Cantabria—. Ahora todo es mucho más aséptico.

—No creas, estos días hace un tiempo bipolar en Santander. El cielo se ha vuelto errático —comenté preocupado, mirando unas nubes oscuras que cambiaban cada pocos segundos.

El paisaje de mi niñez me daba de nuevo la bienvenida recibiéndome entre lluvias una vez más.

Era uno de esos días en los que los paraguas y las capuchas no servían de nada, porque un viento agresivo dirigía el aguacero a su antojo, mojándolo todo y a todos con su furia.

—No necesitas excusarte, a no ser que seas algún dios de la climatología y hayas enviado esta galerna por algún motivo concreto —contestó Marion con su sonrisa torcida, adelantándose por el pasillo del avión recién aterrizado en el aeropuerto de Santander y abriéndose camino como si aquel infierno de agua no la molestase lo más mínimo.

Minutos más tarde, aproveché que Marion esperaba su maleta frente a la cinta transportadora para hacer una breve llamada a mi padre.

—Héctor, estate preparado —me limité a decirle—. Voy a presentarte a alguien, pero solo cuenta hasta donde yo cuente. Quiero ver su reacción.

Mi padre asintió sin hacerme preguntas y volví hasta donde una Marion muy resuelta tiraba de su equipaje con la despreocupación de quien se ha pasado los milenios cargando con sus bártulos.

Media hora más tarde aparqué el todoterreno a pocas manzanas del paseo Pereda y nos dirigimos hacia mi edificio, en el número 33. Los árboles que escoltaban el paseo se azotaban unos a otros con sus ramas, la lluvia había barrido las aceras como un aspersor y pocos eran los valientes que osaban salir a la calle aquel día endemoniado. Pero Marion y yo apenas nos inmutamos. Caminábamos con calma frente a los portales decimonónicos. Yo meditaba los pasos que debía dar a continuación. Ella, imaginé, en su propio e inexpugnable reino mental. La invité a entrar con un gesto cuando giré la llave del portal.

—Marion, ahora vamos a entrar en mi laboratorio, en la cuarta planta. Allí es donde vamos a investigar, pero antes hay alguien a quien que te quiero presentar.

—¿Alguien? ¿Hay alguien más al tanto de la investigación? —preguntó, y se detuvo un par de escalones más arriba, frunciendo el ceño—. No me dijiste nada al respecto, y nadie más debería saber que estoy aquí. No sé si eres consciente de todo lo que me estoy jugando.

—No es lo que crees. Ahora lo entenderás —contesté, animándola con la barbilla para que continuara subiendo.

En la cuarta planta mi padre esperaba de espaldas frente al ventanal, con un traje de alpaca ceñido y elegante. Se había dejado barba de nuevo, tal y como lo recordaba en mi primera juventud.

Se giró en cuanto entramos y su silueta quedó recortada a contraluz.

—Él es mi padre, Lür —le dije a Marion, sin perder un detalle de sus gestos cuando pronunciaba esas palabras—. Obviamente, es tan longevo como nosotros.

—Lür... —repitió ella, casi con veneración.

La escuché tragar saliva y acercarse a él despacio, avanzando entre las bancadas del pasillo de mi laboratorio.

—Padre, ella es Marion Adamson. Aunque en 1620 se hacía llamar Manon Adams. Fue mi esposa en Nueva Inglaterra. Te omití los detalles personales de la vida que llevé en las colonias. Sé que piensas que dediqué todo mi tiempo a la empresa que me propusiste, y así fue, pero hubo más. Marion y yo compartimos una década en la colonia de Plymouth, tuvimos un hijo al que llamamos Peregrine, y que murió en una de las muchas epidemias que tuvimos que soportar los primeros inviernos. Yo la di por muerta, y ella a mí, sin sospechar ninguno de los dos lo que realmente éramos.

Los ojos de mi padre se pusieron alerta y me preguntaron en silencio. Yo le rogué calma y se abstuvo de formular esas preguntas en voz alta.

—Marion trabaja actualmente para la Corporación Kronon. Al igual que nosotros, prefiere estar al tanto de los avances en el campo del antienvejecimiento. Hace un año, cuando contacté con su personal, ella me reconoció y ahora nos hemos reencontrado. Le he contado que han secuestrado a Adriana y va a ayudarme a encontrar el modo de revertir el inhibidor de telomerasa.

Mi padre esperó que acabase mi improvisado discurso y después le tendió la mano.

—Debo decir que no esperaba conocer hoy a alguien como tú, Marion —se limitó a decir con cierta indiferencia.

Yo lo fusilé con la mirada, sin comprender.

—¿Puedo preguntarle qué edad tiene? —susurró Marion, ajena a su fría reacción.

—Veintiocho mil años, y puedes tutearme; no soy tan viejo —dijo mi padre.

Ante mi desconcierto, Marion le hizo una leve reverencia.

—Es usted muy antiguo, Lür. Me siento bastante abrumada ante alguien de su edad.

—Es mejor que me tutees, de verdad —insistió mi padre, incómodo—. Me estás haciendo sentir como una momia.

—Como quieras. Imagino que tienes muchas preguntas que hacerme.

—Así es. Has dicho Adamson, ¿verdad? —tanteó mi padre— ¿Qué otros nombres has tenido?

—Maia fue el primero, después vinieron Mara, Mairéad, May, Mae, Mirit, Miren, Muireann, Maeve, Máire, Maebh...

«¿Maebh? ¿Fuiste la reina guerrera de Connacht?», quise preguntarle, pero intuí que no era el momento para hacerlo.

—La vidente, la profeta, la elegida, la señora... —recitó mi padre—. Son buenos nombres para una longeva, pero preguntaba por los apellidos que sueles usar.

—McAdams, Adansen, Adansohn, Adanova, Benadam, Adánez, Adanes...

—Ya... —se limitó a contestar.

Yo no entendía muy bien aquella especie de interrogatorio al que la estaba sometiendo; no eran las maneras ni los modos de mi padre.

—Padre, Marion tiene otras aficiones, además de espiarme y

espiar a empresas de biotecnología —intervine, guiñándole un ojo a Marion—. Ha sido cronista de viajes durante centurias. De hecho, durante nuestro reencuentro en París me contaba que ella escribió *The Grand Tour*, bajo el pseudónimo de Thomas Nugent en 1770. Seguro que lo recuerdas. Su capítulo de «Pompeya en ruinas» provocó que miles de estudiantes ingleses fueran a visitar el yacimiento. Creo que fue la primera vez que escuché la palabra «turista». Así que imagino que se la debemos a ella. —Al contrario de lo que esperaba, mi padre se tensó aún más al escuchar aquella mención de Pompeya—. Lür lleva un par de milenios obsesionado con esa ciudad —le expliqué a Marion—. Siempre volviendo a las excavaciones de las ruinas, una y otra vez desde que las desempolvaron en el siglo XVIII.

—Pompeya, una pena lo que allí aconteció, ¿verdad, Lür? —comentó Marion, acercándose al ventanal y escrutando el perfil de la bahía de Santander como si estuviera esperando ver emerger una columna de humo frente a nuestra costa.

—Lo peor de la naturaleza, y tal vez lo peor del alma humana. Sí..., debió de ser apocalíptico —contestó mi padre, sosteniéndole la mirada cuando ella se giró.

Marion se subió el cuello de su impecable gabardina y avanzó por el pasillo en dirección a la salida.

—Espero que no os moleste, pero necesito almorzar algo y soy una persona que disfruta mucho de su soledad. Iago, en un par de horas te llamo y comenzamos a trabajar, si te parece. —Su voz de nuevo era dulce y su gesto cálido, pero detrás de aquella fachada había una dama con sus propias decisiones ya tomadas.

—Está lloviendo demasiado, Marion. Espera al menos a que amaine.

—No me molesta la lluvia; al contrario, la encuentro muy relajante. Y la lluvia en Santander es una sensación deliciosa para los sentidos. Caballeros —nos hizo una inclinación de cabeza—, los dejo con sus asuntos.

Marion abandonó el laboratorio mientras nuestros ojos la escoltaban.

39

IAGO

23 de noviembre

En cuanto Marion y su elegancia atemporal se hubieron marchado, escaleras abajo, para dejarse tragar por la orgía de lluvia y viento que la esperaba en la calle, me encaré con mi padre, que aguardaba pacientemente mi reacción.

—¿Qué demonios ha sido eso?

—¿A qué te refieres?

—¿Que a qué me refiero? ¿Qué acaba de ocurrir aquí? Porque no termino de entender muy bien tu comportamiento. ¿No nos hemos pasado milenios buscando a nuestros iguales? ¿No hemos estado detrás de todas las búsquedas de inmortales, elixires, fuentes de la eterna juventud...? Y ahora te presento a alguien que sin ningún género de dudas tiene más de cuatrocientos años, ¿y tú recelas?

Mi padre se quedó frente a mí, me miró a los ojos y apoyó sus manos en mis brazos, como cuando era un chiquillo y quería asegurarse de que iba a escuchar su lección.

—Urko, solo te lo voy a preguntar una vez: ¿puedes jurarme, sin ningún género de dudas, que esa mujer es la misma que conociste en 1620?, ¿la misma? ¿No existe la mínima posibilidad de que sea una impostora, una farsante?

Medité la pregunta, me la estaba planteando desde que me senté en el lujoso sofá del Procope.

—¿Cómo, padre? ¿Cómo sabría alguien lo que viví en la colonia de Plymouth? ¿Cómo encontrar a una doble que conociera todos nuestros detalles íntimos, el nombre de nuestro hijo que ni yo mismo recordaba, lo que ella y yo pasamos en aquella granja aislada? Apenas dejamos rastro, apenas conocimos a los cien padres peregrinos con los que viajamos en el Mayflower, ni siquiera te lo conté a ti. ¿Cómo formar a alguien para que conozca los antiguos dialectos, los detalles que siempre omiten los libros de Historia? —me dije también a mí mismo, pasándome la mano por el cabello—. ¿Cómo demonios alguien puede tener en su móvil una melodía que yo no había escuchado desde hacía mil años? —grité—. ¡¿Cómo?!

Lür no perdió el temple, se llevó las manos a los bolsillos y me escrutó el rostro.

—¿Se lo contaste a Lyra?, ¿se lo confiaste alguna vez a Nagorno?

—No, no que yo recuerde. No lo sé, padre, son detalles nimios, tal vez durante alguna borrachera... No puedo estar cien por cien seguro, pero te diría que no con un noventa y nueve por ciento de seguridad. Creo que jamás compartí los pormenores de aquella identidad con ninguno de vosotros.

—Siempre habría una manera, alguien que lleve tiempo siguiendo nuestra pista, un burlador profesional. Alguien que la haya puesto a ella para hacerte caer en alguna trampa.

—Pero ¿te estás escuchando? Pareces un conspiranoico. Siempre has sido el más sensato de los dos.

—Piensa, hijo. Te estás cegando por los acontecimientos. Comprendo que tienes una espada de Damocles sobre tu cabeza con el plazo del secuestro que te ha marcado Nagorno, pero todo lo que está ocurriendo no tiene nada de normal. En pocos días han vuelto a tu vida dos longevos, dos personas que creímos muertas, ¿y si hay algo en común? ¿Y si Marion no es longeva y solo es un gancho para conseguir información de tu investigación del gen longevo?

—La he traído para observar su reacción, pero no pensé en que sería la tuya la que me descolocaría de esta forma. Te esperaba emocionado, padre. No estamos solos, hay más longevos por el mundo.

—O, insisto, ella es un fraude.

—¡No lo es! ¡No estoy hablando con una actriz! Lee en mis labios: estoy hablando de mi mujer.

—¿Tu mujer? Tu mujer es Adriana Alameda, ¿ya la has olvidado? ¿O acaso la has dado ya por muerta?

Lo cogí de las solapas de alpaca, más enfadado de lo que podía reconocer.

—¿Cómo te atreves, padre? ¿Cómo te atreves siquiera a dudar de mí?

Me mantuvo la mirada, pero había algo turbio en ella que me aturdía. No estábamos hablando de Dana, no estábamos hablando de Marion: estábamos hablando de algo más.

Lo solté, frustrado y le di la espalda. Apoyé la frente en el frío ventanal. Podía sentir las gotas de lluvia que resbalaban por el cristal al otro lado.

Al otro lado.

Padre y yo no estábamos en la misma habitación; algo muy oscuro y muy antiguo nos separaba.

—¿Qué demonios me estás ocultando, padre? —susurré, con la cabeza aún pegada a la cristalera—. ¿Has averiguado algo este último año? ¿Me mentiste y fuiste en realidad tras la pista de Nagorno? ¿Hay algún tipo de conspiración, algo más grande que no puedo intuir aún, algo de lo que solo he visto el primer acto?

—¿Quién es el conspiranoico ahora? —repitió, torciendo el gesto—. No hijo, nada de eso ha ocurrido, que yo sepa. Pero el reencuentro con tu supuesta antigua esposa es todo menos casual y mucho menos tranquilizante, así que ándate con ojo. No te dejes llevar por la nostalgia y vigila tus espaldas.

«Tú no sabes lo que pasamos juntos. Tú no puedes acercarte a sospechar todo lo que Marion me curó».

—No estás siendo sincero, no lo estás siendo, y tiene que ver con Marion —insistí.

—¿Te fías de ella? ¿No te parece sospechoso que aparezca precisamente ahora? ¿No te escama que te haya espiado durante todo un año? ¿De verdad crees que ella es de fiar?

—Tiene un alma noble, eso te lo puedo asegurar. La conocí bien.

—La gente cambia, las circunstancias puede que sean otras, bien lo sabes.

—Ella es noble... —repetí, entre dientes, obcecado.

—No seas maniqueo, la gente no es buena o mala. La gente tiene objetivos, todo el mundo los tiene, y dependiendo de si están alineados con los nuestros serán amigos o enemigos, eso es todo.

—No..., Lür. No es todo, hay algo más. Y como ese «algo más» pueda poner en peligro a Adriana, como me estés ocultando información que comprometa su vida o su seguridad...

—Tal vez deberías ser tú quien priorice la seguridad de Adriana en este asunto.

—¡Ni por un minuto pienses que no estoy valorando uno por uno el billón de posibilidades que se me plantean para explicar esto! —estallé—. Ni por un minuto lo dudes.

—Pues avísame cuando termines tu análisis y comparte conmigo tus conclusiones. Y..., Iago, no olvides lo esencial. Ni por un minuto pienses que no os estoy ayudando a Adriana y a ti. Si esto fuese una guerra y hubiera que tomar parte en algún bando, tú y yo perteneceríamos al mismo, ¿estamos?

—No, padre. Jamás pierdo de vista lo esencial.

—Me alegro entonces. Y ahora te dejo, voy a seguir buscando islas y luego tengo una reunión con la plantilla del MAC para explicarles mi vuelta, la repentina ausencia de Adriana y tu futura deserción como director del museo.

XL

LÜR

Sungir, actual Rusia, 23.000 a. C.

«¿Qué extraña criatura eres tú?», pensó Lür cuando Negu lo llevó a verla.

Madre tenía una fisionomía singular. Era alta, sin duda, pero casi etérea. El rostro alargado, acaso demasiado. La piel cobriza, la nariz chata. Sus oscuros ojos, algo rasgados, le recordaban vagamente a algunos clanes lejanos del este que Lür había conocido y que ya no había vuelto a ver desde el Cataclismo. El pelo espeso y negro, trenzado a ambos lados de la cabeza, terminaba más allá de la cintura.

Madre llevaba una casaca cosida con conchas blancas y brillantes de cauri, jamás había visto tal cantidad junta, ¿cuántos años debieron pasar hasta que reuniesen tantas de las preciadas conchas?

Lür se detuvo casi con reverencia en la entrada de la choza alargada. Tuvo que darle la razón a su amigo: Madre tenía un aura casi de divinidad. Tal vez era por su forma de parecer un poco ausente de cuanto la rodeaba, como si no estuviera del todo con ellos, sino en presencia de los Viejos Padres.

Cuando acostumbró los ojos a la penumbra de la cabaña, Lür comprendió que Madre estaba inclinada sobre el cuerpo inmóvil de un bebé.

—Otro Hijo de Adán que nos deja para hacer el Tránsito. He

de consolar a su madre, he de consolar a mi hija. Debo pensar en algo, no sé qué hacer para reconfortarla. —No era consciente de los dos hombres que habían entrado en la choza. Hablaba solo para ella, como si el mundo exterior le sobrase.

Su voz arrastraba los sonidos y Lür reconoció matices que ya creía olvidados. Una antigua emoción le recorrió la piel por dentro.

Negu le hizo un gesto con la mano para que se acercase, y cuando estuvo cerca de ella, pudo ver cómo Madre miraba el rostro sin color del niño con tristeza infinita.

—Si pudiera hacer algo... —le susurró al bebé—. Yo ya no sé si puedo con esta carga.

—Sí que puedes, Madre —le dijo Negu—. Yo te ayudaré a soportarla.

Ella asintió, sin mirarlo, dándole la razón sin creerlo.

—Te he traído a alguien que deberías conocer.

Pero ella lo ignoró, perdida en su mundo.

—Todos mis hijos están débiles. He de tomar una decisión, tal vez deba enviar a los Rastreadores en dirección al Sol Poniente. No sabemos si el Cataclismo acabó también con aquella tierra.

—Yo vengo de allí, Madre. Y no queda nada de vida —intervino Lür.

Madre giró el rostro al escuchar una voz nueva. Pareció despertar de un sueño ligero.

—¿Eres un superviviente del Poniente? —le preguntó, súbitamente interesada.

—Sí, supongo que sí.

Madre dejó al niño sobre el cesto forrado de pieles y se acercó a Lür. Le tomó las palmas de las manos y las giró, para escrutar sus líneas. Entonces dio un respingo y se tapó la boca con sus manos de cobre.

—Tú no eres un hombre común —dejó escapar en un susurro que solo Lür y ella escucharon.

—Quisiera hablar contigo, a solas. No voy armado, no represento ningún peligro para alguien eterno como tú.

—Está bien. Negu, déjanos solos.

El rostro de Negu se tensó levemente, pero acabó obedeciendo. Madre continuó con su escrutinio durante un rato, sin dejar de observar a Lür.

—No acierto a comprender qué te hace especial, pero sé que lo eres.

—Escuché de ti hace muchas edades —la interrumpió Lür—. Desde antes del Cataclismo. Madre, yo también nací hace mucho tiempo, yo también me mantengo joven y no puedo envejecer.

Madre hizo una mueca y le retiró el contacto de las manos, decepcionada.

—¡Ah!, otro farsante.

—¿No me crees?

—Si supieras cuántos han venido antes que tú y han afirmado lo mismo...

—Salvo que en este caso es cierto, y sabes que solo hay una manera de averiguarlo.

Madre le dio la espalda y lo meditó por un momento, después pareció tomar una decisión.

—De acuerdo, quédate entre nosotros. El tiempo acabará pasando y veremos si no envejeces.

«No tengo un sitio mejor al que ir —pensó Lür—. Y no estoy muy seguro de poder soportar ni un día más la soledad, ahora que sé que no soy el único que sobrevivió».

Entonces Madre se le acercó y su dedo índice comenzó a recorrerlo desde la frente. Después bajó por el cuello, el pecho y el ombligo. Finalmente, su mano se cerró alrededor de la entrepierna de Lür.

—¿Has tenido hijos? —preguntó Madre.

Lür aguantó, incómodo, mientras una erección le crecía dentro del calor de la mano de Madre.

—Madre, no...

—Llámame Adana. Pocos han conocido mi Nombre Verdadero. Llámame Adana cuando no haya nadie cerca que pueda oírlo.

—¿Adana?

—Sí, fui la primogénita de Adán.

«¿Por qué este regalo? ¿Por qué tan pronto? ¿Por qué me muestras tanto?, ¿acaso me has creído de verdad?».

—¿Has tenido hijos? —insistió ella.

—Muchos más de los que puedo recordar.

—Tal vez algún día... Tal vez si lo que afirmas fuera cierto... —creyó entender Lür. Pero le sería imposible afirmar que aquello fue lo que dijo, porque Madre hablaba solo para sí—. Serás mi buen amigo —le dijo ella finalmente—. Y como tales nos trataremos.

Él asintió, aunque sabía que sus miradas se susurraban otras verdades.

«Pero hay tiempo, Lür —se decía a sí mismo—. Ella no morirá como las otras. Ya habrá tiempo para eso».

Después Madre volvió a arrodillarse junto al cadáver del bebé y se olvidó de la presencia de Lür.

XLI

LÜR

Sungir, actual Rusia, 23.000 a. C.

Llegaron tiempos felices. A partir de aquel día, Lür se unió a los Rastreadores que Negu, como Intérprete, capitaneaba. Recorrían largas distancias en busca de clanes que hubieran sobrevivido, buscaban comida bajo la tierra, perseguían rastros de manadas pese a que casi siempre encontraban cadáveres famélicos. La tierra que los rodeaba seguía estando yerma y despoblada.

Los deshielos pasaron rápido, Lür y Negu se hicieron inseparables hasta considerarse hermanos. Negu era un excelente compañero durante las largas noches de travesía, escuchaba con atención todas las historias que Lür tenía guardadas en su memoria y todas sus preguntas eran sabias y cuerdas.

Ambos cuidaban el uno del otro cuando las fuerzas fallaban, ambos guardaban un bolsillo de provisiones para el otro sin llegar a decírselo nunca. Un día, Negu le regaló una de las estatuillas que solía tallar a la luz de la lumbre, mientras Lür le hablaba de su montaña al otro lado de la Gran Cresta.

—Toma, hermano —le dijo, poniéndole el pequeño bisonte dentro de la palma de la mano—. Todos los Hijos de Adán hemos visto que tus palabras eran ciertas. Eres tan eterno como nuestra Madre, pero aún no has encontrado tu lugar en esta tierra. Como esta bestia, que puede ser también un hombre sabio si tienes la inteligencia de saber ver ambas realidades. Tendrás que elegir muchas veces en tu vida, Lür. Instinto o sabiduría. No te desprendas nunca de esta talla, acuérdate de que una vez tuviste un hermano que te aceptó por lo que eres. Y no dejes de respirar hasta que todo ser que habite en el mundo sepa cómo eres y te admita como tal.

En el clan de los Hijos de Adán, sus miembros trataban a Lür como a un hombre sabio al que recurrir ante la duda de un trozo de carne en mal estado, la mejor manera de amarrar los nudos para una trampa para liebres, o el uso de la brea caliente para enmangar una azuela.

Lür acabó sentándose a la derecha de la pareja en las ceremonias y los nuevos Hijos de Adán que se iban incorporando lo consideraban parte de los tres patriarcas del clan.

El cielo de polvo rojo acabó despejándose con el tiempo. Lür y Negu descubrieron que hacia el sur la tierra comenzaba a reverdecer y los animales ya no eran espectros que deambulaban perdidos entre la niebla.

Después de convencer a Madre, iniciaron la Gran Marcha con todos los miembros del clan. Hijos, nietos, niños y ancianas, todos se pusieron en pie y siguieron los pasos de Madre, Negu y Lür.

Pero para entonces, Negu había perdido todo el pelo de su cabeza y parte de su vigor. Su barba larguísima hacía mucho que era blanca y sus andares encorvados necesitaban del brazo de Lür o de un largo bastón para coronar una simple loma.

Madre lo cuidaba con una serena paciencia. Cuando el último diente se le cayó, dejó de masticarle la carne ella misma para comenzar a hervirle caldos con huesos y hierbas y sujetarle el cuenco para que no se derramara entre sus manos temblorosas.

—Siempre ocurre igual —le dijo un día Madre a Lür, mientras Negu resoplaba rendido en la cabaña alargada—. Parezco una niña a su lado, y para mí el niño es él. He pasado tantas veces por esto... ¿Lo has vivido tú antes?

—No, nunca he tenido compañeras durante demasiado tiempo. Siempre me he ido antes de que hayan envejecido.

—Así pues, Lür, mi buen amigo, no hay una buena solución para los que son como nosotros. Tú has ocultado a todos tu naturaleza, y por ello has renunciado a toda compañía. Yo me he dado a conocer tal y como soy, y he formado mi propio clan, pero el dolor que implica que todos se me mueran va a terminar conmigo.

Lür la observó marchar en silencio y adentrarse en la tienda con la tranquilidad que solo poseían los que no temían el paso del tiempo.

Madre se volvió más callada que de costumbre, y Negu más locuaz, pese a que su voz era cada vez más aguda e irregular, y era difícil seguir el hilo de sus historias. Lür lo solía cargar de un lado para otro del campamento. Lo acostaba, lo aseaba, se encargaba de que superase un día más. Siempre un día más.

Negu vivió una larga vida, murió con una sonrisa, apretando con escasas fuerzas la mano de Madre a su derecha y la mano de Lür a la izquierda.

Todos los Hijos de Adán, incluso los que no eran sus hijos de sangre, lloraron la pérdida del patriarca.

Madre se cortó una de sus largas trenzas con una concha bien afilada y la enterró junto al cuerpo de Negu. Lür le talló la figura de un pequeño caballo barrigudo, uno de sus animales favoritos, y un disco de Padre Sol, ese que tanta luz y calor le había escamoteado a lo largo de toda una vida marcada por el Cataclismo.

Aún tuvieron que pasar varios soles hasta que Adana entró en la cabaña de Lür una noche.

Lür la aguardaba, llevaba cuarenta ciclos esperando aquellas palabras que ella pronunció con los sonidos antiguos que solo ellos conocían:

—Ya estamos solos, amado amigo, ¿ha llegado por fin nuestro momento?

42

ADRIANA

22 de noviembre

El día siguiente transcurrió de modo idéntico al anterior. Los platos con comida caliente en el suelo de la celda al despertar, el silencio insoportable de un aislamiento forzoso y, con la noche, la presencia de Gunnarr sobre el camastro retomando su historia.

El paso del tiempo había comenzado a hacer mella en mi estado de ánimo. La ausencia de referencias y la inactividad me estaban desorientando, una bruma mental cada vez más presente me tenía preocupada. Me sentía lenta de reflejos y me costaba tener un sueño reparador. El viento que silbaba a todas horas fuera del edificio se había convertido en omnipresente y mermaba mis sentidos.

La historia de Gunnarr se había convertido en el único acontecimiento de unas jornadas que transcurrían con una lentitud a la que intentaba acostumbrarme. Echaba de menos a Iago, sabía que estaría buscándome. Nagorno lo conocía bien, pero me asustaba pensar que le había pedido un imposible.

Empezaba a entender que las condiciones del secuestro eran también parte de la batalla de Nagorno por someter mi fuerza de voluntad.

«No voy a claudicar, mamá —me repetía—. No voy a dejar que quien nos separó gane de nuevo».

Y entonces sentía que mi madre me enviaba su fuerza, tal vez solo fuera mi proyección, pero era suficiente para aguantar un día más. Como Iago me confesó una vez, los alcohólicos en rehabilitación tenían un lema y lo hice mío: *one day at a time.*

Un día cada vez.

Y otro día, otra noche, Gunnarr llegaba, sorprendentemente sigiloso para su tamaño, se sentaba sobre mi cama a una distancia prudencial y continuaba con su relato, como un Scheherezade nórdico.

43

ADRIANA

22 de noviembre

—Como te decía, *stedmor* —prosiguió Gunnarr—, Skoll estaba a punto de descargar su arma sobre las costillas de mi padre, pero yo lo detuve sujetándole el brazo.

"Ya es suficiente, Skoll —le dije—. Me quieres a mí; iré con vosotros".

"Si sales huyendo esta vez, no habrá duelo en esta granja. Habrá una masacre y no nos andaremos con remilgos".

»Miré a mi padre por última vez, tendido en el suelo, casi inconsciente debido a la borrachera.

"Vámonos ya, maestro. No tengo nada que aprender de estos granjeros".

»Me llevaron lejos, el rey Svear los reclamaba con urgencia en el sur, en tierras de Frisia. Pagaban a cada *berserker* un sueldo de tres libras de oro, una fortuna por entonces, pero Skoll necesitaba presentar a doce *berserkir*. Ni uno menos.

»Robaron unos caballos y partimos hacia la costa, donde un pequeño *knörr*, una barcaza de guerra, nos esperaba escondido tras un ribazo. Skoll organizó el trabajo y nos dio órdenes concretas a cada uno: cargar los víveres, repasar los tablones de la quilla. Había mucho por hacer, pero a mí me mantenía siempre vigilado.

»Era casi de noche cuando en la orilla del agua, junto al casco del barco, sin que ninguno supiésemos de dónde había salido, apareció una pequeña sombra que nos observaba con calma.

»Tragué saliva cuando reconocí a mi tío Magnus.

"Estoy muy ofendido —nos dijo a todos con esa calma que nunca lo abandonaba—. Os habéis llevado a mi sobrino, pero nadie me ha reclamado a mí para que me una a vuestra banda".

"¿Quién es este enano?", preguntó uno de los *berserkir* con su espada en la mano, adelantándose a nuestro desconcierto.

"Creo que es comerciante, uno de los hermanos de Kolbrun", dijo alguien.

"¿A qué has venido?". Skoll se acercó, interponiéndose entre mi tío y yo.

"Ya os lo he dicho, vengo a entrar en vuestra banda".

"Ya somos doce, y no necesitamos una mascota", contestó Skoll, vagamente alerta por la presencia del intruso, pero sin tomarlo muy en serio todavía.

»Tío Magnus se adentró en el grupo de los *berserkir*, sin prisas, mirando a todos de arriba abajo.

"El del cráneo rapado es tu mejor hombre, ¿verdad? —le dijo al líder, señalando a Runolf—. Lo observé durante el amago de duelo, siempre lo colocas a tu derecha, tiene la orden expresa de cubrirte las espaldas en todo momento. Buena elección, parece rápido de reflejos".

"Y tú parece que quieres morir esta misma noche —atajó Skoll—. Runolf, mata a este enano".

"Sin armas —intervino mi tío—. Hagamos un duelo sin armas".

"¿Sin armas? ¿Y cómo vas a defenderte?, ¿con tus manitas?", preguntó Runolf.

"Infeliz...", susurró Magnus, con su voz ronca.

»Aquella vez fue la primera que vi una de sus letales acrobacias.

»Mi tío tomó impulso, cogió una vara larga de madera de entre los aperos del barco, la partió en dos con la rodilla y se la clavó a ambos lados del cuello.

»Casi todos quedamos regados por los dos chorros de sangre que manaron del difunto Runolf.

"Ahora ya hay una vacante —le dijo a Skoll—. O embarco con vosotros o te mato a ti también, y esta vez no será tan rápido".

"No puedes contra nueve *berserkir*. Y no dudes ni por un momento que, si me matas a mí, ellos te matarán".

"Lo sé, pero eso ni a ti ni a mí nos importará demasiado. A ti porque estarás muerto, y a mí por motivos que no alcanzarías a comprender. Os dirigís al sur, conozco las rutas y los dialectos, conozco las estrategias de los frisios en la batalla. Os adiestraré. Combatís demasiado desordenados; os convertiré en una fuerza de choque más estable y con menos bajas".

"¿Has combatido antes?", preguntó Skoll, interesado.

"He combatido, sí. Siéntate conmigo al fuego y te mostraré lo que puedo aportar a tus guerreros".

»Tío Magnus se llevó a Skoll junto a la hoguera y charló con él largo rato hasta que lo apaciguó, aunque yo conocía el carácter receloso del *berserker* y sabía que mi tío aún no se había ganado por entero su confianza. Pese a ello, aceptó que Magnus viajase con nosotros. Era una nueva adquisición demasiado valiosa como para dejarla marchar, y Magnus lo sabía.

»Después de la cena, cuando Skoll se perdió durante un momento para ocuparse del cadáver de Runolf, mi tío se me acercó entre las sombras.

"Tu padre y tus tíos están reclutando un pequeño ejército para rescatarte, yo he venido de avanzadilla. Solo estoy ganando tiempo", me susurró al oído, mientras yo fingía que continuaba con mis quehaceres.

"Ya es tarde —le dije, sin dejar de controlar a dos *berserkir* que cargaban unas maromas en el barco—, embarcamos esta noche. O aparecen ya o no llegarán a tiempo".

»Se tomó un par de minutos para pensar en el cambio de estrategia.

"Entonces habrá que improvisar —resolvió—. Eres un buen

cabuyero, se te dan bien los nudos. Esta noche ata a los que duerman a los maderos del barco, de piernas y brazos. Que no puedan escapar ni saltar al agua".

"No todos dormirán, habrá uno o dos de guardia".

"Yo me encargo de ellos. Tú limítate a tumbarte con el resto y finge dormir. Cuando empiecen a roncar, átalos con nudos prietos y extiende la brea de calafatear a su alrededor; todo el barco debe arder como yesca. Colócate en la proa, yo aguardaré en la popa. Prenderemos el barco por los dos extremos a la vez, luego salta; nadaremos de vuelta a la orilla".

"Moriremos agotados, no podremos hacer el viaje de vuelta a nado".

"Vuelve a cenar, aliméntate bien, no hay más remedio. En tierra no puedo matar a diez y tú nunca has matado a un guerrero, solo a granjeros desarmados, así que dudarás ante el primero y te matarán".

44

ADRIANA

22 de noviembre

—Te ahorraré los detalles escabrosos, *stedmor*. Todo salió según lo planeado y amanecimos casi congelados después de pasar horas nadando hacia la orilla, tras dejar atrás la gran bola de fuego en la que habíamos convertido el barco.

"Ahora nos perseguirán por haber matado a la guardia personal de Svear. Ese reyezuelo tiene muchos aliados, aquí no estaremos a salvo, ni podemos volver a la granja sin poner en peligro a tu padre y a todos los que allí viven", me dijo mi tío Magnus, mientras secábamos la ropa en un fuego improvisado y yo me tendía para descansar.

"¿Qué estás tratando de decirme?".

"Tenemos que irnos, hijo. En tierra de daneses somos unos proscritos".

"¿Hablas de escondernos por un tiempo?".

"No, no me gusta vivir escondido. Tenemos que marcharnos lejos, en dirección contraria hacia donde los *berserkir* se dirigían. Iremos a Miklagard, la ciudad milenaria. —Mi tío se refería a Constantinopla; en aquella época era la ciudad comercial más importante del mundo conocido, un hormiguero dorado, el lugar perfecto donde pasar desapercibidos—. Cambiaremos de nombre y de apariencia. Será mejor que empieces a despedirte de todo lo que has conocido".

“Pero ¿y mi padre?, ¿no enfermará de preocupación?”.

“Tenemos que avanzar. Por el camino le enviaremos un mensajero a la granja. Nos acabaremos reencontrando, aunque ellos deberán fingir normalidad durante un tiempo, unos años quizá”.

“Pero mi padre será un anciano ya. No quiero arriesgarme a no verlo más, tengo mucho todavía que vivir a su lado”.

»Mi tío se quedó observando el fuego, ambos estábamos sentados y el sol invernal apenas nos calentaba las espaldas. Me escrutó con detenimiento, creo que estaba valorando si el paso que iba a dar conmigo merecía la pena.

“Llegados a este punto, voy a tener que revelarte quiénes somos”. Pronunció las palabras lentamente, estudiando mi reacción.

“¿Quiénes somos? Yo ya sé quién soy. Soy Gunnarr, hijo de Kolbrun”, comencé a recitar.

“Hijo de Néstor...”, continuó él.

“¿Cómo que hijo de Néstor? Néstor es mi tío”.

“Néstor es nuestro padre, de Lyra, de Kolbrun y mío. Y eso lo convierte en tu abuelo”.

“¡Loco, eres un maldito loco! Tus palabras me confunden, ¿qué tratas de decirme, pues?”, le grité, levantándome.

“Lo que trato de decirte, querido Gunnarr, es que la rueda de la vida, de la vida de cada miembro de nuestra familia, no se detendrá. Para ninguno de nosotros. Nunca lo ha hecho. No envejecemos. Y de momento, no morimos. Y creemos que tú eres como nosotros. La preñez de tu madre fue tan larga como la de nuestras madres. Nacimos hace muchas edades; yo al este del Volga, tu padre y tu abuelo, en Jakobsland, la Tierra de Jacobo. Tu tía Lyra, al sur de Frisia”.

»Estaba espantado, tomé un leño de la hoguera y lo interpuse entre ambos, sin saber muy bien qué hacer si me atacaba.

“¿Sois engendros de Loki?, ¿es eso?”.

“Gunnarr, Gunnarr... No se trata de cómo veis el mundo los daneses; no somos malignos. ¿Hacemos algún mal a nuestro alrededor? Somos una familia que se mantiene unida y en la que cuidamos los unos de los otros, como tú has hecho ahora con tu padre. Y baja eso, anda, que te vas a quemar", dijo, apartando el madero de su rostro.

»Dejé caer el leño a mis pies y acabé sentándome de nuevo junto a él.

"Gunnarr, sé que estás buscando tu camino, por eso te fuiste con los *berserkir*, pero no es este. Tú eres mucho más que un guerrero que necesita un hongo para sentirse inmortal. Tú ya eres invulnerable al paso del tiempo".

»Lo miré con incredulidad. Él prosiguió con calma.

"Te enseñaré a ser longevo, a cambiar tu apariencia antes de que sospechen de tu don, a imitar los acentos, a aprender las palabras importantes de las lenguas francas, a manipular a los hombres poderosos y a seducir a sus mujeres, a ser próspero y no malgastar ni perder tus riquezas. A que no dependas de guerras ni de las desgracias de la naturaleza, o de las epidemias. Te enseñaré a ser precavido, a ser el más astuto, a lidiar con tu padre, tu tía y tu abuelo. Eres mi sobrino, pero te aprecio como al hijo que no puedo tener. Te entrenaré con todas las armas hasta que las domines como un experto, como el mayor experto. Hasta que seas el mejor guerrero de cualquier bando, y no te preocupe para quién combatas, porque tendrás la certeza de que tú sí que vas a sobrevivir. Ven conmigo, Gunnarr. Será duro, pero te enseñaré a ser el más grande de todos los longevos. Vamos, hijo, ¿qué me dices?".

—Y te fuiste con él —susurré.

45

ADRIANA

22 de noviembre

—Así fue —concedió Gunnarr—. Partimos hacia Miklagard y después recorrimos las rutas comerciales del este durante décadas, antes de reencontrarnos de nuevo con mi padre, mi abuelo Lür y Lyra, y después embarcarnos hacia Vinlandia. Como arqueóloga, ya sabrás que un grupo de vikingos llegamos a América siglos antes que Cristóbal Colón, y allí intentamos mantener una colonia de los nuestros, en L'Anse aux Meadows, con Leif Erikson, el hijo de Erik el Rojo, pero esa es otra historia; tal vez otro día te la cuente. Volviendo a los primeros años con mi tío Magnus, con él aprendí a ser un longevo, el longevo que hoy soy. Me hizo un experto en todo lo que implica ser un longevo en la sombra. Soy experto en el arte de hacer y conservar el dinero y las propiedades. Soy experto en fingir mi muerte, puedo hacerlo creíble de mil maneras diferentes. Skoll, por ejemplo, me enseñó a usar ciertos polvos que creaban la apariencia de un corazón que no late. Soy experto en..., experto en... —dijo, y de repente se retorció de dolor y se sujetó el brazo.

—¿Qué pasa? ¿Te duele algo? —pregunté, sin comprender su rictus de dolor.

—Soy experto en... —repitió, espantado, cayendo al suelo—. ¡Mi brazo!, ¡me duele, me duele mucho!

—¡Gunnarr, me estás asustando!, ¿estás bien?

Pero él ya no me escuchaba, me miraba desde el suelo con ojos aterrados, pidiéndome ayuda a gritos en silencio.

Se retorció de dolor sujetándose el pecho y entonces lo comprendí: estaba siendo víctima de un infarto.

«¿Qué demonios es esto, una epidemia de ataques al corazón que está acabando con los longevos? ¿Lo que le inyectó Iago a Nagorno es contagioso?».

O acaso Gunnarr estaba también intentando salvar a Nagorno por su cuenta. Tal vez estaba experimentando con alguna cura y se la había inyectado, como en su día había hecho Flemming, el investigador que ayudó a Iago a dar con el gen longevo.

Pero Gunnarr no estaba para responder a mis preguntas, su rostro enrojecido era una máscara de dolor y tensión. Me lancé hacia él y comencé con las maniobras de reanimación cardiopulmonar. Le abrí la boca, puse mis labios en sus labios. Insuflé aire, esperando que sus inmensos pulmones se llenasen.

Por suerte, empezó a toser y le dejé espacio para que pudiera respirar, aliviada.

—Basta, basta... —dijo, incorporándose—. Ya es suficiente.

—Pero ¿y tu corazón? —pregunté, todavía acelerada.

—Mi corazón está muy bien, gracias. Muy tranquilo.

—¿Estás bien? ¿No te duele nada?

—No, *stedmor*. No me duele nada, aunque a ti te va a doler ahora un poco el orgullo, ¿verdad?

—¿Has fingido un ataque? —le pregunté, incrédula—. Me lo había creído, pensé que el infarto era real.

—No escuchas nada, te estaba diciendo que soy un experto en fingir mi muerte y acto seguido me dispongo a demostrártelo, y tú te lo crees e intentas salvarme.

Apreté los dientes.

—Con eso no se juega, Gunnarr, ¿qué querías?, ¿que saliese corriendo y te dejase morir?

Me miró, ya no reía. Me observó con una nueva curiosidad, como si yo fuera una especie extraña de insecto.

—Muchos secuestrados es lo que habrían hecho, sí. Tienes instintos que van en contra de tu propia supervivencia; no serías una buena longeva.

—Lo sé, ni quiero serlo. Gunnarr, no estoy para estos juegos. Me has dado un susto de muerte y ahora no necesito que te rías de mí. ¿Puedes limitarte a ser un carcelero al uso, cerrar la puerta de mi celda con llave y desaparecer?

Me giré y le di la espalda.

Maldito.

Me lo había creído de verdad.

46

ADRIANA

23 de noviembre

Al día siguiente y para mi sorpresa, Gunnarr volvió con los primeros rayos del sol.

—Levanta, *stedmor*. Hoy tenemos paseo —gritó desde la puerta con su voz atronadora—. He conseguido convencer a mi tío para que te saquemos del castillo y puedas disfrutar de este lugar. Entiéndelo como una compensación por el mal rato que te hice pasar anoche.

Me levanté de un salto, despejada y alerta. Por fin iba a saber adónde me habían llevado. Aunque mi alegría duró poco. Gunnarr entró en la celda y me puso en la cabeza el saco de esparto que tanto odiaba.

—Pero no hagas tonterías, *stedmor*. Es muy importante —me susurró mientras me sujetaba de un brazo y me guiaba, escaleras arriba—. Y no le hables a mi tío de nuestras correrías nocturnas.

Me concentré en contar los escalones. Quince pasos a la derecha y veintitrés a la izquierda. Después, Gunnarr detuvo su marcha y me retiró el saco.

—Toma asiento, por favor —me rogó Nagorno, señalándome una silla.

Iba vestido con un traje estrecho, un rojo elegante que le hacía resaltar en aquel fondo de madera. No había perdido el gusto por la ropa exclusiva y la apariencia cuidada. Imaginé el esfuerzo que le costaría aquellas mañanas el simple hecho de vestirse, afeitarse y arreglarse tan solo para deambular por un castillo habitado por su sobrino y una huésped obligada.

Obedecí y miré alrededor. Estaba en una especie de salón de banquetes medieval. Una inmensa chimenea calentaba la estancia, a espaldas de Nagorno. Una larguísima mesa de madera maciza nos separaba, ya que él la presidía en un extremo y a mí me habían hecho sentar en el otro. De todos modos, lo que centró mi atención fue el delicioso olor de lo que Gunnarr traía en una bandeja.

Café, tomates asados, hongos y zumos naturales.

—Estoy cocinando solo comida cardiosaludable —me dijo, mientras me servía un poco de leche en mi taza—. Mi tío debe reponerse.

Miré de reojo a Nagorno, y era cierto que tenía mejor aspecto que el último día que lo vi. En todo caso, dejé de prestarle atención en cuanto olí los bollos de pan integral que su sobrino ponía a mi alcance. Estaban recién horneados y al principio engullí un par de ellos sin demasiados remilgos, bajo la atenta mirada de Gunnarr, que me observaba como un progenitor orgulloso de que su criatura fuese buena comedora.

—Imaginé que estarías hambrienta —me susurró.

A mi pesar, le dediqué una mirada de agradecimiento que Nagorno también registró y llenó la sala de un tenso silencio.

Después de que Gunnarr recogiera servilmente nuestros desayunos, me colocó de nuevo el saco y fui arrastrada hasta el exterior del edificio, escoltada por ambos en esta ocasión.

Cuando me permitieron ver de nuevo, el viento me azotaba el rostro y la humedad de un mar cercano se hacía notar cada vez que respiraba.

Hacía frío, muchísimo más frío que en Santander; me encogí, en un gesto inconsciente por darme calor.

—Toma, no queremos que enfermes tú también —dijo Nagorno a mis espaldas, con su voz ronca. Me tendió una Barbour de mi talla y se lo agradecí con la mirada—. Espero que al menos disfrutes de las vistas —susurró.

Frente a mí tenía una colina de césped salvaje, verde y retorcido. Más allá de la colina, un valle virgen se extendía hasta un impreciso horizonte que la bruma había hecho desaparecer.

—¿Dónde estamos? —me atreví a preguntar.

—¿Dónde crees tú que estamos? —respondió Nagorno, colocándose a mi lado.

—En algún lugar de la costa del norte de Europa.

Ambos callaron, cruzaron las miradas y no se dignaron a responderme.

—Síguenos —me ordenó Gunnarr—. Te he liberado de tus ataduras, pero no quiero nada de carreras ni de tonterías.

Había empezado a comprender su doble juego: frente a Nagorno, un carcelero sádico con su rehén; cuando estaba a solas conmigo, un hombre con muchas ganas de desahogarse y de hablar de su padre. Pero ¿era todo simulado?, ¿era Gunnarr un embaucador? ¿Sus intentos por ganarse mi confianza eran reales o solo parte del plan del secuestro?

Por mi parte, no tenía otra estrategia más que seguirle la corriente. Desde el primer momento en que Gunnarr se acercó a mi celda, decidí fingir. Fingir que esperaba su compañía, que me hacía dependiente de sus charlas a medianoche.

Lo hice por ganarme un aliado. Un aliado del que posiblemente dependería mi supervivencia.

—¿Me has traído a tu tierra, a Dinamarca? —insistí mientras bajábamos las escaleras de piedra de la entrada.

No pensaba dejar escapar la posibilidad de saber adónde demonios me habían llevado.

—¿Eso crees? —se limitó a responder.

En realidad podía ser cualquier lugar costero del norte. Había pocos elementos para orientarse, salvo el fuerte viento y un clima propio de un mal día de invierno. Cualquier lugar de Noruega, Suecia, la costa norte de Francia, Irlanda, Inglaterra, Gales o Escocia. Cualquier isla como las Skye, las Hébridas, las islas del canal de la Mancha... Había varios cientos de posibilidades. Intuí que sería algún lugar que los vikingos habían ocupado en el pasado. O tal vez los celtas, mil años antes, y el lugar fuese elección de Nagorno.

Escruté el horizonte, desalentada. No había rastro alguno de civilización ni de construcciones, ningún cable eléctrico surcaba el paisaje, ningún faro. Tampoco reconocí en el cielo estelas de rutas comerciales de aviones. Parecía ciertamente un lugar remoto alejado de todo.

—Vamos, Adriana. Quiero enseñarte algo que seguro que sabes apreciar —interrumpió Nagorno, adelantándose con su bastón e interponiéndose entre Gunnarr y yo.

Me guiaron hacia un cobertizo adyacente, y se me escapó una sonrisa cuando me di cuenta de que eran unas caballerizas. Escuché varios relinchos y me dejaron asomarme a su interior.

Solo había tres caballos, pero nunca había visto nada igual.

El primer animal era simplemente gigante. No había otra manera de describirlo. Tenía una alzada de metro noventa; una persona de estatura media tendría que ayudarse de una banqueta para montar sobre aquel inmenso caballo blanco.

Adiviné que era para Gunnarr, así que me giré directamente hacia él.

—¿Qué raza es? —le pregunté.

—Es un *shire*, la única raza que puedo montar. Durante mucho tiempo me llamaron el Caminante. Los caballos que criábamos los nórdicos eran bastante pequeños, de patas cortas. Yo era un niño cuando tuve que dejar de montarlos porque arrastraba los pies, y mi tío Nagorno se desesperaba porque no podía enseñarme a lanzar flechas al galope, al modo escita. Descubrimos esta raza un par de siglos más tarde, ¿verdad, tío? Es la única que soporta mi peso sin agotarse.

Pero para cuando Gunnarr dejó de hablar yo había perdido interés por su gigante albino. Los otros dos caballos, una yegua y un macho, eran tan bellos que parecían sobrenaturales. Eran finos, elegantes..., pero eran dorados. Lucían un pelaje corto y metalizado como el oro. Resultaban demasiado hermosos para ser reales.

Me acerqué con veneración al macho, lateralmente, para que me viese y no se alarmase de mi presencia. Se dejó acariciar el lomo dócilmente. Aquellos caballos eran únicos.

—Nagorno, ¿de dónde los has sacado?

—Crío esta raza desde hace dos milenios; se llama *akhal teke*. Los originales se los compré a unos nómadas en una región que conoces como Turkmenistán. Hoy en día solo hay dos mil ejemplares vivos, todos descendientes de los que comencé a criar. Son buenos para las carreras; no hay jeque que no quiera uno, en Emiratos Árabes, en Dubái, en Arabia Saudí. De todos modos no los crío por dinero, aunque no me los comprasen seguiría encargándome de que algo tan hermoso no se extinga. Y esta pareja en concreto, Tuvá y Altai, estos son únicos. Todos los *akhal teke* tienen el pelaje metalizado y corto. He conseguido descendientes de capa negra, gris, blanca. Pero solo hay dos dorados en el mundo.

Me acerqué a la yegua, que no me rehuyó, y acaricié su lomo con veneración. Por un momento me abstraje de mi crudo presente y me dejé llevar por la belleza que tenía frente a mí. ¿Cómo podía Nagorno ser capaz de lo peor y de lo mejor?

—Nagorno..., si pudiese pedirte un favor. Tanto si este secuestro acaba bien como si sale mal, ¿podría, antes de irme, montar uno de los *akhal teke*? Para mí sería uno de los mejores momentos de mi vida.

Nagorno me miró de una manera extraña. No dejaba de observar cómo yo acariciaba a la hembra, sin quitarme un ojo de encima. Tal vez demasiado. Tampoco se me escapó el gesto de incomodidad de Gunnarr, como si aquel breve instante de conexión entre Nagorno y yo lo estorbase.

Gunnarr carraspeó y rompió la magia del momento. Nos devolvió a la realidad y todos volvimos a nuestro papel.

Una rehén, dos captores.

Una efímera, dos longevos.

—Bien, ya veremos. Lo pensaré —contestó con gesto serio, casi indiferente.

Casi.

—Qué pena verlos aquí encerrados —insistí, estirando un poco más la situación—. Pobres animales.

—No somos unos sádicos, los sacamos a pasear a diario —se defendió Gunnarr de mal humor, como si mi comentario lo hubiera ofendido.

«Y eso era todo lo que necesitaba saber —pensé—. Gracias por la valiosa información, Gunnarr».

Tal vez, en alguna ocasión, aquel dato me sería útil.

—Y ahora vámonos de aquí —ordenó—. Mi tío Nagorno necesita caminar.

A Nagorno no le hizo gracia el comentario de su sobrino. Lo miró con una expresión ceñuda y marchó delante de nosotros. Supuse que era la primera vez en su larga vida que precisaba de los cuidados de otra persona. Él, que había sido más inmune que el resto a las heridas del tiempo. Imaginé su íntima humillación por hacerme testigo de su decadencia, de una decrepitud tan poco propia de su carácter.

Partimos por un sendero estrecho, apenas marcado entre la hierba. Caminamos un buen rato hasta que pude ver, por fin, el mar. Un mar picado de invierno, un mar ruidoso que descargaba olas y bruma en una línea de costa escarpada de rocas y lejanos acantilados.

Nos acercamos a una ensenada, oteé el horizonte en busca de algún trozo de tierra o de isla frente a nosotros, pero el mar se perdía sin interrupciones hasta donde mis ojos alcanzaban.

Me mordí el labio, descorazonada. No podría escapar por mar, las corrientes en aquellas latitudes eran demasiado fuertes y el agua estaría helada. No había rastro de embarcaciones, ni de puertos. Aquel trozo de tierra y de agua parecía realmente deshabitado.

—Sé que asumes que tu esposo te está buscando —dijo Gunnarr a mi lado, interrumpiendo mis oscuros pensamientos—, pero nadie vendrá a rescatarte. La construcción donde te ocultamos no figura en ningún mapa, ni antiguo ni contemporáneo. Y sé lo que estás pensando, pero tampoco aparece en Google Earth.

—¿Y eso cómo es posible?

—Tengo buenos contactos en Silicon Valley —dijo encogiéndose de hombros, sin atisbo alguno de falsa modestia—. El edificio del castillo es invisible, solo aparece terreno baldío y hierba. Nadie va a encontrarte aquí. Oficialmente este lugar no existe, y el castillo ni siquiera aparece en las crónicas de su tiempo.

«Pero tal vez Iago sepa de su existencia, ¿o también se lo ocultasteis a él?».

Pero preferí callar y centrarme en las sensaciones de aquel paseo, sentir el viento en las mejillas, llenar los pulmones de aire nuevo, pasear la mirada por un infinito de niebla y no tropezarme por una vez con la monótona vista de las piedras de la pared de mi celda.

47

ADRIANA

23 de noviembre

Me dejaron cenar junto a ellos. Unos pescados a la parrilla con una salsa de mostaza que Gunnarr nos preparó y que me supo a pueblo de pescadores, a matices de *whiskey* de cebada, a recetas que posiblemente ya no aparecían en ningún libro de cocina contemporáneo.

Después Gunnarr me colocó el saco sobre la cabeza, volví a contar veintitrés pasos a la derecha y quince a la izquierda. Bajamos los escalones y cerró con llave tras de mí, después de despedirse con un «ahora vuelvo».

Un par de horas más tarde escuché el ruido metálico de la cerradura y Gunnarr entró. Lo esperé sentada sobre la cama, con la espalda apoyada en la pared. Él imitó mi postura y se sentó junto a mí.

—Disculpa mi tardanza, *stedmor*. Hoy mi tío está muy cansado. Quería asegurarme de que estaba bien. Hasta que no lo he dejado dormido no he querido bajar.

Aquella noche no dejó de preguntarme por Iago. Quería saberlo todo acerca de nuestra historia, quería saberlo todo de nuestro último año. Nuestras rutinas, nuestros planes de ocio, nuestros restaurantes favoritos, los platos que Iago prefería, los lugares por donde paseábamos, los proyectos en el museo, los amigos que frecuentábamos. Quería saber si yo lo veía feliz, ¿era su padre, por fin, un hombre relajado?

Extrañas preguntas para alguien que buscaba venganza después de medio milenio y que me mantenía secuestrada en aquel páramo agreste.

De repente, Gunnarr dio un respingo y dejó una frase a medias. Me miró, alerta, y con un gesto me pidió silencio.

—¿Has oído eso? —preguntó, bajando la voz.

—No, ¿a qué te refieres?

—Se ha escuchado un ruido, arriba. Espero que no sea mi tío —dijo preocupado.

Y saltó de la cama para salir corriendo de la celda y cerrar la puerta a sus espaldas.

Me quedé esperando durante un buen rato, pendiente de los ruidos que la noche traía, pero no conseguía identificar ningún sonido que no formara parte de los habituales.

¿Y si Nagorno estaba mal? ¿Y si se había caído? ¿Y si estaba bien, pero había descubierto la ausencia de Gunnarr y su visita nocturna a mi celda?

Ninguna de las opciones era buena para mí. Incapaz de dormir, me quedé mirando la puerta fijamente, esperando que en algún momento Gunnarr volviera para explicarme lo sucedido.

Pero Gunnarr no volvió.

Pasaron las horas y Gunnarr no regresó.

Entonces reparé en un detalle que me dejó inmóvil en el sitio: Gunnarr había salido precipitadamente y no había cerrado con llave. No escuché el roce metálico de la cerradura cuando desapareció, como siempre que se iba.

Me acerqué sin hacer ruido y probé a girar el pomo interior de la puerta.

Estaba abierta.

Empujé con mucho cuidado y me asomé al exterior de mi celda. Solo había un pasillo, oscuro, sin luz. Ni antorchas medievales ni electricidad contemporánea. Pero yo lo había recorrido ya a oscuras, sabía dónde empezaban las escaleras, mis caderas y mis rodillas habían chocado varias veces con aquellos peldaños el primer día, cuando Gunnarr me arrastró por ellos sin demasiados miramientos. Tomé como referencia la pared y avancé en silencio, contando los pasos.

Cuando subí a lo que parecía el piso principal, la luz de los ventanales me permitió orientarme. Busqué la entrada hasta encontrar una gran puerta. El castillo continuaba silencioso, como si estuviese deshabitado. Recé para que Gunnarr se hubiera olvidado de mí y Nagorno durmiese con un sueño muy profundo. Recé para que no tuviera que volverlos a ver nunca más.

Tal y como me temí, la sólida puerta estaba cerrada, así que fui comprobando todas las ventanas hasta que di con una que se abría sin hacer ruido. Salté sin pensarlo dos veces; el suelo exterior estaba a apenas tres metros y aterricé lo mejor que pude.

Después corrí, corrí hacia las caballerizas y cuando llegué fui directamente a la cuadra de los *akhal teke*. Me acerqué a la yegua, la ensillé, le susurré palabras que solo ella entendió y monté en silencio.

Conocía bien a los caballos, sabía que se orientaban de noche si habían recorrido antes el camino. Pero dirigí sus pasos en dirección contraria al sendero por el que me habían llevado Gunnarr y Nagorno durante nuestro paseo matutino. Quería averiguar si había otros caminos que la yegua había recorrido antes y que me llevasen a algún lugar civilizado. Puede que a un ferri, a la casa de algún vecino lejano o a algún lugar donde esconderme de mis captores.

La yegua orientó su caminata y marchó al trote, con la elegancia de un purasangre. El animal sabía bien hacia dónde se dirigía.

Tal vez mi encierro estaba a punto de acabar.

XLVIII

LÜR

Actual Europa, 20.000 a. C.

Lür estaba en su choza cuando los vio partir con arcos y lanzas. Se habían pintado el rostro con ceniza blanca, algunos eran niños que ni siquiera querían acudir al Solsticio. Eran de la rama de los Guerreros, y esa elección por parte de Adana no auguraba nada bueno.

—¿Vienes, Lür? —escuchó los susurros dulces de su compañera, que lo reclamaba bajo la manta de zorros albinos.

Lür cubrió la entrada de pieles y acudió en silencio a su llamada.

Adana lo esperaba desnuda y preparada ya para recibirlo. Dejó que le lamiera el cuello y los dedos de las manos, dejó que cabalgase a horcajadas sobre él. Se susurraron las Palabras Antiguas mientras el gozo les llegaba, pero Lür no se dejó llevar como otras veces. Hacía demasiado tiempo que yacer con Adana era como poseer un paisaje espléndido, una puesta de sol, un valle infinito tras una cordillera.

Inabarcable.

Inútil siquiera intentarlo.

Lür era consciente de que Adana ya no tenía ilusión por él. Después de haber perdido a todos los hijos que tuvieron juntos, siempre en sus primeros años de vida, Adana había vuelto a tomar otros compañeros eventuales. En ocasiones dentro del campamento, varones traídos por sus hijas o sus biznietas. Otras veces, partía sin Lür por los senderos, siempre escoltada por varios miembros de la rama de los Vigilantes, los encargados de escoltarla siempre y velar por su seguridad.

El clan de los Hijos de Adán estaba organizado por ramas. Cada familia se especializaba en un oficio: Intérpretes, Pescadores, Tejedores, Exploradores, Constructores de cabañas, Curtidores de pieles, Talladores de lanzas, Talladores de figuras, Tatuadores, Cocineros, Cazadores, Pintores de roca, Parteras, Sanadores, Amas de leche, Comerciantes y Cronistas, entre otros.

Después de tantas generaciones, cada uno de los integrantes de los Hijos de Adán era tan experto en su cometido que las figuras que los Talladores preparaban eran vendidas por los Comerciantes en cualquier campamento, en cualquier encuentro de clanes. Las Parteras eran siempre reclamadas porque resolvían los partos más difíciles, instruidas desde la niñez por Adana.

Ella siempre pedía que volvieran con conchas de cauri a cambio de sus servicios. La choza blanca, custodiada día y noche por los Vigilantes, contenía millones de conchas con las que Adana enviaba a comerciar a sus hijos. Con paciencia y a lo largo de muchas generaciones, Adana había conseguido que la mayoría de los clanes aceptaran las conchas en los intercambios.

Pero Lür aquel día estaba preocupado.

—¿Por qué los has enviado a ellos, Adana?

—Sabes la respuesta, ninguno de los clanes quiso compartir a sus hijas y tenemos muchos más hombres jóvenes que mujeres. Si no le pongo remedio, en una generación los niños escasearán y lo pasaremos mal como clan para sobrevivir.

—¿Compartir a sus hijas? ¿Así lo llamas ahora? Di mejor que las pierden, que no las vuelven a ver.

—Las acogemos, las cuidamos, las convertimos en parte de nuestro clan, ¿no es un regalo?

—Lo sería si dejaras marcharse a las que no se adapten, pero siempre nos ocurre lo mismo cuando nos establecemos durante demasiado tiempo en un valle. Los clanes locales acaban dándonos la espalda cuando les llegan las historias del destino de los hijos o las hijas que han querido huir de ti. Es normal que ninguno quiera ya mezclarse con los Hijos de Adán —dijo Lür, levantándose del lecho y colocándose los pantalones y la casaca blanca.

—Si es así, nos marcharemos también de esta tierra —contestó, distrayéndose con una pulsera de cuero que uno de sus hijos había tejido para ella.

—Tal vez sea el momento de marcharse, sí... —murmuró Lür, dándole la espalda.

—¿De qué estás hablando? —dijo Adana, levantándose desnuda y abrazándolo por detrás.

No tuvo que pensarlo siquiera, llevaba siglos sabiendo que el momento elegido sería tan malo como otro cualquiera.

—No me dejarás marchar, ¿verdad? —Aun así, pronunció aquellas palabras y por primera vez en mucho tiempo se sintió bien.

—Nadie se marcha de nuestro clan hasta que muere —contestó ella, con tranquilidad—. Y no querrás que te exilie.

—Pero yo no puedo morir.

—Entonces no te puedes marchar.

—¿Y si hubiera tomado ya una decisión?, ¿y si no te estoy pidiendo permiso?

—No puedes marcharte, mandaría a los Hijos de Adán a por ti y te traerían de vuelta conmigo.

—Y me obligarías a estar contigo.

—Somos los patriarcas de los Hijos de Adán.

—Tal vez no quiera serlo más.

—¿Qué otro destino tienes?, ¿vagar de nuevo solo por la Tierra?

«Empiezo a echarlo de menos. Pero sin ti, Adana. Sin ti».

—Estás cambiando, no eres la Adana que conocí, la compañera sabia de Negu. O tal vez ahora te estás revelando, ¿eres así en realidad? ¿Sangrienta, cruel, despiadada?

Ella lo miraba sin verlo, los ojos traspasaban la mirada de Lür y no se detenían, enfocados en algún lugar más allá del patriarca.

Él le pasó la mano por la mandíbula alargada por última vez. ¿Qué tenía Adana en la cabeza?

Nunca lo sabía, nunca contestaba cuando las palabras los llevaban a discutir. En realidad, Adana nunca lo tuvo en cuenta. Lür había sido un consorte más duradero que los otros, pero la matriarca siempre había decidido el curso de los Hijos de Adán, y Lür entendía que así fuera. Ninguno de ellos era su descendiente. Seguía siendo solo un invitado, alguien externo al clan. Su sangre no había llegado a cuajar nunca con la de ellos.

No quiso irse como un cobarde, sin despedirse. Habló con cada niño, con cada madre, con cada anciano. Todos guardaron silencio y lo miraron con pena, como si estuviesen frente a un cadáver que habían querido mucho. Alguna vez, hacía tiempo.

Adana pronunció su maldición y Lür se alejó de las cabañas blancas, sin mirar atrás ni una sola vez.

TERCERA PARTE

49

IAGO

24 de noviembre

Un timbrazo que provenía del portero automático me obligó a despertarme de un salto. Corrí hacia la entrada, donde la voz de un repartidor me informó de la llegada a mi nombre de un envío bastante voluminoso. Me vestí de un salto con los primeros vaqueros que encontré y corrí escaleras abajo para averiguar el origen de aquella injerencia.

En el portal encontré a varios operarios portando paquetes de distinto tamaño y a Marion comprobando el listado del pedido, con el mismo gesto resolutivo que había visto en ella cuatro siglos atrás en el puerto de Southampton.

—¿Qué es todo esto, Marion?

—Una cepa de ratones de laboratorio con sus jaulas, sacos de pienso y agua —dijo señalando una caja tras otra—. Una pizarra transparente para que tú y yo pongamos en común nuestras teorías y apuntemos las fórmulas. ¿Quieres que continúe, o nos dejas pasar y comenzamos cuanto antes?

Me alisé el pelo desordenado, todavía un poco somnoliento.

—No, está bien. Diles que lo dejen todo en la cuarta planta —concedí.

Una hora después ya habíamos desempaquetado las jaulas de los animales y habíamos encontrado un lugar apropiado para ellos al fondo de mi laboratorio.

Marion se había comprado una bata blanca y me tendió una nueva para mí. Colocamos la pizarra transparente frente al ventanal y tomamos dos rotuladores blancos.

De nuevo empezaba la partida: ¿hasta dónde callar?, ¿hasta dónde contar?

Ella fingía su calma habitual, pero yo era consciente de que llevaba tiempo esperando aquel momento.

Suspiré. Comenzaba la función.

—Te voy a ser sincero: no he encontrado la causa que nos hace longevos —mentí, estudiando su reacción—. Pero en cuanto leí vuestros trabajos sospeché que tenía que ver con nuestra capacidad de tener en el cuerpo la telomerasa activa o de generarla por nosotros mismos.

—Esas son también mis sospechas, aunque no soy capaz de llegar más lejos. Continúa.

—Antes hay algo que deberías saber a estas alturas. La persona que tiene secuestrada a Adriana es mi hermano Nagorno.

Marion guardó silencio, asimilando el dato.

—Tendría que explicarte demasiado, y no hay tiempo para eso ahora, pero el secuestro es una reacción a algo que le hice: le inyecté un inhibidor de telomerasa en el corazón. Lo cierto es que usé a mi hermano Nagorno con un doble propósito: le clavé la inyección sin saber muy bien lo que pasaría, pero quería observar qué le ocurre a un cuerpo como el nuestro cuando le inhibimos la telomerasa. Y si tenía que usar un conejillo de Indias, él se había ganado el derecho a serlo.

—Debes odiar mucho a tu hermano para utilizarlo de esa manera —dijo, sentándose en una banqueta frente a la pizarra.

—Algún día te contaré nuestra tierna historia fraternal —respondí, sin intención de entrar en detalles—. Ahora lo que hemos de intentar es revertir ese efecto.

Le omití todos los pormenores concernientes a mi descubrimiento de que los longevos teníamos en realidad dos mutaciones genéticas. La primera, la del gen que mantenía la telomerasa activa. La segunda, la del gen que inhibía cualquier tipo de cáncer.

—¿Y eso es todo lo que averiguaste después de exprimir nuestros estudios? —preguntó, cruzando los brazos.

—¿Te parece poco? Hasta ahora sé que la telomerasa es el motivo, de otro modo, no habría tenido ese efecto en su corazón ni lo habría envejecido un siglo en un año.

—¿Y ya tienes pensado cómo empezar?

—En eso espero que me ayudes tú —le dije, tendiéndole un rotulador.

Marion se levantó y comenzó a escribir en la pizarra.

—Tenemos un órgano, que es el corazón de tu hermano, artificialmente envejecido. Digamos que tendríamos que limpiar de ese inhibidor de telomerasa todas las células de su corazón.

—Y volver a activar la telomerasa, como si no hubiera ocurrido nada —le recordé.

—Eso es —asintió.

Miró la pizarra en silencio durante un largo rato. Yo la observaba con un gesto impaciente, conteniendo la respiración. Quería escucharla, quería ver hasta dónde estaba realmente dispuesta a compartir conmigo.

—Lo único que se me ocurre es hacer pruebas con estos ratones inyectándoles virus modificados genéticamente —continuó por fin—. Verás, lo que hemos averiguado este año en la Corporación Kronon es que los virus oncolíticos inyectados en el cuerpo de un paciente con cáncer se replican dentro de las células tumorales y acaban con ellas. Tu hermano ahora no tiene telomerasa, así que podríamos trabajar en modificar uno de estos virus, no para que limpien células tumorales, sino para que eliminen el inhibidor de telomerasa que le inyectaste.

—¿Me estás proponiendo que tratemos a mi hermano con terapia viral? —le pregunté, frunciendo el ceño.

No era una opción que me hubiese planteado nunca por mí mismo. Era arriesgada y un campo muy poco explorado.

—Suena un poco desesperado, lo sé —asintió—, y los efectos secundarios serían totalmente impredecibles, dado lo excepcional del caso.

—Así que me sugieres que consigamos un virus que se replique dentro de las células del corazón de Nagorno y provoque la muerte del inhibidor de telomerasa, para que todo funcione como lo hacía antes —pensé en voz alta.

Ella asintió, estábamos a punto de comenzar una investigación improbable y desastrosa, y ambos lo sabíamos. Aunque fingíamos muy bien no saberlo.

—De acuerdo, tenemos entonces el tiempo justo para trabajar con los ratones y hacer como mucho una o dos pruebas antes de enviarle a Nagorno su maldita cura —dije.

—No te precipites. Primero hay que extraerle células a tu hermano, cultivarlas durante unos diez días y luego hacerle una transfusión de sangre.

—Ya tengo sus muestras, se las pedí en cuanto me llamó para explicarme las condiciones del secuestro de mi mujer.

Marion asintió, pero en sus ojos vi un brillo triste, como si le dolieran mis últimas palabras. Aunque lo disimuló con aplomo y nos perdimos durante horas en complicados cálculos que solo interrumpimos al mediodía para bajar al paseo Pereda a comer lo imprescindible.

A última hora de la tarde, con la cabeza embotada de datos, la invité a bajar a la tercera planta y nos sentamos en el sofá donde Lyra y yo habíamos pasado tantas horas tumbados divagando y charlando de todo y de nada. Casi ni me di cuenta, pero al cabo de un rato Marion acabó tendida, mirando al techo, como tantas veces hizo mi hija. Y hablamos durante horas de otros tiempos, y reímos con nostalgia como dos ancianos.

—Te costó quitarte el luto en Nueva Inglaterra. Me alegra que hayas desechado el negro de tu atuendo —dije, señalándole su bata blanca de científica.

Ella sonrió, aceptando el cumplido.

—No eras viuda, ¿verdad? No hubo nunca un señor Adams.

—No, jamás existió. Durante los últimos milenios, sobre todo en Europa, me resultó muy cómodo fingir que era viuda. Una mujer soltera, una virgen, siempre era una pieza codiciada que traía demasiadas complicaciones. Pero siendo viuda se me podía asumir cierto patrimonio, cierta experiencia y, sobre todo, bastante libertad para no tener que tomar una y otra vez esposo, y la obligación de la maternidad, con el riesgo que suponía cada parto.

—¿Qué hiciste después, cuando abandonaste nuestra granja en Duxbury?

—Deambulé por la zona, y acabé décadas después en Salem —se limitó a decir.

—¿Me estás diciendo que...?

—No quisiera hablar de eso ahora.

La comprendía, ¿para qué recordar? Lyra también lo sufrió en 1610 y nunca la forcé a contarme cómo escapó del horror. Me sentía demasiado culpable por no haber cuidado de ella, perdido en el condado de Cork por culpa del alcohol.

—Parte de mi familia vivió los juicios que se derivaron de Zugarramurdi, en Navarra. Acusaciones de campesinas y criados que provocaron un infame auto de fe. Treinta vecinas fueron acusadas y veintidós murieron en la hoguera —dije.

—¿Puede Adriana comprenderlo, Iago? —me preguntó, incorporándose de repente—. El terror de ser acusada por tus vecinos, ¿tú no temiste ninguna caza de brujas? ¿Tú no viviste aterrado cuando la Inquisición te rondaba demasiado cerca?

—He vivido aterrado muchas veces, Marion.

—Y sabes que ella no es capaz de comprenderlo.

—Creo que sí puede comprenderlo, al menos intelectualmente. Procesarlo, empatizar conmigo. Pero obviamente no estuvo allí. —Miré hacia el ventanal, el sol bajaba por la bahía y las nubes oscurecían lo que quedaba de día.

No tenía prisa por levantarme de aquel sofá, solo necesitaba dejar descansar un poco mi cerebro.

—Antes no podíamos permitirnos tener secuelas postraumáticas, ni había psicólogos a los que acudir, ni terapias para superar los horrores que vivimos —continuó Marion, parecía que le hablaba al vacío. Yo solo escuchaba lo que ya sabía—. Simplemente continuar, apretar los dientes, callar y comenzar a vivir de nuevo. Olvidar los rostros de las malas personas que nos atormentaron, esperar unas décadas, a que la muerte y la vejez se ocupasen de ellos para dejar de temerlos.

—Lo reconozco, yo también me he regocijado muchas veces con ese triunfo íntimo: todos nuestros enemigos van envejeciendo y muriendo, nosotros permanecemos jóvenes y vivos.

—¿No puedo llamarte Ely de nuevo? Me resulta muy extraño acostumbrarme a llamarte Iago.

—No, Marion, aquella etapa está cerrada.

«No dejes que vuelva el pasado», me obligué a repetirme.

—Hay algo que tengo que preguntarte y a lo que no dejo de dar vueltas desde el día que nos reencontramos en París: ¿por qué afirmas que somos longevos, pero no inmortales? ¿Acaso has visto morir a alguno de los tuyos? Tu hijo Gunnarr, al que diste por muerto, en realidad no lo estaba. En Plymouth viste que no nos afectaba el escorbuto. Ambos hemos pasado por epidemias y hambrunas, por mil accidentes, guerras, desastres naturales. Nos hemos expuesto a patógenos de otros continentes, a alimentos en mal estado, y aquí estamos, de una pieza. La perversión de este asunto es: ¿cómo saber si soy inmortal? Solo podré saber que no lo soy instantes antes de mi muerte, cuando comprenda lo inevitable del momento.

—No somos inmortales, Marion —la corté.

—¿Cómo estás tan seguro?

—Tuve una hermana, Boudicca.

—¿Boudicca? ¿Te refieres a Boadicea, la caudilla britana? ¿Era de los vuestros? —dijo, como si aquello tuviera un interés especial para ella que no fui capaz de intuir.

—Así era, y como bien sabes por las crónicas, ella murió.

—¿Estás seguro? ¿La viste morir?

—Vimos su cadáver, me robó el veneno de tejo que yo guardaba para los suicidas, y encontramos su cuerpo devorado por las alimañas del bosque.

—¿Estás seguro de que era su cuerpo y no una puesta en escena?

—Marion, vi su cuerpo, lo que quedaba de él. Sus cabellos, sus trenzas largas...

—¿Y eso es todo? ¿Estás seguro de que era ella y no los restos de otros cadáveres? ¿Podrías poner la mano en el fuego?

Entonces la cicatriz de la mano comenzó a quemarme de nuevo. Eran ellas, Boudicca y Lyra, de nuevo, advirtiéndome de un peligro. Algo muy poderoso amenazaba a toda La Vieja Familia, de otro modo no se estarían revolviendo en sus tumbas de aquella manera.

Suspiré. En principio no tenía la mínima intención de hablarle de mi hija, pero la conversación nos había llevado hasta allí y no encontré ningún motivo de peso para omitirle su historia.

—Tuve una hija longeva, se llamaba Lyra. Fue celta durante su primera identidad. Murió el año pasado, en mis brazos, después de intentar recuperarla durante los veintidós minutos más largos de mi vida. Vi su cuerpo inerte. Estaba conectada a una torre de monitorización cardiaca. No hubo dudas, Marion. Mi hija murió, su corazón dejó de latir y sus restos reposan en un cementerio a pocos kilómetros de aquí.

—¿Estás seguro? ¿Has comprobado si hay algún cuerpo en esa tumba?

Me levanté, cansado ya de aquel interrogatorio que no hacía más que hurgar en lo más sangrante, en lo más doloroso, en lo más sagrado para mí.

—No, no lo he comprobado. ¿Por qué hacer tamaño disparate? La he visitado casi a diario. Créeme, esa lápida no se ha movido.

—¿Lo has comprobado, Iago del Castillo? —insistió.

La cicatriz de Lyra me envió un latigazo de dolor que me recorrió el cuerpo y lo tensó. Marion me miró, asustada, sin entender mi gesto.

—No es nada —la tranquilicé—. Me ha dado un calambre.

—Claro.

¿Cuántas medias verdades nos quedaban por decirnos? ¿Siempre iba a ser así entre nosotros, tanto si fingíamos mutuamente ser efímeros como si nos tratábamos como los longevos que éramos en realidad? ¿Nunca íbamos a poder hablar sin filtros?

—Creo que es mejor que me vaya, Iago. No he querido hacerte daño con mis preguntas.

—No es nada —mentí de nuevo y dejé que se fuera.

Me dejó el apartamento con su leve perfume y el recuerdo de Lyra en la cabeza.

Entonces me miré la cicatriz de la mano una vez más. No estaba seguro de si era Lyra o era mi manera de somatizar su duelo y la sensación de peligro que tanto me estaba alterando desde que Gunnarr volvió.

Me permití pensar en mi hija una vez más, en los últimos años, en mis desesperados intentos por mantenerla viva en contra de su voluntad, como aquel invierno después de la muerte de Fénix, Syrio y Vega. Su familia, su constelación, como a ella le gustaba llamarlos.

Recordé sus paseos nocturnos por la playa de las Catedrales, en Ribadeo.

Y de repente lo vi todo claro: las catedrales.

¿Cómo no lo pensé antes? Me saqué el móvil del bolsillo del pantalón y llamé a mi padre, temblando.

50

IAGO

24 de noviembre

—No habíamos pensado en la playa de las Catedrales, en Lugo. Puede ser una de las pistas que Gunnarr me dejó.

Mi padre se quedó en silencio durante unos eternos segundos.

—Reconozco que estaba buscando un poco más lejos. Ribadeo está a apenas...

—Tres horas en coche, a unos trescientos kilómetros —me adelanté.

¿Cuántas veces había realizado ese recorrido en las últimas décadas? Conocía bien la zona, había tenido una casuca junto a la playa que más tarde vendí. Era incapaz de pasear por la playa de las Catedrales sin recordar la desolación de Lyra, para mí se convirtió en un lugar incómodo al que prefería no volver.

—¿Estás en tu casa? —le pregunté. Él asintió—. Espérame, voy para allá.

Minutos más tarde aparcaba en la Cuesta de las Viudas y me dirigía corriendo a la casona recién recuperada de mi padre. Él me esperaba de pie junto a la chimenea.

Había colocado un mapamundi enorme en una pared y lo había llenado de chinchetas de colores.

Le pedí con la mirada que me lo explicara.

—Las chinchetas rojas son los puntos probables porque reúnen varias de las condiciones: «Llegarás a ella por aire o agua.

¿Serán miles, serán bellas? No serán grandes, hallarás masacres y catedrales». Las chinchetas verdes solo reúnen una o dos condiciones, pero no las desestimo por si Gunnarr se quería burlar un poco de tu paciencia.

—Comencemos con la pista de la playa de las Catedrales, ¿cuántas islas cercanas tenemos?

Mi padre se acercó al portátil y me lo mostró.

—En la provincia de Lugo tenemos apenas islotes y casi todos son demasiado pequeños para albergar siquiera una construcción donde esconder a Adriana. Todos esos los he descartado. Pero tenemos la isla Pancha en Ribadeo. Allí existe un faro construido en 1857, aunque en mi opinión está demasiado cerca del pueblo. Hay un puente que la une a tierra y los fines de semana se llena de excursionistas. Adriana podría estar retenida en el faro, pero no es un lugar muy adecuado para un secuestro.

—No, yo tampoco lo creo. Haciendo memoria, recuerdo la isla de Area en Viveiro. Estuvo habitada hasta mediados del siglo xx, y décadas después solía ser un lugar de acampada. Tendríamos que acercarnos e inspeccionar sobre el terreno; no nos llevará mucho.

—Puedo ir solo, tú deberías centrarte en la investigación. Los días están pasando demasiado rápido y Nagorno puede morir en cualquier momento.

Fruncí el ceño. Mi padre me ayudaría en cualquier empresa solo porque yo se lo pidiese, siempre había sido así. Jamás me negó nada, pero no se me escapaba que estábamos ayudando a Nagorno a sobrevivir, y eso para mi padre no dejaba de ser un alivio.

—Sigamos entonces —concedí—. ¿Qué más islas tenemos?

Me acerqué al mapamundi de la pared y clavé un par de chinchetas verdes en la isla Pancha y en la isla de Area.

—Aquí es donde empieza a ponerse interesante —explicó mi padre—: las islas Farallóns. Son tres islotes, en realidad. Pero es un lugar donde han naufragado muchos barcos. Tan solo en el siglo pasado tenemos el vapor María del Carmen, hundido en 1931, el carguero Castillo de Moncada en el 45, el pesquero Maryfran en 1957... ¿Serán las masacres a las que se refería Gunnarr?

No las había visitado, pero las busqué en Google Earth y solo vi varios casquetes de roca, abruptos y tapizados de césped, pero ninguna construcción.

—Aquí no hay un lugar con techo donde esconder a Adriana. No creo que se encuentren allí.

Mi padre se acercó a la pared y colocó una chincheta verde.

—Por si acaso las visitaré. Nunca se sabe. Y ahora viene mi sospechosa número uno: la isla Coelleira, llamada así por los conejos que la recorrían antaño. Está un poco alejada de la playa de las Catedrales, a una hora en coche, pero su historia encaja muy bien con lo que estamos buscando. En primer lugar, porque es la isla más grande de todas cuantas he encontrado y tiene un faro, aunque es muy escarpada. Únicamente hay viento y bruma, poco más, pero en el siglo IX había un monasterio de monjes benedictinos que fue asaltado por los normandos.

—Así que ya tenemos la masacre.

—Y no solo eso: he encontrado un detalle muy interesante. En 1628 hay una denuncia del deán de Mondoñero, quejándose de que algunos pescadores vizcaínos usaban la isla como atalaya para pescar ballenas, actividad que casualmente se le da muy bien a Gunnarr. Y adivina, el año siguiente adquiere la isla una familia anónima cuyo nombre jamás ha trascendido en ningún documento.

—Por decirlo claramente, el *modus operandi* lleva la marca de La Vieja Familia —resumí, colocándome frente al mapamundi.

Así es, pero las buenas noticias no acaban ahí. En el siglo XIX la isla fue desamortizada y pasó a pertenecer a la Armada Española. Fue entonces cuando instalaron un faro para la navegación.

—Desamortizada, dices —torcí el gesto, pensando en mi hermano—. Ambos sabemos que Nagorno supo aprovechar muy hábilmente todas las desamortizaciones para aumentar su patrimonio inmobiliario.

—Entonces tenemos una chincheta roja —sonrió mi padre, clavándola en la pared—. Ya tengo por dónde empezar. Mañana a primera hora parto hacia Lugo. Inspeccionaré sobre el terreno todas las islas y sus faros.

—Tal vez... —se me ocurrió, de repente—, tal vez Dana no esté en la superficie. Tal vez Nagorno haya construido también algún túnel, como hizo en el MAC.

—Las rodearé con barca, entonces. Buscaré cuevas, lo que sea, hijo. Pero intentaré traerla de vuelta pronto.

—Si ves algo sospechoso, aléjate y llámame. Procura que no te vean. Gunnarr tiene ojos en la espalda.

—No me asusta Gunnarr, hijo. Yo también los tengo.

LI

IAGO

Nueva Inglaterra, 1621 d. C.

Desperté con el cuerpo entibiado por las pieles de la manta. Dentro de los *wetu*, las casas nativas, el fuego central ardía día y noche, y el calor se mantenía constante pese a las heladas que aquel invierno castigaban la costa de Nueva Inglaterra.

Habían pasado ya dos lunas llenas y me había acostumbrado a vivir como los wampanoag, a hablar su dialecto, mucho más cómodo para mi cabeza que el inglés o el español, y a vestir con sus cómodas casacas y con pantalones que no se calaban con la nieve.

Salía a pescar con ellos todas las mañanas. A veces, la tormenta dejaba orcas moribundas varadas en los bancos de arena de la costa y su carne nos servía durante semanas. Había viajado al norte con Squanto y con Samoset, otro indio que también sabía inglés y que hasta entonces hacía las veces de intérprete.

Aprendí a cazar castores con ellos. No eran unas piezas fáciles, requerían de mucha paciencia en el acoso y los indios se reían de que los ingleses eran incapaces de matar uno solo. Pero enseguida comprendí que sería un negocio muy lento si yo era el único cazador competente de toda la colonia de Plymouth.

Sabía que la única solución era dejar que los nativos cazasen y comprárselas a cambio de mercancías, así que decidí volver a Cabo

Cod para hablar de mis avances con el gobernador Carver y, por qué no decirlo, despejar esa constante preocupación por la viuda Adams que algunas noches me mantenía insomne.

Me despedí del *sachem* y de Squanto y partí después de una tormenta de nieve, cuando los bosques de pinos eran solo silencio y todo cuanto se escuchaba era el roce de mis mocasines al aplastar la nieve dura. Llegué a la destartalada empalizada después de día y medio de caminata.

No había vigías apostados en lo alto y pude cruzar la entrada sin que nadie advirtiera mi presencia.

No se veía un alma por las calles embarradas de aquella pobre imitación de pueblo inglés. Las pocas casas construidas dejaban pasar el frío a través de los agujeros entre los tablones de madera. Iba a tener que enseñarles a construir con adobe. El pozo que marcaba el punto central del poblado parecía abandonado hacía mucho tiempo y el cubo roto que alcancé a ver ni siquiera tenía una cuerda para subir el agua.

El silencio se rompió cuando oí abrirse una puerta desvencijada. Manon me apuntó directamente con un mosquete, sin reconocerme.

—¡Soy yo, Ely! —grité, alzando las manos en señal de rendición—. ¡Por nuestro soberano Jacobo, no disparéis a uno de sus súbditos!

Al escuchar mis gritos, varias puertas más se abrieron y vi al gobernador y al capitán Standish acercándose a mí.

—¡Mi buen amigo Ely! —Me abrazó el gobernador Carver—. El Señor ha escuchado mis plegarias. ¿Nos traéis comida para calmar nuestros estómagos vacíos?

Miré a mi alrededor, donde algunos puritanos se habían congregado. Sus mejillas estaban hundidas, sus cuerpos estaban famélicos. Había visto hambrunas muchas veces, tantas veces, pero ninguna que hubiese cambiado sus cuerpos en tan poco tiempo.

Me costaba reconocer en aquellos esqueletos a los pasajeros del Mayflower.

—¿Comida? —repetí—. No, no he traído comida. En cambio, os traigo las primeras pieles de castor para enviar a Londres, tal y como concretamos antes de mi partida. ¿Qué ocurre con la comida que tanto os preocupa? ¿No habéis sido capaces de conseguirla por vuestros medios? ¿Y por qué solo veo hombres y niños?, ¿dónde están las mujeres?

—Han muerto casi todas —contestó Manon, adelantándose. Tenía unas ojeras negras bajo su piel antes bronceada—. El escorbuto está acabando con todos nosotros. Cada día perdemos a dos o tres personas. Solo estoy yo para enterrar sus cuerpos. Nadie tiene fuerzas para ayudarme, y esa labor me quita tiempo para atender a los enfermos.

—¿Escorbuto? ¿No sois capaces de frenar el escorbuto? ¿Y los limones que traje?

—Son cuentos de marineros. No está comprobado que sirvan de mucho —me repitió Manon, como si le hablase a un niño pequeño.

—¿Dónde están? —insistí.

Manon no se amilanó con mis urgencias, me señaló la cabaña de donde ella había salido y corrí a buscar el tonel que le había confiado antes de partir con los nativos.

Levanté la tapa, y tal y como me temía, la mayoría estaban podridos o helados, pero algunas docenas se habían conservado en bastante buen estado.

—Exprimidlos y dadles el jugo a los enfermos, también a los que no lo están todavía. En pequeñas dosis, varias veces al día. Es lo único que necesitan —le dije al anciano doctor en cuanto lo encontré.

Él asintió, estaba tan desesperado después de ver morir a tantos de sus hombres santos que aceptó mi solución como si fuera maná.

—¿Cuántos han muerto? —pregunté a Manon cuando me

llevaron a la cabaña más grande donde todos los enfermos gemían en camastros improvisados de madera.

—La mitad, apenas quedamos cincuenta. Volved con los nativos, Ely. Aquí no hay sitio para un hombre como vos. En unas semanas morirán todos y no habrá colonia.

—¿Eso pensáis de mí? ¿Creéis que os voy a abandonar? ¿Creéis que olvidé vuestra ayuda?

«¿Crees que he olvidado que gracias a ti no he vuelto a ver el espectro de Gunnarr?».

—¿Y no es así?

—No, Manon. No es así. Yo cavaré las tumbas con vos. ¿Qué más hay que hacer?

—Lavar la ropa de los enfermos, que obviamente apesta. Ir al bosque y traer leña seca, mantener los fuegos encendidos en todas las casas. Pero sobre todo necesitamos comida.

—Yo pescaré.

—Las aguas están heladas.

—Yo pescaré —repetí—. Y pondré trampas para las liebres, veré si puedo cazar algún ciervo. En cuanto os consiga comida para un par de días volveré al campamento de los wampanoag. Ellos tienen pavos, os enseñarán a criarlos en estas latitudes. Tendremos que reforzar las paredes de las casas a base de barro mezclado con paja, así no entrará frío y no tendremos más cadáveres helados cada madrugada.

Creo que fue la primera sonrisa que le vi en mucho tiempo. Su rostro cansado se volvió cálido cuando me lo preguntó.

—Entonces, ¿os quedáis?

—Me quedo, Manon. Y espero que un día me perdonéis por haberos abandonado.

52

ADRIANA

23 de noviembre

Cabalgué a oscuras durante un buen rato, alejándome del castillo. El sendero era estrecho, pero la yegua avanzó con paso seguro hasta quedar al borde de un acantilado. Allí frenó en seco y no tuve más remedio que desmontar, porque se negó a avanzar más.

Varios metros más abajo podía escuchar las olas batiéndose en una playa de guijarros que una escueta luz de luna iluminaba. Comencé a descender por una ladera escarpada, entre arbustos secos y hierbas altas, hasta llegar a una pequeña cala.

Cuando me adapté a la oscuridad comencé a investigar el terreno, y poco después descubrí la estrecha abertura de una cueva.

Corrí a adentrarme en ella. En pocas horas amanecería y tal vez me sirviera de refugio cuando mis captores vinieran a buscarme. Pero cuando me disponía a entrar, una enorme figura se separó de las paredes de la cueva y me cortó el paso. Yo retrocedí, aterrada.

—Estoy muy orgulloso de hasta dónde has llegado, *stedmo*; cada vez entiendo mejor a mi padre. Pero es hora de volver a la celda.

Reconocí la voz de Gunnarr, pero por su tono duro comprendí que no estaba para bromas, aunque yo tampoco.

Estaba agotada de una jornada tan larga, agotada de darle vueltas a todo en mi celda, agotada de ser un títere en manos ajenas y no tener poder para decidir algo tan simple como qué comería al día siguiente, qué ropa me pondría, por qué calles iría a pasear o a quién querría ver aquella noche.

—Me estabas probando, como cuando fingiste un infarto —rugí con rabia—. Has dejado la puerta sin cerrar adrede, solo para comprobar si me escapaba. —Él sonrió, llevaba un trozo de soga en la mano—. ¡Deja de jugar conmigo! —le grité, nerviosa, sin perder de vista la cuerda.

—No estoy jugando, tan solo intento averiguar cómo eres. Digamos que me intrigan tus reacciones —contestó, y después señaló hacia arriba—. Vamos a subir la colina y tú vas a montar en mi caballo; está oculto tras ese risco que ves. Tuvá no soporta mi peso y no me fío de que la montes tú y escapes al galope. La yegua nos seguirá. Y, por cierto, por aquí no ibas por buen camino. Esta cueva no tiene nada bueno que ofrecerte.

—Y sin embargo tu tío y tú soléis venir —lo tanteé—. De lo contrario, el *akhal teke* no me habría guiado hasta aquí de noche.

Gunnarr prefirió ignorar mi comentario.

—Nagorno me habló de que eras excepcionalmente inteligente, queda claro que lo eres. Vamos, sube por ese atajo. Yo te sigo.

Pero me negué a obedecerlo una vez más. Salí corriendo en dirección contraria, agarrándome a la maleza que iba encontrando para subir por la loma escarpada.

Gunnarr me alcanzó enseguida por la espalda. Me pasó su brazo por delante del pecho, inmovilizándome, y acercó su boca a mi oído.

—Adriana, nunca he hecho daño a una mujer; no me obligues a empezar hoy, porque no quiero hacerlo —me susurró.

Me había llamado Adriana, por primera vez desde que me secuestró. Había bajado la guardia.

Aproveché y me zafé de él con un codazo. Después salté varios metros hacia abajo, de nuevo en la cala.

Gunnarr cayó sobre mí para frenarme. Durante un momento me quedé sin respiración, aplastada por su inmenso cuerpo.

—Perdona, *stedmor* —dijo, no sé si avergonzado. Se incorporó un poco, liberándome de su peso. Después me inmovilizó ayudándose de las rodillas y se sacó la soga del bolsillo trasero del pantalón.

—No me ates, por favor; tus nudos son muy prietos y tengo demasiadas rozaduras en las muñecas. Te lo prometo, Gunnarr. Te doy mi palabra, no intentaré escaparme, pero no me ates de nuevo.

—De acuerdo, pero nada de tonterías. Tú vas por delante, *stedmor.* —Hizo grillete con su enorme manaza alrededor de mi muñeca y emprendimos la marcha hasta su caballo.

Gunnarr montó primero y me alzó para colocarme sobre el lomo delante de él. Después buscamos a Tuvá, la yegua *akhal teke*, y dejamos que los caballos nos llevasen de vuelta al castillo.

La noche estaba cerrada, era incapaz de identificar ningún rastro de civilización en el paisaje que estaba viendo, tan solo el enorme bloque de una montaña de basalto que se erguía frente a nosotros y que no se veía desde el otro lado del castillo.

—De todos modos, esa cueva donde te ibas a adentrar... no era un buen lugar. En serio. Hay otra cercana que no arrastra un pasado tan oscuro, Cathedral Cove, pero solo se puede acceder cuando la marea está baja. Por eso la yegua no te ha llevado allí, aunque yo la prefiero. Para mí el camino que hoy has recorrido está maldito.

—¿Qué ocurre con esta cueva? —quise saber—. Me he adentrado en sitios peores; casi todas las cuevas prehistóricas donde he trabajado tienen peor entrada que esta, créeme.

—Puede ser, pero no creo que tengan una historia peor que contar. Se la conoce como Massacre Cove, la cueva de la Masacre. Aquí murieron calcinados y asfixiados trescientos noventa y seis miembros del clan McDonald.

—¿Cómo sucedió?

—Estábamos inmersos en una guerra de clanes. Nosotros, los McDonalds, contra los McLeods. Los McLeods contra los McDonalds. Una muerte para vengar un agravio, una emboscada para responder a un insulto. En esa época, tío Nagorno y yo éramos juez y parte en todo aquello. Siempre irascibles, siempre hostiles, siempre con la espada a punto de desenvainar. Era un modo de entender la vida y nosotros lo compartíamos. Al clan McLeod se le permitió morar en nuestra isla durante una de las treguas. Los libros de Historia dicen que se volvieron demasiado amorosos con las doncellas de nuestro clan. Bonito eufemismo. Comenzaron a asaltarlas en cualquier sendero, entraban en las granjas al anochecer y se las llevaban; ninguna estuvo a salvo. Si hubieses dado el paseo de esta noche durante aquella época, simplemente no habrías llegado hasta aquí intacta. Te habrían encontrado y se habrían divertido contigo, como se decía antes alegremente para blanquear lo que en realidad pasaba.

Tragué saliva al escucharlo, pude ver que no exageraba.

—Los McDonalds los acorralamos y los echamos de la isla —continuó Gunnarr—. Ellos buscaron venganza e intentaron volver, pero estábamos preparados. Todos los habitantes de la isla, todos los miembros del clan. Nos escondimos en esa cueva, acechándolos mientras intentaban tomar la isla desde el mar, pero uno de los nuestros subió por la colina en un descuido y nos vieron. Taparon la entrada con paja y prendieron fuego. Las crónicas dicen que se salvó nada más que una familia, otros que una anciana dama. No ocurrió nada de eso, en realidad. Solo Nagorno y yo. La isla quedó deshabitada, todos perecieron. Después de aquello nos refugiamos en Irlanda y con el tiempo nos convertimos en jefes de los clanes del sur, Hugh O'Neill, conde de Tyrone, y Red Hugh O'Donell, señor de Tyrconnell.

—Y ahora estás hablando de Kinsale —intervine.

—Sí, pero eso te lo contaré otro día, *stedmor*. Otro día —susurró a mi espalda.

Su caballo nos llevaba al trote cruzando la oscura monotonía de la isla. Una vez más, decidí aprovechar la buena disposición de Gunnarr para revelarme sus secretos.

—A mi madre le habría parecido interesante lo del fuego —comenté, cambiando de tercio.

—¿A tu madre? ¿Y eso por qué?

—Porque, como psicóloga, habría opinado que tu facilidad para acabar en situaciones donde esté implicado el fuego es un estupendo desencadenante emocional.

—Y una vez más, la visión de una efímera como tu madre nos da un punto de vista demasiado limitado. Pero ¿cómo iba a ser ella capaz de ver el cuadro completo de los cuatro longevos y sus elementos?

—No te comprendo, Gunnarr.

—Es una vieja teoría que manejo: creo que cada longevo está vinculado a uno de los cuatro elementos: tierra, agua, viento, fuego.

53

ADRIANA

24 de noviembre

—Es inevitable —prosiguió—, los elementos se nos presentan una y otra vez a lo largo de nuestra vida. Tierra en el caso de mi abuelo Lür, por su Nombre Verdadero sabes que aún hoy en el idioma de los vascos significa «tierra», y también por el apego que le tiene a este planeta hasta el punto de que no ha llegado el día en que lo abandone. Mi padre, Urko, está vinculado al agua. Por su nombre también, «el que viene del agua». Pero además por su clan materno y por su creencia de que nuestros ojos son de este color porque estamos conectados con el agua y debemos vivir siempre cerca de un lugar de costa, tal y como mi padre me aleccionó, o perderemos nuestra identidad y el color de nuestros ojos se extinguirá. Mi tío Nagorno, al viento. Siempre vive en sitios donde el viento es más fuerte que otros elementos. O tal vez ocurra al revés, allá donde él llega, el viento lo obedece y lo sigue, y se hace dueño de todo el paisaje que lo rodea. No estoy muy seguro, he visto demasiados prodigios a su lado. En cuanto a mí, no sé por qué demonios siempre acabo enfrentándome al fuego. De momento lo he vencido.

—No me había fijado en eso de los nombres —murmuré.

—Los sonidos de nuestros nombres son muy antiguos, provienen de las primeras palabras, las primeras raíces.

—Hasta ahora sabía que el morfema «ur» se repite en muchos lugares de Europa donde había agua —le dije—. Hay arroyos llamados Urti, el río Uringa en el Rif, y todos sus derivados, todas las fuentes de l'Or en España y en los Alpes. Iago me dio una clase magistral de toponimia prehistórica y preindoeuropea.

—Es una de las palabras más antiguas, de hecho, en euskera *ur* significa «agua», aunque Lür lo es más. El sonido que lo acompaña, representado en el presente por la letra ele, va unido a las palabras para referirse a algo que contenía, el soporte, la tierra misma. Todos nuestros nombres originales intentan mantener ese morfema, adaptándose a las distintas lenguas de la cultura donde nacimos: L*ür*, *Ur*ko, Nag*or*no, L*y*ra, Gunn*ar*r... Llevamos la marca de La Vieja Familia en nuestros nombres, y eso no es bueno, eso no es bueno... —dijo para sí—. Tío Nagorno me ha contado que mi padre te llama Dana. Es una combinación de sonidos muy antigua, yo no la usaría. Debes tener cuidado con él —murmuró, como si el simple hecho de pronunciarlo en voz alta lo hiriese.

»Volviendo al tema de los cuatro elementos, mi abuelo Lür, en cambio, piensa que cada longevo tenemos un tótem: el suyo es un mamut, por la longevidad de ese animal. Mi padre, un león de las cavernas, por la inteligencia y la agilidad. Nagorno, un ofidio. Es sigiloso y puro veneno con la lengua, como sabes. Yo, un oso albino. Es lo que tienen los Antiguos, sus creencias absurdas, sus supersticiones...

—¿Los Antiguos?

—Sí, los longevos con muchos milenios a sus espaldas.

—Hablas como si hubiera más aparte de tu abuelo y tu padre.

—No, que yo sepa —dijo—. Vamos, no quiero que nos sorprenda el alba. Mi tío Nagorno no debe enterarse de esto o no volverás a salir de la celda.

Lo miré con incredulidad.

—¿De verdad te preocupa mi bienestar?

No respondió, Gunnarr no lo hacía si no tenía nada que añadir o si no le convenía darme una respuesta. Simplemente me ignoraba y no parecían incomodarle los silencios.

—No sé cuánto sabes de esta historia, pero mi madre fue la psicóloga de Nagorno —le dije, solo por continuar hablando—.

De hecho, intentó sin éxito tratar al psicópata de tu tío. Un caso perdido.

—No lo subestimes, sabes que comprendo el odio que sientes hacia él; te ha tocado ver su lado peor: el que asesina a tu madre, el que te secuestra... Pero yo diría que, pese a todo, ejerces en él un efecto que no he visto en ninguna mujer. Es más, cuando todo esto se resuelva satisfactoriamente, estoy seguro de que Nagorno no volverá a molestarte. Sé que ahora está atormentado por ese motivo, él quisiera haber solucionado este asunto de otra manera, sin implicarte.

—Eres muy optimista, ¿de verdad crees que Iago llegará a tiempo? Lo que le habéis pedido roza lo improbable, y tú tienes cerebro para darte cuenta de eso y más.

—Tienes que confiar más en mi padre. Todos tenemos que hacerlo. Yo lo hago. Sé que hará lo imposible por curar a tío Nagorno a tiempo. Entonces él dejará de molestarte, de hecho, pienso que te has ganado un protector. Creo que durante las décadas que te queden de vida, Nagorno cuidará de ti en la sombra, en la distancia, como siempre hace por los que quiere. Y yo le permitiré a mi maldito orgullo perdonar de una vez a mi padre. Si te aprecia como mereces, me doy por satisfecho con el sufrimiento que estará padeciendo con tu secuestro. Confía en mi padre, *stedmor*. Él pondrá de nuevo orden en La Vieja Familia, que tanto lo necesita.

Después Gunnarr enmudeció y emprendió la marcha. Yo no veía nada, solo notaba su cinturón y su pecho golpeando rítmicamente mi espalda mientras el caballo avanzaba al trote.

Llegamos a la cuadra en silencio. Encendió una pequeña luz para dejar a los caballos en su sitio y miró con el ceño fruncido a un cielo que ya clareaba.

—Debemos entrar, mi tío despertará en cualquier momento.

Pero yo no quería dejar pasar la ocasión. Gunnarr parecía dispuesto aquella noche de confidencias a contármelo casi todo.

—Lo que has dicho antes del fuego...; las marcas que tienes en el cuello son de un incendio, ¿verdad?

Él me miró, sorprendido.

—Hacía tiempo que nadie se fijaba en ellas —murmuró para sí—. Imagino que porque hace muchísimo tiempo que no tengo a nadie tan cerca como para que las vea.

Se quitó su camiseta oscura y me mostró su torso.

—¿Qué ocurrió? —pregunté, mirando las cicatrices que se extendían por el pecho.

—Yo tenía un barco y una tripulación. En el siglo XIV me ganaba la vida llevando a peregrinos ingleses a través del canal de la Mancha hasta dejarlos en la costa española, donde ellos continuaban en su ruta hacia el antiguo Camino de Santiago. Conocí a una mujer, líder de los suyos. Era poderosa. En cierto momento me pidió un favor, un favor costoso, que incluía derramar mucha sangre. Yo se lo hice, pero me aseguré de dejarla atada a una promesa. Estas son las quemaduras que me quedaron al volver en barco de aquella misión. Mi ropa prendió, el barco naufragó y perdí a todos mis hombres.

Me acerqué para verlo mejor en la penumbra.

—Entiendo que a unos ojos de mujer mis heridas resulten repelentes —susurró, con gesto serio.

—No, no es eso —dije, pasándole la mano por la piel cicatrizada del pecho. Estaba más bien horrorizada de que alguien hubiera sobrevivido a aquello—. Es solo que las quemaduras te cubren todo el pecho, debiste de pensar que tu corazón iba a arder aquel día.

—Tú lo has dicho, *stedmor*. Mi corazón estuvo a punto de carbonizarse aquel aciago día.

Me acompañó hasta la celda en silencio y no cerró con llave hasta que me vio tumbarme en la cama, pero estaba tan pensativo que ni siquiera se despidió.

Esperé a que apagase la luz y por fin pude sonreír en la oscuridad.

Mi intento de fuga había resultado fallido, pero Gunnarr me había dado datos suficientes acerca de mi ubicación: ya me había hecho una idea de dónde me retenían.

LIV

LÜR

Actual Tanzania, 20.000 a. C.

La niña, una gwadi, llegó corriendo y tiró de su brazo.

—¡Lür, tienes que venir!, debes ver esto —le gritó.

Lür la reconoció por el cabello ensortijado. En la aldea todos los niños lo tenían más lacio, tal vez porque todos eran mestizos, hijos de un blanco como Lür y de sus esposas, todas de piel oscura.

Soltó el arco y corrió tras ella, olvidando a la presa a la que estaba a punto de disparar. La gwadi tenía los ojos muy abiertos, había visto antes aquella mirada de terror. Sabía que algo muy malo había ocurrido.

—Han sido los demonios —dijo la chiquilla, con la boca seca—. Yo los vi correr, eran blancos como tú y gritaban tu nombre.

Lür se acercó a las chozas, incrédulo. El silencio era tan espeso que no reconocía el lugar; hasta aquella mañana había sido una ruidosa mezcolanza de cháccharas de mujeres, correteos de niños y las risas de sus hijos más crecidos, casi guerreros como él.

Todas estaban vacías. Salvo una, la gran choza circular de adobe y cañas. La choza sagrada donde tantas ceremonias Lür había oficiado. Se atrevió a entrar, pese al enjambre de moscas que zumbaban, atraídas por el calor que desprendían los cuerpos recién masacrados.

Los habían apilado a todos: sus esposas, los adolescentes, los niños. Los bebés coronaban la pirámide humana, habían sido los últimos hijos de Lür. Alrededor de ellos, una hilera de conchas de cauri. Un dispendio que solo ella se podía permitir para dejar clara su huella.

Porque desde el primer momento supo que había sido Adana. Los sonidos antiguos de sus palabras pronunciadas tiempo atrás le llegaron tan frescos como el agua de un río.

«Da igual dónde te escondas, da igual adónde huyas. Mis hijos te encontrarán para recordarte que nunca tendrás una familia si no es conmigo».

55

IAGO

4 de diciembre

Recibí la llamada de Nagorno una noche más, y nuevamente me encontró en mi laboratorio. Cada vez más cansado, cada vez más desesperado porque la cuenta atrás no dejaba de ganar terreno a mis horas de investigación y los resultados estaban muy lejos de ser optimistas.

Cuando Nagorno colgó, me quedé mirando el móvil como si pudiera darme alguna de las respuestas que me atormentaban.

—¿Era tu hermano? —preguntó Marion, sin levantar la vista del objetivo del microscopio.

—Así es.

—¿Qué te decía?

—Lo mismo de cada noche: «¿Está ya?».

—¿Qué le has contestado?

—Lo mismo de cada noche: «Pronto».

—¿Estás seguro de que la llamada es irrastreable? Podría ayudarte con eso. Deberías dejarme la tarjeta de tu móvil; yo puedo mover ciertos contactos que...

—Mi padre lo está intentando —la interrumpí, aún no me fiaba lo suficiente como para confiarle la tarjeta de mi móvil y todos sus secretos—, pero Nagorno suele llevarnos ventaja siempre en lo relativo a la tecnología.

Sacudí la cabeza con un gesto de impotencia al mencionar a

mi padre. Lür había perdido varios días rastreando todas las islas de Lugo y alrededores, buscando una posible localización donde mi hermano y mi hijo pudiesen haber escondido a Adriana.

Él nunca dejaba nada al azar cuando se trataba de localizar a personas. Tantas veces había tenido que buscarme a mí o a alguno de mis hermanos para mantener unida a La Vieja Familia que no me quedaban dudas de que Adriana no estaba en las costas gallegas.

Había acudido a recibirlo una madrugada lluviosa, días atrás. Él se había encogido de hombros y se había restregado unos ojos somnolientos cargados de ojeras.

«Vuelta a empezar —había murmurado como si recitase un mantra—. Cuando no hay resultados, solo queda volver a empezar».

Aquella noche, de nuevo, Nagorno me había llamado para contagiarme su impaciencia.

«¿Está ya?».

«Estará pronto, voy por buen camino. Tú solo tienes que ocuparte de mantener ese corazón latiendo. ¿Cómo está Adriana?».

«Soy yo quien hace las preguntas», me había cortado.

«Nagorno, ¿cómo está Adriana? Dame algún detalle —le había insistido—, dame algo a lo que agarrarme».

«Nada de detalles, no intentes pasarte de listo».

«No lo hago, no lo intento. Me tienes en tus manos. Tan solo dime —le había rogado—, ¿cómo está Adriana?».

Guardó silencio por un momento. Algo en mi tono suplicante lo había convencido de que no era ninguna treta.

«Adriana está bien, hermano. No soy un cínico asesino psicópata, aunque ambos estéis seguros de ello. Ella es fuerte, aguantará, y Gunnarr es muy celoso de su bienestar, aunque le molestaría mucho saber que lo pienso».

Las perversas dinámicas familiares otra vez, y Dana en medio de ellas, sobreviviendo como podía.

Horas más tarde, la voz de Marion me sacó de las sombras una vez más.

—¿Vienes a cenar? Vas a derrumbarte sobre la bancada de pruebas —comentó preocupada.

—No, yo me quedo. Ve tú. Bajaré a la cocina y me prepararé algo rápido.

—No has salido en días, Iago —me recordó, mientras se quitaba la bata de laboratorio y recuperaba del perchero una trenca militar.

—No necesito salir, el tiempo se agota y no vemos resultados —le repetí una vez más. Todos los días llegábamos a la misma conversación, a las mismas frases, como si fuéramos un matrimonio de largo recorrido.

—Llegarán, los resultados llegarán —insistió.

—O no. Tal vez no debí aceptar meterme en una línea de trabajo tan compleja dado el plazo tan ajustado que mi hermano me ha marcado.

—Lo sé. Pero como bien argumentaste, no hay otra alternativa —dijo por enésima vez.

Después cogió en silencio su pequeño bolso y se perdió escaleras abajo.

—No, no la hay —le contesté al vacío.

«No la hay».

56

IAGO

4 de diciembre

Me levanté y saqué un ratón de su jaula, era imposible decidir en tan pocos días si la terapia viral estaba dando resultados. Me sentía inseguro y lleno de dudas en un campo que apenas dominaba. Si hubiese seguido la línea de las células HeLa, la que inicié junto con mi amigo danés Flemming, todo me resultaría más familiar, más conocido, tendría reflejos para ir variando el timón.

Pero por desgracia las células HeLa, unas células cancerígenas tremendamente agresivas que Flemming había usado en nuestra anterior investigación, no eran la respuesta que Nagorno necesitaba. Mataron a mi amigo cuando se las inyectó, se apropiaron de su cuerpo en pocos días y le provocaron tal metástasis que la medicina no fue capaz de combatirlas.

Y entonces...

Entonces me di cuenta de todo lo que había pasado por alto.

La verdad me dejó inmóvil, de pie en mitad del laboratorio, y el ratón se me escurrió de las manos.

No me importó.

Que escapase, que se fuera, puede que no lo necesitara más.

Porque acababa de darme cuenta de que las células HeLa no matarían a mi hermano. Sus inhibidores de cáncer seguían intactos, si cultivaba células de Nagorno con células HeLa, que tenían la telomerasa activa, y se las inyectaba, su corazón volvería de nuevo a tener los telómeros de un longevo, siempre largos, siempre regenerándose. Sus inhibidores de cáncer mantendrían a raya los tumores, su vida no correría peligro.

El mal que le inoculé sería revertido.

El equilibrio sería restaurado.

Después de eso, me devolvería a Dana y nos dejaría en paz.

Miré el reloj, mi primer impulso fue compartir mi descubrimiento con mi padre, pero Marion debía de estar a punto de volver.

No, no iba a contárselo a ella. Todavía tenía muchas preguntas por hacerle acerca de su pasado, demasiadas lagunas por llenar.

¿Estaba sola cuando nació? ¿Tuvo una familia al uso? ¿Había alguien a su lado cuando descubrió su longevidad? ¿Cómo se las había arreglado para sobrevivir seis milenios? ¿No tuvo nunca un momento de desesperación, de tirar la toalla? ¿Una daga en el estómago dispuesta a hundirse en su propia carne? ¿Siempre había sido autosuficiente, siempre se había salvado por sus propios medios? ¿Cuántos hijos, cuántos compañeros, cuántos muertos a sus espaldas? ¿Siempre fue rica, distinguida, jamás sufrió un cambio de fortuna? ¿Todos los gobiernos y sus líderes la favorecieron?, ¿de cuántas caídas de imperios escapó a tiempo?

El único motivo por el que no le había hecho todas esas preguntas era porque yo mismo temía sus respuestas, y mi único objetivo en aquellos momentos era salvar a Dana.

Lo demás, incluso la respuesta al enigma que Marion suponía, podía esperar.

Por otro lado, el hecho de contarle a Marion mi nueva línea de investigación supondría compartir con ella el secreto del gen longevo: que no era una única mutación, que no era solo la telomerasa la respuesta. Que también éramos inmunes al cáncer y esa combinación nos hacía únicos.

Corrí escaleras abajo, al tercer piso, a recuperar los archivos de la investigación que Flemming Petersen me legó. Los guardaba junto con sus instrumentos en una habitación cerrada con pestillo que no había mostrado a Marion por precaución. Me enfrasqué en ellos hasta que escuché el timbre del portero y le abrí la puerta después de esconder todo el material.

Marion me encontró de nuevo en el laboratorio de la cuarta planta, con el corazón agitado y un brillo de esperanza en los ojos que me esforcé en disimular.

—Te he encargado un par de bocadillos, supuse que te encontraría sin cenar aún —dijo, dejando sobre la bancada una bandeja de cartón que olía de maravilla.

Yo agradecí en silencio aquella manera tan suya de estar pendiente de mi falta de sueño y de mi apatía por la comida caliente.

Después se puso de nuevo la bata y se dirigió a las celdas.

—Por cierto —dijo extrañada, poniendo los brazos en jarra y girándose hacia mí—, ¿se te ha escapado un ratón?

—Me temo que sí. Tenías razón, estoy demasiado agotado y debería descansar. A estas horas ya no soy productivo. Voy a acostarme y tú también deberías dejarlo ya. Mañana continuaremos a primera hora, si te parece.

Ella asintió, no muy convencida al verme claudicar tan fácilmente, y se marchó en silencio.

Me asomé al ventanal para ver cómo se perdía en la bruma de la noche santanderina. Apagué las luces del laboratorio y bajé a la tercera planta, donde pasé las horas siguientes planificando la nueva línea de investigación con las células HeLa.

Tantas veces fui adicto al «más difícil todavía», a forzar los límites de mi resistencia y de mi cerebro, que aquel doble reto no suponía un obstáculo insalvable. Era un soldado entrenado.

De día, continuaría con la investigación de los virus oncolíticos junto a Marion. De noche, liberaría de sus fundas los aparatos que Flemming me legó y que jamás tiré, y comenzaría un proceso que ya conocía: conseguir células con la telomerasa activa para Nagorno.

Ya descansaría con Dana en mi regazo. En la casona que nos esperaba a ambos, a la que me negaba a volver.

57

IAGO

11 de diciembre

Pero la realidad, por desgracia, era otra. Con los días, conforme íbamos percatándonos de nuestros pobres avances con la investigación de los virus oncolíticos, Marion se iba inquietando, preocupada por mí.

—No lo entiendo, quedan dos días y no tenemos nada definitivo, ¿por qué no estás más desesperado?

Me miró con cierta aprensión. Hacía días que no encontraba un minuto para afeitarme, mis armarios estaban ya vacíos porque no tenía tiempo de encargarme de hacer la colada y planchar. Y comer algo, caliente o frío, había dejado de estar entre mis prioridades.

—Estoy desesperado, créeme. Lo estoy —afirmé con bastante convicción.

Mi aspecto era deplorable, pero las noches de insomnio estaban dando sus frutos rápidamente y me resultaba difícil disimular que aquello me mantenía esperanzado.

«Dos días para liberar a Dana».

Mi particular cuenta atrás.

—No te veo así. Iago, tal vez te estés creando falsas expectativas. Lo que vamos a entregarle a tu hermano tiene pocas posibilidades de curarlo.

—Pero tiene alguna, aunque sea mínima. Es mejor que nada, y eso te lo debo a ti —le argumentaba, una y otra vez. Pero ella no acababa de creerse del todo mi repentina confianza en la investigación.

Por fin llegó el día del fin de plazo. Mi noche había sido larga, muy larga. Mi día, también. A los ojos de Marion, habíamos sintetizado un compuesto bastante esperanzador usando un virus, pero nos inquietaba el hecho de que no habíamos tenido tiempo de probar sus efectos, ni siquiera en los ratones. De espaldas a ella, había llegado a tiempo para replicar el trabajo de Flemming y copiar en las células de Nagorno lo que mi amigo había hecho en las suyas.

Nagorno llamó antes de la hora convenida.

—¿Está ya? —preguntó, por enésima vez.

—Está, Nagorno, está. Dime adónde te la envío.

Nagorno tardó varios segundos en reaccionar, después recuperó su temple, o al menos lo fingió, y me envió en un par de horas un mensajero de una empresa de la que nunca había oído hablar para que recogiera la inyección.

—Entonces, ¿vas a enviárselo? —preguntó Marion, en cuanto colgué—. Vas a matarlo, y tu mujer morirá por tu culpa.

—Espero que no, ni lo uno ni lo otro.

Me miró de una forma extraña, como si la hubiera decepcionado en algo muy profundo. Se quitó la bata blanca, la dejó colgada en el perchero y se encaminó hacia la puerta del laboratorio.

—Yo vuelvo a París, Iago del Castillo. Prometí ayudarte en todo lo que pudiera y así ha sido. Pero me gustaría que tu mujer viviera, te lo dije. No quisiera que en un futuro vinieras a mí solo para buscar consuelo cuando Adriana muera. Con el tiempo he aprendido que únicamente existe el presente. Pero hoy te he encontrado. Hoy, Iago.

Nos mantuvimos la mirada durante más tiempo del necesario. Finalmente, fui yo quien la aparté. No tenía sentido todo aquello.

—Marion, estoy haciendo todo lo posible para que Adriana viva, no voy a hablar de nada más ahora. Siempre estaré en deuda contigo por el favor que me has hecho, y puedes contar conmigo para lo que necesites en un futuro. Eso no ha cambiado.

Jamás rogaba, jamás suplicaba. Ambos éramos conscientes de lo que perdíamos.

—Ahora es cuando me marcho y tú no vienes a impedírmelo —dijo, con aquella media sonrisa de monarca. Y se dio la vuelta sin mirar atrás.

Metí las manos en los bolsillos, apreté los nudillos y dejé que desapareciese de nuevo de mi vida.

58

ADRIANA

12 de diciembre

Los días que siguieron a mi frustrada huida no hubo demasiadas conversaciones y la incertidumbre estuvo a punto de volverme loca. El plazo había acabado, Gunnarr no visitó mi celda aquella noche y nadie vino a sacarme en todo el día. Comí del plato frío que me había dejado la jornada anterior y racioné el agua por si aquella situación se alargaba demasiado.

A la mañana siguiente, alguien abrió la puerta de la celda y dejó en el suelo varios platos con comida, ni siquiera caliente.

¿Qué estaba ocurriendo?

Todas las respuestas llegaron al anochecer.

Oí pasos por el pasillo y me incorporé de un salto, ansiosa. Esperaba ver entrar a Gunnarr, pero no iba solo. Nagorno lo acompañaba. Un Nagorno que me recordó demasiado al Jairo del Castillo que un día conocí en una exposición del museo.

Ya no llevaba bastón, se había quitado el larguísimo batín del XIX y se había vuelto a perfumar, como si le esperase alguna de sus fiestas exclusivas. Algo en su cuerpo había cambiado, ya no le pesaban los miembros, no le costaba trabajo respirar.

Lo único que se había mantenido invariable durante todo aquel periodo de tiempo era su brazo replegado a la altura del codo —las heridas que la metralla de la Guerra Civil le había dejado de recuerdo.

Pero ahora Nagorno me sonreía con una expresión nueva, diferente, un gesto que jamás le había visto. Yo diría que era feliz.

Me tendió su brazo sano y me invitó a abandonar la celda.

—Adriana, mi querida Adriana, te ruego disculpes los inconvenientes que te hemos ocasionado. Deseo que tengas la absoluta certeza de que algo así no volverá a repetirse. Sube con nosotros a la planta noble, te lo imploro. No queda mucho para que vuelvas a reunirte con tu esposo, del que nunca debiste separarte. Mientras tanto, quisiera que fueras tratada como tu condición y valía merecen; espero que aceptes dormir en alguna de las *suites* del castillo hasta que mi hermano tenga a bien recogerte.

Abrí mucho los ojos y miré a Gunnarr, que permanecía detrás de su tío. Le pedí explicaciones con la mirada y él me hizo un gesto que Nagorno no pudo ver, prometiéndome que después me lo contaría todo.

—Estarás hambrienta; hoy habrá una cena en tu honor —continuó con aquella voz sedosa de otro tiempo—. Deseo que degustes las delicias de la zona. Ten la amabilidad de aceptar nuestro ofrecimiento y cenar a nuestro lado, ¿querrás hacerlo? ¿Lo harías por nosotros?

Le pedí un momento, me di la vuelta y quedé de espaldas a ellos. Me temblaron levemente las piernas. El secuestro había terminado. Cerré los ojos, aliviada: había sobrevivido.

No tendría milenios como ellos, pero había sobrevivido.

Miré las cuatro paredes por última vez.

—Estoy lista, Nagorno. Dejemos esto atrás —le dije.

Y oí como la puerta se cerraba con llave tras de mí.

59

ADRIANA

12 de diciembre

La nueva habitación resultó ser una especie de *suite* de lujo de un hotel de siete estrellas. Esperaba un recargado dormitorio medieval, pero la decoración era moderna y todo estaba recién reformado, preparado para que yo lo estrenase. Todo en color beis claro; una enorme cama con elegantes cojines, varios sofás de apariencia cómoda y funcional.

La cena transcurrió entre dispendios del mejor salmón ahumado que había probado en mi vida, quesos de noble origen y sabores exclusivos que mi bolsillo jamás conocería. Comí de todo, pero no fui capaz de hablar. Estaba demasiado pendiente de mi liberación, demasiado cansada de ser fuerte y aguantar frente a ellos.

Nagorno y Gunnarr, por su parte, fingieron no darse cuenta y me abrumaron con anécdotas de comerciantes y borrachos, estrategias militares y subastas de arte. Saltaban de un siglo a otro como caballos encabritados, brindaron con vino de mi año de nacimiento. Había algo exagerado en sus reacciones, creo que en el fondo estaban tan aliviados como yo.

Un par de horas más tarde, en mi nuevo dormitorio, recibí la visita de Gunnarr.

—Déjame que lo adivine —le dije, sentada en una confortable butaca de cuero—, Nagorno está recuperando el tiempo perdido con tres isleñas de alta cuna.

—Todavía no —contestó, rascándose la cabeza como si lo hubiera pillado en una falta—. No se atreve aún, pero tardará poco.

Me miró fijamente, casi con curiosidad, como si yo hubiera dejado de ser la misma después del cambio de situación.

—Mi padre es un genio —dijo por fin—; lo que le he inyectado es milagroso. Su corazón ha vuelto a latir con normalidad, los cardiólogos no ven signos de senilidad en él; están impresionados. Todas las pruebas arrojan ahora valores dentro de la normalidad. Habrá que hacerle un estudio dentro de unos días, pero todo parece ir bien. No sé si eres consciente de lo que mi padre ha conseguido, *stedmor*.

—¿Te refieres a salvar la vida de su mujer y de su hermano en tres semanas?

—Sí, me refiero a eso, pero... Lo que ha hecho, lo que le inyectó y volvió viejo a mi tío Nagorno y ahora le ha hecho joven de nuevo, ¿te das cuenta de lo trascendental que es todo este asunto? Esto... tendrá consecuencias, esto no se olvidará.

—¿De qué demonios estás hablando?

—De nada, *stedmor*. No quiero preocuparte. Son días de celebraciones, de grandes esperanzas. Descansa por fin como mereces, dentro de poco perderás de vista a este carcelero.

No sabría decir si estaba feliz cuando pronunció esas palabras, pero con Gunnarr una nunca podía estar segura del todo. Qué más daba. El mal sueño estaba a punto de terminar.

«Vuelvo a casa, Iago. Vuelvo a casa».

LX

LÜR

Sierra de Cantabria, actual Álava, 19.500 a. C.

Lür llevaba *cresteando* varias jornadas en busca de algún ciervo. Había encontrado las huellas de las pezuñas puntiagudas de una hembra, pero le estaba resultando difícil darle caza, así que optó por abandonar la partida y volver cuanto antes con los suyos.

El invierno había sido duro, pero habían sobrevivido.

Guardaba carne congelada en la grieta de la mole de roca que interrumpía la línea de la cordillera. Sus hijos la consideraban sagrada y algunos habían aprendido a subir por ella antes incluso de lanzar con azagayas.

Lür se adentró en el estrecho hueco y no encontró la carne que días antes había dejado. Salió de la grieta, extrañado, y prendió una rama para ver mejor dentro de la oscuridad de la roca.

Pero el trozo de carne no estaba por ningún lado. En cambio, en el suelo, encontró siete conchas de cauri. Siete, como los hijos que habían superado la primera dentición.

Soltó la rama y corrió, ladera abajo, hasta llegar al refugio.

Pero era tarde y él lo sabía.

Las lanzas que él les talló habían servido para atravesarlos a todos.

El más pequeño, de tres inviernos, aún gemía, pero Lür vio la herida y supo que no tenía remedio.

Se obligó a sacrificarlo para acabar con su agonía.

Se juró que no volvería al lado sur de la Gran Cresta mientras los Hijos de Adán siguiesen vivos.

61

IAGO

12 de diciembre

Recibí la llamada de mi hermano a la hora acostumbrada. Su voz era otra; yo conocía bien todos sus matices y tenía al otro lado de la línea a un hombre vigoroso y lleno de energía.

—Dentro de tres días libero a Adriana. Espero que hayas aprendido que no me lo debes volver a hacer nunca más.

—¿Dónde y cuándo, Nagorno? —lo corté, impaciente.

—Dame tu palabra.

—¿Dónde y cuándo?

—Dame tu maldita palabra de que nunca más vas a usar tus descubrimientos contra mí —rugió.

Me tomé unos segundos. Aún la tenía. Aún tenía a Dana. No estaba en condiciones de exigir. Todavía.

—De acuerdo, Nagorno —claudiqué—. Tienes mi palabra de hermano.

—Dentro de tres días, ve a primera hora al aeropuerto de Santander, te enviaré al móvil un billete con el destino. Recoges a tu mujer y no volvemos a saber el uno del otro hasta que Adriana muera por causas naturales. Ese es el trato, y también tienes mi palabra, hermano.

62

ADRIANA

13 de diciembre

Me despertó el sonido de unos nudillos golpeando la puerta de mi nuevo dormitorio. Salté de la cama y miré alrededor, desorientada. Me costó reconocer las paredes enteladas, tan diferentes de los muros de piedra que me habían rodeado durante las últimas semanas.

Al otro lado de la puerta alguien seguía insistiendo, me acerqué con precaución y le abrí.

Encontré a Nagorno sonriente, portando una bandeja y vestido de jinete, con botas y pantalones de montar, chaqueta entallada y chaleco.

—Pronto te marcharás, querida Adriana —me dijo a modo de saludo, entrando en el dormitorio y colocando la bandeja sobre una pequeña mesa junto a dos sillas—. Permíteme invitarte a montar a caballo conmigo durante esta espléndida jornada.

Mientras hablaba, me servía solícito en un vaso un zumo de arándanos que no pedí y me revolvía el azúcar en un café que no estaba segura de querer probar, pese a que el aroma a canela que nos envolvía era delicioso.

—Nagorno, no puedes llegar ahora e imponerme… —traté de decirle.

—¡Oh, sí! Sí que puedo —me interrumpió, con la voz ronca, seductora—. Todavía eres mi invitada. Concédeme este regalo antes de partir, Adriana. Siempre he querido cabalgar contigo.

—¿Y Gunnarr? —lo tanteé.

No le gustó mi pregunta, pero lo disimuló con su magnífica sonrisa.

—Gunnarr está encargándose de dejarlo todo listo para tu vuelta. No te preocupes, más tarde se unirá a nosotros.

Se sentía fuerte y confiaba en estar recuperado. De otro modo, no se habría atrevido a dejarme sola con él en la isla a lomos de un caballo.

Nagorno esperó paciente a que yo terminara el desayuno, interrumpido por mil llamadas a su móvil de última generación que él respondía dando órdenes en cinco idiomas diferentes.

—Negocios —se disculpó—. Los había desatendido últimamente. Cuanto antes me ponga al día, antes olvidaré esta pesadilla.

63

ADRIANA

13 de diciembre

Poco después, ambos cabalgábamos sobre los caballos dorados. Nagorno se había llevado consigo un bastón. Un bastón que ya no necesitaba, pero no me dio explicación alguna del uso que le iba a dar.

Ver a Nagorno sobre Altai era una experiencia única; jamás vi un jinete más experto ni un caballo tan unido a su dueño. Ambos eran elegantes, estilizados, acróbatas.

Me llevó hasta uno de los acantilados y allí desmontamos. Una brisa comenzó a soplar y a jugar con mi melena. Él sonrió complacido, como si hubiera dado una orden, sin dejar de observarme.

Después tomó el bastón a modo de lanza y lo arrojó al mar. No pude menos que admirar su agilidad. Todos sus movimientos eran como una danza, parte de una coreografía.

—Cada nueva etapa precisa de sus ritos de paso —pronunció, solemne—. Quería que fueras testigo del inicio de mi nueva vida. Vamos, siéntate a mi lado, querida Adriana. Esta será la última vez que hablemos.

Obedecí, sin plantearme siquiera si era una orden o una invitación.

Nos sentamos sobre la hierba, frente al acantilado, con los caballos a nuestras espaldas.

—¿Crees que te ha cambiado? —le pregunté, mirando las olas picadas del océano.

—¿Te refieres a esta experiencia? —dijo, arrancando una brizna de hierba.

—Me refiero a saberte mortal por una vez. Tú nunca te creíste longevo, siempre pensaste que eras inmune a la muerte. Ha tenido que ser duro —comenté sin mirarlo.

—Soy un sibarita, lo sabes. Me gusta la vida y adoro la belleza de este planeta. Y no me gustaría abandonarlo nunca. Sé que Iago vive atormentado por los acontecimientos del pasado y por las amenazas del futuro, pero yo no dejo de encontrar en cada época motivos por los que quedarme sin aliento cada mañana. Valoro. Aprecio. Me rodeo de lo mejor, me esfuerzo por mantenerme en la parte privilegiada de la vida. —Se interrumpió por un momento, tomó aire. Pareció degustarlo—. Aunque siempre añoro el poder compartirlo con alguien —continuó—. No hablar a solas conmigo mismo durante décadas. Gunnarr es mi más preciada compañía. Él es más prosaico, no precisa de la exclusividad con la que yo tanto disfruto, pero también es un hedonista. Cada día un motivo, un instante de placer, de disfrute, como estar sentados tú y yo, aquí y ahora. Así lo eduqué. No tiene sentido vivir tantos años como nosotros si el camino supone solo sufrimiento y dolor.

—Aunque a veces seas tú quien provoque ese sufrimiento y ese dolor... —Me abracé a mis rodillas. Lo saqué del lado luminoso de la vida.

—Sabes que no quise implicarte en esto —se defendió, tensando la espalda.

—No mientas, llevabais meses jugando con nosotros.

—¿Por qué dices meses? Hemos tenido que improvisar. Yo no quería irrumpir más en tu vida, pero Gunnarr se asustó mucho cuando presenció mi segundo infarto; él se empeñó. Ya te lo dije, yo había decidido esperar a que tú murieras y no volver a molestarte en la vida. Es lo menos que podía hacer después del sufrimiento que te causé por...

«Por matar a mi madre. No lo digas, Nagorno. No lo digas».

—Nagorno —lo interrumpí, perdiendo la paciencia—, Gunnarr tomó la identidad de un arqueólogo experto en Edad Media meses antes de que lo contactáramos para hacerle una entrevista. Jugó al gato y al ratón con nosotros hasta que lo localizamos.

—¿Eso es cierto? —Me miró con una extraña expresión. Había algo nuevo en su rostro. Una sombra, un velo un tanto siniestro.

—¿Qué te pasa?, ¿estás bien? —pregunté, un poco alarmada.

—Sí, estoy bien. No —se aclaró la voz y se llevó la mano al cuello, como si quisiera protegerlo—, no lo estoy. Noto un frío muy raro en la garganta.

—¿En la garganta?, ¿estás seguro?

—Me noto muy cansado —susurró, tumbándose con las manos crispadas.

Su voz se había apagado, el anciano había vuelto.

Un infarto, esta vez de verdad.

64

ADRIANA

13 de diciembre

Había opciones: huir, salvarlo, avisar a Gunnarr...

Había opciones, y eso era más de lo que tenía el día anterior.

Se formó un remolino alrededor de nosotros, como un huracán a pequeña escala, como si el viento estuviera furioso con los acontecimientos.

Busqué en el bolsillo interior de su chaleco y encontré el móvil. Lo desbloqueé con su rostro. Tenía una lista interminable de contactos, pero encontré el número de Gunnarr y lo marqué.

Me contestó en otro idioma, desistí de intentar interpretarlo.

—Gunnarr, soy Adriana. Algo malo le está ocurriendo a Nagorno, se ha debilitado en segundos; creo que le está fallando el corazón de nuevo. Voy a cargarlo en el caballo y regresaremos al castillo. Llama a vuestros médicos, envía ayuda de urgencia a la isla porque no creo que sobreviva. —Miré de reojo a Nagorno, estaba ya inconsciente.

—Dile que aguante. Que no pienso dejarlo morir. Que no está solo, que estaré con él. Díselo, aunque creas que no te oye —dijo, antes de colgar.

Subí como pude su cuerpo inerte al lomo de Altai y monté. Cabalgué de nuevo hacia al castillo, esta vez a galope.

En la entrada me esperaba Gunnarr, que corrió hacia nosotros y desmontó del lomo del caballo el cuerpo de su tío.

—¿Qué ha pasado? —preguntó.

Lo miré en silencio, casi dándole el pésame. Su dolor era real, lo quería, estaba aterrado. Nagorno parecía de nuevo pequeño y frágil. Y anciano, había de nuevo una especie de velo sobre su rostro, algo gris y cetrino que le había arrebatado la vitalidad.

—Ya te lo he explicado, Gunnarr. Hemos cabalgado durante un rato y estábamos sentados, charlando. Ha empezado a sentir frío y en pocos segundos ha perdido la consciencia. ¿Y el equipo de cardiología?

Un ruido irrumpió en el cielo a modo de respuesta. Alcé la mirada, pero al principio no vi nada. Pocos minutos después un helicóptero tomaba tierra frente a la explanada del edificio.

—¡Aquí! —gritó Gunnarr en inglés—. ¡No pierdan ni un segundo, no lo tiene!

Un par de paramédicos llegaron con una camilla ligera, lo cargaron y sin mediar una palabra corrieron con Nagorno hasta el interior del helicóptero.

Hice el ademán de seguirlos, creí que Gunnarr también lo haría, pero él me miró con unos ojos que no supe descifrar, rodeó mi muñeca con su inmensa mano y me arrastró con prisas dentro del castillo.

—¿Qué crees que estás haciendo, Gunnarr? —pregunté, alarmada, cuando me llevó escaleras abajo.

—He de ir con él, pero no puedes venir con nosotros. No espero que lo entiendas, ni siquiera espero que me lo perdones algún día. Pero yo sí que lo siento. Lo siento, *stedmor*. Lo siento —murmuró, con una voz que me sonó más dura que nunca.

Me metió en la celda, cerró tras él y escuché cómo corría por el pasillo hasta que sus pasos dejaron de ser un rumor.

Me quedé a oscuras, acompañada tan solo por mi rabia y los restos de comida de días anteriores para sobrevivir.

Les di una patada. Sentía tal furia que no pensé en si comería al día siguiente. Solo en que en esos momentos habría matado a Gunnarr por haberme dejado allí de nuevo, de la mano de Dios, después de haberle salvado la vida a Nagorno.

Mi cerebro ardía, y yo solo sentía frío.

65

IAGO

14 de diciembre

Los días que siguieron a la entrega de la cura los pasé intentando recuperar mis rutinas. Volví al museo, donde todo se había torcido en mi ausencia. Mi padre había priorizado la búsqueda del paradero de Dana y apenas aparecía por su despacho, según me informó mi asistente con un gesto que me supo a intranquilidad.

Organicé una reunión de urgencia con todas las áreas en la sala de reuniones, pero lo que encontré fue gente nerviosa con demasiados asuntos pendientes.

—Jefe, llevamos mucho retraso con todos los yacimientos a los que íbamos a enviar personal este verano —me dijo Salva, levantándose y dejando en el centro de la mesa una carpeta con folios grapados—. Ya está todo, falta tu firma. Si quieres que no perdamos la campaña de este año, deberías firmar las autorizaciones ya.

Recogí el taco de folios y lo hojeé por encima.

—Este fin de semana me lo estudio y el lunes te lo devuelvo. Por tu parte, adelanta todas las gestiones que puedas.

—Ya están todas finiquitadas, Iago —contestó Salva, sentándose de nuevo. Cruzó una mirada preocupada con Chisca.

—Los becarios no han cobrado —intervino Cifuentes, de Contabilidad—. Estoy esperando tu orden.

—Hablaré hoy con el banco —contesté, mirando al reloj—. Elisa, te veo un poco ausente. Ponme al día. ¿Cómo va tu área?

—Mi área está bien, pero se comenta que Prehistoria, desde que Adriana Alameda la dejó desatendida para irse a ese yacimiento, va a tener problemas si no devuelve las piezas a tiempo de la última exposición temporal del Paleolítico en la cornisa cantábrica. Por lo visto el plazo ya ha acabado. Me han llegado rumores, no desde el MAC, sino de una colega que trabaja en el Bibat. Dicen que la dirección quiere demandarnos.

—¿No di la orden de que se devolvieran? Juraría que lo hice... —pensé en voz alta, rascándome la nuca.

«¿Lo hice?».

Dana se estaba encargando de ello el día que la secuestraron.

Todos me miraron boquiabiertos, no estaban acostumbrados a verme dudar. Advertí algunos codazos y la mayoría de los presentes intercambiaron miradas de desconcierto.

—Está bien, está bien —dije, levantándome y pidiéndoles calma con la mano—. Hagamos algo más productivo: que el responsable de cada área me envíe a lo largo de esta mañana un *email* con todos los asuntos pendientes por orden de importancia, no de urgencia. Si son urgentes, pero no importantes, resolvedlos por vosotros mismos. Solo quiero recibir lo que requiera mi autorización. A partir de mañana voy a estar ausente unos días, pero a la vuelta todo regresará a la normalidad y trataremos todos los temas pendientes.

Pasé la mañana en el despacho apagando fuegos y finalmente decidí tomarme un respiro. Pensé en bajar al BACus, pero recordé las miradas de toda la plantilla, pendientes de mí a cada momento, y preferí no exponerme de nuevo a su incómodo escrutinio.

Salí del edificio del museo, y casi sin darme cuenta, acabé frente a la planta de lavanda que Dana y yo habíamos plantado de nuevo, después de que Nagorno la destrozara con el Big Bastard un año antes.

Arranqué varias espigas y restregué sus flores en la palma de la mano, pero nada me relajaba aquel día.

Acababa de descender a la lengua de roca cuando recibí una llamada del número no rastreable de Nagorno.

Lo miré extrañado y contesté.

—¿Ocurre algo, hermano?

—Sí que ocurre, padre —respondió la voz circunspecta de Gunnarr.

—¿Le ha sucedido algo a Nagorno? —pregunté alarmado.

—Ya lo creo, por poco lo matas.

—¿Cómo que por poco lo mato? Eso es imposible, se supone que lo que os envié iba a revertir el efecto de...

—Al principio todo fue muy bien —me interrumpió, impaciente—. Nagorno se sentía mejor, los resultados de las pruebas preliminares que le hicieron los cardiólogos eran optimistas. Los médicos no se explican su mejoría, lo que entienden es su empeoramiento.

—Define «empeoramiento».

—Su corazón es muy inestable ahora mismo. Tuvo un episodio de arritmia que por poco se lo lleva al otro mundo. Después mejoró solo, por sí mismo. Una vez más, los médicos no se atreven a tratarlo, temen matarlo si le administran algún fármaco. Ahora vuelve a tener la fuerza de antaño, pero tiene una bomba de relojería en el pecho y no albergan ninguna duda de que más pronto que tarde estallará. Es impredecible, ahora mismo mi tío está bien en apariencia, pero el corazón va a fallarle en cualquier momento. Padre, tío Nagorno se muere.

Guardé silencio, ¿qué podía contestar?

—¡Nagorno se muere! —me rugió—. ¿Me lo vas a arrebatar también?, ¿vas a quitarme al único miembro de mi familia que ha cuidado de mí durante mil años?

—Si hubiera sabido que seguías vivo, te aseguro que habría respetado a Nagorno. Y lo habría hecho por ti, créeme, solo por ti.

—¿Es eso cierto?

—Por supuesto que lo es.

Se tomó unos segundos para asimilarlo.

—Es tarde, en todo caso, para lamentos y arrepentimientos —contestó finalmente—. Debes seguir haciendo lo que esté en tu mano para que no muera.

«Piensa rápido», me ordené.

—Escucha, hijo —me decidí, no muy convencido—. Había otra opción, una segunda cura.

—¿Otra opción? ¿Has estado manejando dos líneas de trabajo? ¿Has simultaneado dos investigaciones diferentes?

Noté un extraño interés por el tono en que me lo preguntaba. No acerté a comprender el motivo.

—¿Te fías de administrárselo? —preguntó, demasiado ansioso para ser Gunnarr.

«No lo sé», callé.

—¿Te fías? —gritó—. ¿Crees que un corazón anciano resistirá un nuevo remedio?

—¿Anciano?

—Sí, de eso trata todo esto. Envejeciste su corazón, ahora has de rejuvenecerlo.

—No, Gunnarr, no lo entiendes. Eso que has dicho de rejuvenecerlo... Actualmente eso es imposible, la ciencia no ha llegado tan lejos, y mucho menos yo. Pero no es eso lo que he intentado, en todo caso...

Entonces lo entendí todo, por fin.

Tragué saliva, incapaz de moverme. Una ola más adelantada que el resto llegó hasta mis pies y me empapó los zapatos. Yo ni siquiera registré aquel detalle hasta segundos más tarde.

El corazón de Nagorno estaba ya envejecido y como tal se comportaba, pese a tener de nuevo la telomerasa activa en la cura que le envié con las células HeLa manipuladas.

Me acababa de dar cuenta de que el plan de limpiar el inhibidor de telomerasa con el virus que habíamos manipulado tampoco resultaría. Su corazón ya era el de un anciano de cien años; podíamos limpiarlo, pero no podíamos rejuvenecer aquellas células. No había remedio.

Mi hijo advirtió mi silencio, husmeó mis temores, captó mis dudas.

—No sabes hacerlo, no sabes cómo curarlo, ¿verdad?

—No —reconocí.

—¿Hay algo que aún puedas hacer por él?

Hice pinza con los dedos en el puente de la nariz. Cerré los ojos, no contesté.

—¿¡Hay algo que aún puedas hacer por él!? —repitió gritando—. Porque de lo contrario, voy a ejecutarla. Mañana, a medianoche. Si no nos llega un milagro por tu parte, tu mujer estará muerta.

—Mi mujer —repetí ausente. Qué bien sonaba aquella palabra y lo que significaba—. ¿Cómo está Adriana? Dime al menos cómo lo está llevando ella.

—No pienso aliviar ni un gramo el peso de tu preocupación. Y no voy a darte el consuelo de hablar de ella.

Después colgó y solo quedó el silencio y el rumor del oleaje frente a mí.

«Entonces es cierto, entonces todo ha acabado para ella».

Me tambaleé, un poco aturdido, como recién despertado de una borrachera larga y desastrosa.

Me senté sobre el suelo de roca, abrazándome las rodillas, hecho un ovillo.

¿Cómo asumirlo?, ¿cómo asumir que Dana estaría muerta en veinticuatro horas? ¿Qué no llegaría a ver la próxima madrugada y mucho menos terminar aquel año, algo que a mí me resultaba tan sencillo?

No sé cuánto tiempo estuve sentado, ignorando una marea que subía y me estaba empapando los pantalones.

66

IAGO

14 de diciembre

Me despejó la melodía de mi móvil, el violín de *Fisherman's blues* de los Waterboys. Una letra que Dana solía susurrarme cada vez que alguien me llamaba y yo corría a contestar. *You in my arms.*

Miré la pantalla y me sorprendió leer un nombre que había atravesado los siglos para llegar hasta mí.

—Ponme al día de las novedades —me dijo Marion—. ¿Sabes algo de la salud de tu hermano?

—No ha resultado. Su corazón ahora tiene arritmias y probablemente se parará en breve. Matarán a mi mujer en veinticuatro horas.

Escuché un suspiro desde una ruidosa calle de París.

—Me lo temía. Temía que la cura fallase, así que he estado haciendo mis indagaciones. Sé dónde está tu mujer, Iago. La he encontrado, la he encontrado para ti.

—¿Cómo has dicho? —pregunté, sin comprender.

—Espérame en el aeropuerto, cojo un vuelo a Santander y de allí partimos. Podemos rescatarla.

Tardé un par de segundos en reaccionar.

—¿Estás segura de que sabes dónde está? —acerté a preguntar.

—Prácticamente segura, pero vamos muy mal de tiempo. Voy a sacar los billetes desde aquí, convendría que tu padre también viniera con nosotros. Si hemos de enfrentarnos a dos... longevos, mejor que nosotros seamos tres.

—Estoy de acuerdo —convine—, voy a hablar con él. ¿A qué hora llega el primer vuelo desde París?

Varias horas más tarde, mi padre y yo esperábamos impacientes a Marion en la cafetería del aeropuerto de Santander.

Mi padre no se anduvo con rodeos, sacó su *tablet* y le mostró a Marion la pantalla abierta en Google Earth.

—Dime exactamente dónde crees que está Adriana.

Marion buscó las coordenadas y nos devolvió el mapa de una zona que ella y yo conocíamos demasiado bien.

—Creo que está en la isla Belle. Es una pequeña isla en el archipiélago de las islas Thousand, las Mil Islas, a lo largo del río San Lorenzo, entre la provincia de Ontario, Canadá, y el norte del estado de Nueva York, en Estados Unidos. La isla está a la venta por un millón y medio de dólares, así que nadie vive allí oficialmente, y tiene una mansión lo bastante grande como para albergar a varias personas con mucha discreción. También está cerca de varias clínicas privadas; creo que tu hermano se ha curado en salud. Todo encaja con el acertijo que te dejó tu hijo: «¿Serán miles, serán bellas? No serán grandes».

—Eso no resuelve lo de las masacres y las catedrales —le recordé.

—Eso ha sido lo más sencillo de encontrar, en realidad: la zona está llena de edificios religiosos históricos. La iglesia anglicana de St. Mark, construida en 1845, es solo una de ellas. Hay muchas y sería muy largo enumerarlas. También he dado con su cupo de masacres. En la guerra de 1812 hubo una incursión por el río San Lorenzo que terminó en una sangrienta batalla, por lo visto ambos bandos se aniquilaron mutuamente, ingleses y milicianos canadienses contra el ejército americano. Hay más masacres reseñables, una que tuvo que ver con los indios nativos de la zona... Qué te voy a contar que no sepas, ¿verdad, Iago?

—Son más de diez horas de vuelo hasta Nueva York —comenté, preocupado—, vamos a consumir la mitad del plazo; si nos equivocamos con la localización, no tendremos tiempo de rectificar.

Mi padre me frenó con la mano, después de echar una ojeada intranquila al reloj.

—La teoría de Marion me parece factible. Después de mi búsqueda fallida en la costa gallega me había centrado en islas más exóticas, aunque solo he encontrado una cueva llamada Massacre en Nueva Zelanda. Reconozco que todo esto me encaja más. Pero no tenemos mucho tiempo. Vamos a ponernos en marcha y no perdamos ni un minuto más. Marion, ¿puedes acercarte a comprobar en la pantalla la puerta de embarque del vuelo? Iago y yo iremos a pagar la cuenta.

Marion asintió, no muy conforme, y mi padre me cogió del brazo discretamente y me metió en los lavabos de caballero.

—Iago, yo no voy —me susurró una vez estuvimos dentro y comprobamos que no había nadie—. Hace un momento me han llamado del MAC. La dirección del Bibat nos acaba de poner una denuncia por lo penal por apropiación indebida de patrimonio histórico. Esto es grave, hijo. Debo resolverlo ahora mismo. Pueden cerrarnos el museo e investigarnos a ambos.

—¿Cómo que no vienes? —acerté a preguntar, sin dar crédito a lo que estaba escuchando.

67

IAGO

14 de diciembre

—En cuanto lo resuelva, tomaré el siguiente vuelo hacia Nueva York. He de personarme en los juzgados ahora mismo, es por el bien del museo.

—¡Al cuerno el museo, abriremos cien iguales mañana! —contesté, con un gesto de desesperación—. Estamos hablando de la vida de Adriana, padre, ¿qué le ha pasado a tu escala de prioridades?

—Créeme, nunca las pierdo de vista.

—Pero ¡me dejas solo ante Gunnarr y Nagorno! —le grité.

—No grites, hijo, y disimula como tú sabes. Las paredes tienen oídos. Y no vas solo, tienes a Marion. Llevabas razón, ella te ha ayudado. Te pido disculpas por mi frío comportamiento, supongo que los milenios me han convertido en el más desconfiado de los hombres. Por otro lado, has de entender que me sienta incómodo con ambos. Le tengo mucho aprecio a Adriana y vuestra situación, seamos sinceros, no me parecía correcta, dadas las circunstancias. —Miró al reloj, una vez más—. Idos ya, yo debo hacer mis cosas. Ahora quiero que estés atento a tu móvil —dijo, sacando el suyo del bolsillo—. Voy a enviarte un archivo de audio. Te he grabado un mensaje que dura bastante; lo había preparado estos días, previendo una contingencia como esta. Descárgatelo y escúchalo durante el trayecto, solo tú. Nadie más debe acceder a su contenido. Es lo único que yo puedo hacer para seguir protegiéndote.

Así que había llegado el momento de conocer los secretos.

Por fin.

—¿Protegiéndome de qué?, ¿de quién?

—Tú solo escúchalo, lo comprenderás todo —me insistió.

—¿Cuánto tiempo llevas ocultándome una amenaza mayor, padre? Tengo derecho a saberlo.

—Diez mil trescientos once años, desde el mismo día que tu madre te alumbró en la cala de la Arnía. Desde ese día os puse a ambos en peligro de muerte. Pero no hay tiempo ahora para explicaciones, yo he de marcharme ahora mismo. Vamos.

Acercamos los móviles y recibí un archivo de audio cuyo nombre era LHDA.

—Lür —le dije—, sé que voy para librar una batalla. He sido consciente de ello desde que Marion y tú os conocisteis en el laboratorio de mi casa. Pero voy a ciegas, tú me guías, como tantas otras veces. Confío en tu pulso firme. Si no nos volvemos a ver, padre, has de saber que valió la pena estar a tu lado.

Juntamos nuestras frentes, rogué para que no fuera la última vez que lo hacíamos.

Era otro hombre cuando salí de aquellos lavabos. Más iluminado, más consciente del peligro al que me dirigía.

Marion se acercó a nosotros con los billetes en la mano en cuanto nos localizó. Mi padre se despidió de ella con un gesto escueto y lo vi marcharse ante su atónita mirada.

—¿Lür no viene? —me preguntó, con el ceño fruncido.

—Ha surgido un imprevisto en el museo, un tema bastante feo, Marion. Puede que tengamos problemas con la ley y no conviene que nos expongamos de esa manera —le dije, fingiendo que me importaba—. Él vendrá en cuanto lo resuelva. Vamos, no perdamos tiempo. Estamos solos en esto.

LXVIII

LÜR

Actual Japón, 18.000 a. C.

Lür ya no se acordaba de que un día se había llamado Lür. Hacía milenios que había abandonado su Nombre Verdadero, lo consideraba maldito. También su apariencia: solía teñirse el pelo con hojas hervidas, a veces se lo rapaba, incluso las cejas. Se había convertido en un experto en el arte del disimulo. El hombre más discreto del mundo, siempre silencioso, siempre solitario.

Hasta que recaló en la cabaña de pilotes de aquella viuda. Dos espectros pescando durante años junto a la orilla del lago, sin ver un alma durante temporadas enteras.

No la dejó mucho tiempo sola, el embarazo le sentaba mal y se desmayaba todas las mañanas, pero el río que vertía su agua en el lago bajaba helado y tenía que buscar los peces corriente arriba. Le prometió besos y abrazos reconfortantes a la vuelta, y marchó presto a pescar con sus cestas de mimbre al hombro.

Tardó lo que tarda el sol de pasar del poniente al punto más alto del cielo, pero a su vuelta los Hijos de Adán ya la habían matado y se habían asegurado de que el hijo que llevaba en su vientre tampoco viviese.

El hombre que un día se llamó Lür hundió la cabaña de pilotes con su hacha de piedra. Esta vez ni siquiera lloró, ya no recordaba lo que era tener emociones ni sabía muy bien cómo reaccionar ante una pérdida.

«Sigue adelante, tan solo sigue adelante», le ordenó de nuevo una voz interior a la que siempre hacía caso.

Los arqueólogos del siglo XXI encontraron los huesos de una joven de la cultura jomon abrazada a su barriga y dos conchas de cauri a sus pies. Especularon acerca de intercambios a larga distancia, de objetos de dataciones incongruentes, separados demasiados milenios como para tener relación.

Héctor del Castillo robó los restos y les dio digna sepultura.

69

ADRIANA

14 de diciembre

No volví a saber nada de Nagorno; Gunnarr no vino a mi celda esa noche.

El día siguiente fue el peor. Un día lento, un día helado, un día de silencio.

Se habían olvidado de mí o me estaban castigando ya, acaso por la muerte de Nagorno. Tal vez Gunnarr prefería acabar conmigo así, abandonándome en una celda donde nunca me encontrarían, muerta de sed y de inanición. Una mala muerte, en todo caso, pero ¿es que había una buena manera de morir en sus manos?

Había anochecido ya cuando, desde la celda, oí el sonido metálico de la cerradura.

Gunnarr entró, con un gesto duro pintado en el rostro. Me quise encontrar con sus ojos, pero me rehuyó la mirada, incómodo.

—¿Qué ha pasado con Nagorno?

—Está bien, está muy bien, *stedmor*. De hecho, ahora mismo está como antes, ha recuperado sus fuerzas, se siente joven y fuerte de nuevo, pero tiene el corazón inestable. Puede morir en cualquier momento. Los médicos no se atreven a tratarlo y mi padre no sabe qué hacer.

—Hay una cuenta atrás de nuevo para mí, ¿verdad?

—Menos de veinticuatro horas —me confirmó.

¿Cómo asumir aquellas cuatro palabras? Sonaban como cualquier otra frase, pero me produjeron el efecto de la picadura de una víbora: algo tóxico me recorrió el cuerpo y me dejó sin fuerzas.

Gunnarr adivinó mi reacción y la respetó. Se sentó en la cama, a mi lado. Nos quedamos en silencio durante un buen rato.

—Nagorno me ha hablado de que te educó para buscar cada día un momento bello, un momento hedonista —dije por fin, tratando de pensar en otra cosa.

—Así es, veo que mi tío te ha confesado mucho de él.

—Tú has sido mi momento, cada noche, con tus historias —le solté, ignorando su comentario—. No había nada más en todo el día; me he agarrado a ello. Imagino que así funciona el síndrome de Estocolmo. Alguien te aporta algo bueno y tu cerebro lo agradece, lo ayuda a sobrevivir, aunque se lo esté agradeciendo al culpable de su cautiverio.

—Tú has sido el mío, lo reconozco —dijo, casi sonrió—. Mi tío no ha sido una compañía agradable estos días, y en este sitio hay muy poco que hacer; las noches son muy largas y monótonas.

—Nunca debí mezclarme con vosotros, con los longevos —pensé en voz alta. Para qué censurarme, para qué poner barreras, ahora que llegaba el final—. Aunque sobreviviese a esto, volvería a pasar. Tal vez tengas razón y no seáis solo personas, tal vez seáis fuerzas de la naturaleza, elementos, o, como Nagorno siempre pensó, semidioses.

Asintió, pero él estaba en otro lugar, mucho más oscuro aun que el mío.

—*Stedmor*, hay un código en este tipo de situaciones. Un ultimátum que cumplir.

—No, dilo claro: una sentencia que ejecutar.

—Mi padre no puede pensar que puede matar a su hermano, que le puede inyectar cualquier cura fallida y que tío Nagorno te va a devolver igualmente. ¿Lo entiendes?

—No me pidas que alivie tu culpa por mi asesinato —me revolví como una osa—; tendrás que lidiar con eso. No tienes mi perdón, no tienes mi indulgencia. Tienes elección y vas a elegir ejecutarme. Eres un simple asesino, Gunnarr. Asúmelo y deja de buscar mi empatía. No voy a facilitarte el camino. Por eso no has vuelto estas noches, mientras tomabais la decisión; ni siquiera tú eres tan despiadado como para matar a sangre fría a alguien que conoces.

—¿Lo has hecho aposta? —preguntó, y la voz sonó ronca, como si le costase tragar saliva—. ¿Ha sido una estrategia de supervivencia?

—¿De qué demonios estás hablando?

—Esto, que tú y yo conectásemos así, *stedmor*.

—¡Deja de llamarme *stedmor*! —le grité, cansada ya de todo, levantándome de la cama—. Al menos llámame Adriana.

—No, *stedmor*.

—¿Por qué no, Gunnarr? ¿Por qué?

—¡Porque soy mejor que mi padre! —estalló, incorporándose de un salto y quedando frente a mí, rojo de rabia—. Porque necesito recordarme en cada frase que te digo que eres mi madrastra. No puedo verte como Adriana, porque si no...

—¿Si no qué, Gunnarr? ¿Si no qué?

Guardó silencio y marchó sin despedirse, concentrado en algo que no estaba dentro de aquella maldita celda.

70

ADRIANA

14 de diciembre

Me quedé contemplando la puerta durante un rato, con la mirada perdida. Tenía muchas cosas que digerir aquella noche.

Gunnarr volvió de repente, acelerado. Irrumpió en la celda de nuevo y cerró la puerta tras de sí.

—Si voy a morir, al menos cuéntame lo qué ocurrió en Kinsale —me adelanté—. Me lo debes.

Ignoró mi petición, como siempre hacía cuando le pedía que hablara de Kinsale. Igual que Iago, ambos cerrados a compartir conmigo aquel recuerdo.

—¿De verdad sigues creyendo que te ejecutaré? —me preguntó, y esta vez sí que me mantuvo la mirada.

—Reconócelo, Gunnarr: esto no pinta bien.

—Tal vez esté empezando a rumiar otros planes para ti —murmuró.

Nos miramos de nuevo, pude sentir cómo iba tomando decisiones en su cabeza por momentos.

—Ven, sube a cenar —acabó diciendo—. No mereces estar en esta celda.

«Nunca lo he merecido».

La cena transcurrió en silencio, los tres callados y perdidos en la sopa de finas hierbas que teníamos delante. Nagorno me saludó con una fría inclinación de cabeza, de nuevo joven y bello, pero de nuevo glacial.

—Dile a nuestra invitada que debería alimentarse —le ordenó a Gunnarr, después de que me pasara demasiado tiempo removiendo el contenido de la fina vajilla con la cuchara de plata.

—No la trates así, te ha salvado la vida.

—Ya me has oído —se limitó a contestar Nagorno.

—¡No la trates así! —gritó Gunnarr, de repente. Un sonido ronco salió de su garganta. Sonó como un rugido, no como un grito humano.

—Mi anfitrión tiene razón —intervine yo, con calma—. Debería tomar algo. Esta cena es importante, quiero que la recordéis, quiero que la recordéis durante mucho tiempo. Tráeme algo de ese vino de mi año, Gunnarr. Con Iago nunca he podido brindar.

Gunnarr se marchó a la bodega y volvió al cabo de un rato con una botella.

Estaba a punto de acercarse a mí para servirme el vino cuando alzó la cabeza, vio algo detrás de Nagorno y la botella se le cayó al suelo, estallando en mil cristales contra la losa de piedra. El gesto se le quedó paralizado, la expresión vacía.

Nagorno y yo nos giramos, alarmados. Delante de la chimenea, desde hacía quién sabe cuánto, Lür nos observaba en silencio.

71

IAGO

14 de diciembre

Teníamos por delante casi once horas de trayecto. Nada más entrar en el avión nos detuvimos en los asientos de primera clase y Marion se sentó en pasillo, yo en ventanilla.

La aburrí durante un rato con historias intrascendentes hasta que ella optó por ignorarme, sacó una libreta y comenzó a escribir sus mil palabras diarias. Yo aproveché para ponerme un auricular en el oído que ella no veía y accedí al archivo que mi padre me había enviado.

> Conoces tan bien como yo el valor de las omisiones, las que mantienen a salvo a los que amas. Ambos nos hemos guardado u ocultado secretos inconfesables en el pasado. Pero este secreto que voy a compartir por fin contigo supera toda ignominia. Este trata, hijo, del instinto más básico: la supervivencia de la familia, la supervivencia del clan.
>
> Todos los miembros de La Vieja Familia habéis nacido bajo la amenaza de una maldición que me marcó desde mucho antes de que nacierais. Os he protegido durante milenios, a todos vosotros, mis hijos, mis descendientes, mi sangre, más allá de todo sacrificio y crimen.
>
> Ella es una amenaza, nunca confíes.
>
> Primero te daré las instrucciones, por si no tienes tiempo de escuchar todo mi relato.

> Cuando la conozcas, enséñale mi amuleto. Si he hecho las cosas bien, te lo habré dado sin que tú te des cuenta.

Me palpé con disimulo los bolsillos del pantalón, no encontré nada. Después el de la camisa, pero tampoco hallé ninguna figurilla prehistórica en él.

Marion levantó la vista y me sonrió. Yo también le sonreí.

Entonces pasé la mano sobre mi americana. Reconocí el volumen de la figura del hombre bisonte que mi padre siempre llevaba consigo, la que le prestó a Dana para que nos creyera. No la saqué del bolsillo, no quería que Marion la viera y me descubriese.

—¿Escuchas música? —me preguntó.

—Sí, bandas sonoras de películas épicas. Me relajan —comenté, distraído.

Ella volvió a concentrarse en sus crónicas e ignoró mi comentario.

> Perteneció a su compañero Negu, al que consideré mi hermano —prosiguió mi padre, susurrándome al oído—. Tal vez te sirva para ganar tiempo. Proponle una tregua, dile que queremos negociar, que ya es hora de dejarlo ir. No te hará caso, no se ablandará, pero tú finge que lo crees posible. Ruégale que lo valore, eso te dará unas horas.
>
> Yo llegaré con los refuerzos para equilibrar la batalla. Confía, hijo. Sabré hacerlo. Tú tan solo confía en mí.

Un joven auxiliar de vuelo se nos acercó con el carrito y nos ofreció sus preciosas botellitas de licores.

—No, gracias —le dije, guiñándole un ojo—, o ella me tirará por la borda sin demasiados remilgos.

Ella rio con nuestro chiste privado y el chico se marchó sin comprender, un poco molesto.

Marion y yo cruzamos una mirada de complicidad y cada uno de nosotros volvió a enfrascarse en sus asuntos.

Y ahora la historia —continuó la voz de mi padre—. LHDA es el acrónimo de Los Hijos de Adán.

Aunque no quiero comenzar con algo tan moderno.

Hubo una leyenda... No: hubo una mujer, milenios antes de que nacieras. Se llamaba Adana, la llamaban Madre. Era una matriarca, la matriarca de los Hijos de Adán. Como tal vez ya hayas adivinado a estas alturas, no envejecía. Vivía rodeada de varias generaciones de sus descendientes.

Los Hijos de Adán la veneraban, ella era antigua como el tiempo y sabía protegerlos. Los organizó por oficios, su forma de liderarlos era efectiva aunque inflexible. Los Hijos de Adán vivían bajo su yugo, adorándola, pero sin verdadera libertad, protegidos pero atados con lazos de sangre a favores y misiones. Adana y yo fuimos compañeros durante milenios. Deja que te cuente lo que hizo a todos los hijos que tuve cuando la abandoné...

Escuché todas las masacres que Madre ordenó perpetrar, una detrás de otra, sin darle tregua. Milenio tras milenio a lo largo de la extensa vida de mi padre.

Miré a Marion de reojo y una gota de sudor frío me recorrió la columna, por debajo de la camisa. Sobre el océano Atlántico, el avión repetía el mismo recorrido por el que habíamos transitado cuatro siglos atrás, desde Europa hasta la costa noroeste de Estados Unidos. Ahora era distinto, ahora sabía quién era Marion Adamson. Una Hija de Adán, una soldado enviada para utilizarme.

Marion es una Hija de Adán —me había confirmado la voz de mi padre, minutos antes—, una Cronista, es un buen oficio. No era una de las peores ramas, han llevado por el mundo la sabiduría de las viejas historias y han sobrevivido hasta hoy. Aún son útiles los novelistas en este mundo, ¿no crees? Todavía hoy necesitamos evasión. En cuanto a ella, ha sido enviada para entregarnos a Madre, pero está por ver su papel en esta última partida de caza. Tal vez nos depare alguna sorpresa. Aún no la juzgues, creo que es bastante autónoma.

Continué escuchando el mensaje de mi padre hasta que llegó al final, a la última masacre de todas.

Sé que conoces el yacimiento egipcio de Jebel Sahaba, en el valle del Nilo. Recordarás que impedí que viajaras hasta allí cuando mostraste interés por los restos de la primera guerra que se conoce, hace catorce mil años. No quería que te encargases del ADN de los cuerpos, coincidentes con el tuyo. Muchos de los cincuenta y nueve hombres, mujeres y niños acribillados con puntas de piedra y lanzas eran mis hijos, tus hermanos.

Deja que te hable de uno de ellos. Lo llamé Ilur, llegó a vivir tres décadas. Conocía mi secreto; éramos inseparables. Y no solo eso; también era igual, idéntico a mí.

Sabes que a veces ocurre entre padres e hijos, o entre abuelos y nietos. Gemelos separados por un par de generaciones, clones naturales. Rostros que a veces veíamos repetidos cuando volvíamos a una aldea, décadas o siglos después.

Con Ilur ocurrió así, la sangre de su madre no se mezcló con la mía, no fue un mestizo. Su piel, su cabello y sus ojos eran réplicas exactas de los míos.

Cuando vinieron los Hijos de Adán y los masacraron, preguntando por Lür, él decidió, sin mi consentimiento, hacerse pasar por mí.

No pude impedirlo.

Nunca he visto un cadáver como el de Ilur.

Cada Hijo de Adán le clavó varias flechas. Debían hacerlo. Tenían que dejar cada uno de ellos su impronta, demostrar a Adana su participación activa en la venganza. El cuerpo de Ilur tenía cientos de flechas, no había un centímetro de piel libre. Dejaron de dispararle cuando las flechas ya no encontraron carne que rasgar y caían al suelo.

Después se llevaron su cuerpo, imagino que para enseñárselo a Adana y probar que yo había caído por fin.

Pero resultó, el sacrificio de mi hijo dio resultado. Después de aquella masacre no volví a saber de los Hijos de Adán. Me dieron por muerto, desde luego.

Durante los siguientes siglos recorrí todas las rutas comerciales, preguntando por los Hijos de Adán. Nadie sabía nada. Pensé que la familia se había extinguido o que Adana había quedado satisfecha. Pasaron cuatro milenios sin que nada ocurriera y después me atreví de nuevo a vivir como un hombre común y acercarme a una mujer. Fue entonces cuando conocí a tu madre y naciste tú, Urko.

Esas eran las últimas palabras que mi padre había grabado para mí. Escuché varias veces todo el mensaje hasta aprendérmelo casi de memoria. No quería olvidar ningún detalle.

El avión finalmente tomó tierra y dejé que Marion me guiase a mi destino.

72

ADRIANA

14 de diciembre

Nagorno se levantó de la silla de un salto y se colocó frente a Lür.

—¿Cómo has llegado hasta aquí, padre? —lo increpó.

—Tengo un avión privado esperándonos cerca de Edimburgo —contestó Lür, sin moverse ni un milímetro de su posición, con las manos en los bolsillos.

Parecía no compartir la alarma de Nagorno y Gunnarr, que cruzaron la mirada, intercambiándose instrucciones en silencio.

—¿Esperándonos?, ¿piensas acaso que te vamos a entregar a Adriana tan fácilmente? ¿O es que traes otra cura? —quiso saber Gunnarr.

—Ni lo uno ni lo otro, vengo a recogeros a los tres. Adriana —dijo, dirigiéndose a mí—, ¿sabes dónde has estado todo este tiempo?

Qué bien se sentía tener la presencia de Lür. Eran dos longevos contra uno, pero su aplomo me dio seguridad, no parecía temer la reacción de su hijo ni de su nieto.

—Creo que estamos en un archipiélago de la costa escocesa, en algún lugar donde habitaron clanes. Por el tipo de construcción en la que nos hallamos, creo que esta se erigió a lo largo del siglo XVII. No tengo claro si nos encontramos en las Orcadas, las Shetland, o en las Hébridas. Puede que en la isla de Arran, en Iona, en Skye...

—Muy bien, Adriana —me confirmó, satisfecho—, no esperaba menos de ti. Estamos en la isla de Eigg, una de las islas Small, en las Hébridas Interiores, en la costa oeste de Escocia. Suficientemente aislados y anónimos en un enjambre de cientos de islas casi despobladas, pero cerca de Londres, donde los mejores especialistas te controlan y están a tu alcance en menos de media hora, ¿me equivoco, Nagorno?

No esperó a que su hijo le contestase y se acercó hasta donde estábamos Gunnarr y yo.

—Hemos conseguido resolver tu acertijo, Gunnarr: «Llegarás a ella por aire o agua. ¿Serán miles, serán bellas? No serán grandes, hallarás masacres y catedrales». «No serán grandes», por las islas Small, las islas pequeñas. «Hallarás masacres y catedrales», por las cuevas que marcaron el pasado de esta isla. Viniste aquí después de lo que ocurrió en la costa irlandesa de Kinsale, ¿verdad, Gunnarr? Cuando la isla estaba todavía despoblada después de la masacre de los McLeods. Aquí te ocultaste. Construisteis este castillo a espaldas del mundo, no he encontrado rastro alguno.

—Ni lo harás. ¿Adónde quieres llevarnos, abuelo?

—He contratado un vuelo privado de Edimburgo a Nueva York. Y no tenemos tiempo que perder. Tu padre está en serio peligro, tenemos que ir todos unidos, como la familia que somos. Solo así tendremos una oportunidad.

—¿Tiene que ver con mi cura? ¿Se ha metido en algún lío por mí? —preguntó Nagorno, dejando adivinar cierta inquietud.

—En parte así es, hijo. Pero a estas alturas ya no solo se trata de ti. Ahora se trata de La Vieja Familia, y como no estemos unidos, no vamos a sobrevivir. Ninguno de nosotros, os lo aseguro. Os he ocultado la más terrible de las verdades desde que nacisteis, a todos vosotros. Pero hoy ha llegado el día que más temía: el día que tendré que contároslo porque la verdad nos ha alcanzado y nos ha puesto en peligro.

—¡Habla de una vez! —gritó Gunnarr, impaciente—. ¿Qué está ocurriendo y por qué mi padre está en peligro?

—Porque no somos los únicos longevos, Gunnarr. Porque hay otro clan, llamados los Hijos de Adán, cuya matriarca quiere verme muerto, a mí y a todos mis descendientes.

—¿Cómo? —susurró Nagorno—. ¿Hay más longevos, más longevas por el mundo?

—Así es.

—¿Y has sido capaz de ocultármelo durante tres milenios? —le gritó, dejándose llevar por la ira—. Sabes lo que he anhelado encontrar a otros como yo, otras mujeres longevas que no fuesen de mi sangre. Mujeres a las que no despreciar por ser simplemente efímeras.

Lo miré fijamente, y creo que por un momento se arrepintió de sus palabras, pero estaba demasiado consternado.

—Precisamente por eso te lo oculté. Porque no habrías hecho caso de mis advertencias y te habrías acercado a los Hijos de Adán. Y eso, hijo, te habría matado.

—¿Por qué afirmas que son un peligro para nosotros, abuelo? —Gunnarr mantenía la calma, su cerebro iba siempre más rápido que los del resto—. ¿Cuál es la historia previa que nos tienes que contar?

Lür tomó asiento. Después, con ese temple que siempre lo acompañaba, nos relató sus primeros milenios, el tiempo que deambuló solo, ocultando su condición de longevo. Nos contó su encuentro con los Hijos de Adán, nos habló de Madre, la matriarca que protegía a sus descendientes. Nos habló de su tiempo juntos, de los hijos que tuvieron.

—Entonces, muchos de los Hijos de Adán son descendientes tuyos —interrumpió Gunnarr.

—No, ninguno. Todos nuestros hijos en común morían, uno tras otro, sin alcanzar la madurez. Ninguno tuvo ocasión de tener hijos, así que nunca hubo una rama común entre Madre y yo.

Yo sabía lo que Lür callaba sin revelar a Nagorno y a Gunnarr, y era que dos longevos no tenían por qué tener hijos longevos. Necesitaban transmitirles también el gen inhibidor del cáncer para superar la tendencia a crear tumores de la telomerasa activada. Todos aquellos niños habrían muerto por mil tumores. Pero esa parte de la investigación solo la conocíamos Lür, Iago y yo.

Él prosiguió con su relato. Nos habló del miedo, de las masacres que siguieron a su deserción, de que todos los descendientes y las compañeras que Lür tomó terminaron muertos de la peor manera. Milenio tras milenio, de forma implacable.

¿Cómo pudo Lür soportar aquello y seguir queriendo vivir?

Y por fin nos relató la historia de Ilur, del hijo que se hizo pasar por él. Nos contó que Madre lo creyó muerto y las carnicerías cesaron.

En el gran comedor del castillo, Nagorno se había sentado de nuevo en su silla y Gunnarr, sin apenas ser consciente, lo había hecho sobre la mesa donde cenábamos.

Ambos habían escuchado a Lür con la mirada ensimismada y el gesto serio, conscientes de la gravedad de la situación.

—Nagorno, comprenderás por qué nunca os lo dije —continuó Lür, dirigiéndose a su hijo—. A ti te habrían perdido las ganas de conocer a las Hijas de Adán. No habrías hecho caso de mis advertencias y las habrías buscado, persiguiendo tener tu linaje longevo, pero ellas son educadas en el precepto de que deben matar a todos mis descendientes cuando Madre se lo pide. Madre da protección a todos sus hijos, pero a cambio se cobra los favores o los castiga por no obedecer. No suelen tener una opción real de elegir. Te habrían dado caza.

—No es excusa, prefiero tener la libertad para decidir yo. ¿Cómo has podido ocultarme semejante verdad? Tú mejor que nadie conoces mis obsesiones y mis anhelos —replicó Nagorno.

—Pues ahora precisamente tienes esa libertad que reclamas. Veamos lo que haces con ella, porque vas a venir con nosotros.

—¿Qué está ocurriendo exactamente ahora?, ¿por qué mi hermano está en peligro? —preguntó.

—Creo que nos han detectado de nuevo los Hijos de Adán. Y pienso que ellos también están detrás de la búsqueda del gen longevo. Urko está ahora mismo volando hacia las islas Thousand, en la frontera entre Canadá y Estados Unidos. Se lo ha llevado allí engañado, pensando que encontraría a Adriana y podría rescatarla. Si le hubiera dicho la verdad, sé que no habría atendido a razones y habría venido a por ella, pero allí va a ser más útil para ganar tiempo. Necesito que vengáis conmigo porque quiero pactar una tregua, tal vez un trato. En todo caso, tenemos que dar la cara como familia, y como una familia unida, así que en este mismo momento debéis dar por concluidas vuestras luchas intestinas con Urko, porque de otro modo, La Vieja Familia no va a sobrevivir.

»Gunnarr —añadió, acercándose a él sin mostrar el mínimo temor—, querías que tu padre sufriera, y te aseguro que lo ha hecho. No tienes ni idea de lo que has provocado en él al secuestrar a Adriana. Ella no ha sido nunca una esposa más para Urko, el vínculo que los une es diferente, es la única mujer con quien se ha mostrado como longevo. Y no solo eso; ahora él se encuentra en peligro de muerte por toda esta situación que tú has creado. Urko nunca va a poder resarcirte por el daño que te causó en Irlanda, pero créeme, lo que has desencadenado puede acabar mucho peor que la batalla de Kinsale.

—¿Y qué me dices de mí?, ¿cómo puedes pedirme que olvide lo que Urko me ha hecho? —gritó Nagorno, después de dar un puñetazo en la mesa y levantarse.

—Seamos claros, hijo. Si tu hermano muere, las probabilidades de que alguien repare tu corazón y tú vivas son nulas. Y va siendo hora de que te deba un favor de nuevo, ¿no crees? Tal vez así os respetéis mutuamente durante los próximos milenios.

Miró al reloj y se dirigió hacia la puerta, sabiendo que lo seguiríamos.

—Adriana, no tienes por qué venir. El secuestro ha terminado.

—Iago se ha metido en la boca del lobo por mí; nada de esto me es ajeno —dije.

—Lo sé, pero eres la pieza más débil.

—Siempre lo he sido, y he jugado la partida a vuestro nivel.

Lo pensó un instante, aunque yo ya había decidido ir de todos modos.

—Como quieras —accedió finalmente y se volvió hacia nosotros tres—. Os he contado lo imprescindible, pero el tiempo se acaba para Urko; cuantas más horas pase solo frente a Madre o a quien sea que esté al mando de los Hijos de Adán, más peligro corre su vida. Marchemos pues. Durante el trayecto en avión os contaré el último episodio de esta historia.

—¿Es que hay más? ¿Madre no se olvidó de ti después de darte por muerto en el valle del Nilo? —pregunté, sin comprender del todo—. ¿Y por qué crees que puede haber alguien distinto a Madre al frente de los Hijos de Adán?

73

ADRIANA

14 de diciembre

Lür suspiró, como si le costase compartir aquel recuerdo.

—Ocurrió en el año 79 de la era cristiana. Tal vez os suene la erupción del Vesubio y la ciudad de Pompeya, que quedó sepultada bajo varios metros de cenizas.

—Un momento —lo interrumpió Nagorno—. ¿Afirmas que te salvaste de la erupción del Vesubio? ¿Estuviste allí?

Lür miró a su hijo y asintió con un gesto en silencio.

—Recuerdo aquellos años, después de la muerte de Boudicca —dijo Nagorno—. Me contaste que fuiste hacia el este. Yo estaba en Roma cuando Pompeya fue destruida. Era una colonia soleada de patricios prósperos, en la Campania. Nos llegaron noticias del desastre, pero no hubo campañas de rescate; no quedó un alma para contarlo. Cuando las cenizas se enfriaron, muchos partieron para rapiñar todas las obras de arte que pudieron llevarse. Yo participé y me enriquecí con aquel mercado morboso que se generó en Roma. ¿Cómo pudiste salir con vida de aquel cataclismo?

—Había vivido otras erupciones antes. Erupciones que enfriaron este planeta durante siglos, antes que tú, antes que Urko. Lo del Vesubio fue algo menor. Nagorno, he permitido que me subestimases muchas veces, desde tu nacimiento, cuando yo era tu esclavo. Con el tiempo llegarás a comprender tu error, pero ese tiempo todavía no ha llegado. Aún no tienes la capacidad de desprenderte de tu ego y entender por todo lo que he pasado y a todo lo que he sobrevivido.

Nagorno lo miró con estupefacción. Tal vez ese era el verdadero poder de Lür: ocultar su poder. Y acaso Nagorno, en ese preciso instante, comenzó a intuirlo por primera vez en su vida.

—¿Y qué ocurrió en Pompeya? —interrumpió Gunnarr, rompiendo la frágil burbuja de aquel momento. Estaba circunspecto, lo vi apretar los nudillos con un gesto de tensión—. ¿Los Hijos de Adán te encontraron allí y mataron de nuevo a tu familia?

—No, porque mi familia erais ya vosotros: Urko, Nagorno, Lyra. La Vieja Familia. Durante milenios os protegí de la posible presencia de los Hijos de Adán. Siempre que nos establecíamos en algún lugar, yo enviaba a rastreadores para que preguntaran por ellos o por Madre, y si nadie había oído hablar de aquellas leyendas, nos instalábamos. Pero hasta entonces había pensado que todos éramos inmortales y que si Madre volvía a saber de nosotros, no podría mataros. La muerte de Boudicca acabó con aquella falsa creencia. Al sabernos solo longevos, no inmortales, comencé a temer por vosotros. Pero no esperaba encontrarla de nuevo a ella, después de tantos milenios, no lo esperaba...

—¿Os reencontrasteis en Pompeya? —murmuró Gunnarr.

—Así es.

—¿Y qué sucedió?

—Que aquel día, el 24 de agosto del año 79, maté a Madre. O eso creía.

Todos lo miramos, incrédulos.

Resultaba muy difícil imaginar a Lür en semejante situación.

—Vamos, durante el trayecto os contaré lo que deseéis saber —nos dijo.

Todos marchamos tras Lür en silencio, cada uno un poco en su mundo, tratando de digerir lo que nos acababa de contar. Nagorno y su padre hablaron por el camino, discutiendo estrategias, poniéndose al día.

Gunnarr aprovechó para acercarse a mí, sin dejar de controlar a su tío y a su abuelo.

—Adriana, tenemos que hablar —me susurró al oído—, a solas. Lo que está pasando aquí es más importante que tu vida o la mía.

LXXIV

LÜR

Pompeya, 79 d. C.

El grueso edil tomó unas aceitunas del plato.

—Así que embarcarás pronto hacia Alejandría, mi buen amigo Néstor —dijo—. Es una pena que no te quedes hasta ver el resultado de las elecciones.

Lür sonrió al edil, un hombre entrado ya en años, de labios morados y cabello escaso.

—A tenor de lo que he leído en las pintadas de las calles, querido Vettius, creo que la votación ya está más que decidida. Parece que el pueblo te apoya. Hasta Asellina, la tabernera, hace campaña y habla bien de ti a sus clientes. —Sonrió, alzando la bebida caliente en el vaso para brindar por la mujer.

—Eso parece, los pompeyanos son agradecidos y no olvidan mis esfuerzos durante estos diecisiete años por ayudar con la reconstrucción. Tan solo queremos recuperarnos y volver a ser la colonia próspera que éramos antes del terremoto.

—¿Y no teméis los pompeyanos por los temblores de estos últimos días?

—Si temiéramos por cada pequeña sacudida, ya habríamos abandonado estas magníficas costas hace décadas. No, querido amigo. Estos débiles temblores son tan habituales aquí que ya ni los sentimos.

«Cuántas veces he escuchado esas mismas palabras», pensó Lür, tomando unas legumbres que Asellina le había calentado.

—Lo que nos lleva a asuntos más prácticos —dijo, cambiando de tercio—. He de hablar con tu maestro pintor y entregarle todos los sacos con los colores que me has pedido para las paredes de tu *domus*. Te he seleccionado solo los pigmentos mejor conseguidos: azul a base de sílex, negro de huesos carbonizados y rojo brillante extraído del cinabrio. Los tengo ya descargados en el puerto. Dime dónde puedo encontrarlo.

—En la villa de Adania, en las afueras.

—¿Adania? —repitió Lür, disimulando su inquietud con una sonrisa.

—Es una mujer muy acaudalada, a tenor de las obras que está haciendo en su vivienda. Vive rodeada de su séquito, y tiene varios hijos. Te daré las indicaciones para que puedas llegar.

Lür se despidió de Vettius Caprasius y marchó en la dirección que le había señalado, alejándose del gentío que caminaba por las calles. Era verano y muchos patricios habían abandonado sus *domus* en obras para descansar en otras provincias más septentrionales, huyendo de los calores estivales.

Pero Lür caminaba inquieto, el aire había cambiado de dirección varias veces durante los últimos días y los temblores eran débiles pero continuos. Fue entonces cuando miró el sendero que tenía a sus pies y se detuvo en seco, tragando saliva: el camino estaba lleno de lagartos.

Sabía lo que eso significaba. Miró hacia la imponente montaña que presidía la ciudad, el Vesubio. Su falda estaba alfombrada con los viñedos que tanta fama y fortuna le habían dado a Pompeya. Pero él sabía que, a veces, la tierra se cobraba su precio.

«Lür, sal corriendo», le dijo una voz en su interior. La conocía, era su instinto. Metió la mano en su bolsa de cuero y apretó con fuerza el amuleto de Negu.

«Todavía no, necesito comprobarlo».

Aceleró el paso y descubrió por fin la entrada de la villa, tras un largo camino de cipreses. Allí todo parecía estar más tranquilo. Encontró sirvientes ocupados en las labores del campo y preguntó por el pintor sin llegar a identificarse. No hacía falta, su rico atuendo de comerciante era suficiente para abrirle todas las puertas.

Finalmente, lo localizó en el *atrium*, el patio central. Un hombre diminuto y resuelto que daba órdenes a un ejército de obreros concentrados en enlucir una de las paredes con una capa espesa de cal y arena.

—Vengo de parte del edil Vettius Caprasius. Tengo todas las pinturas que me pediste en el puerto, puedes enviar a tus hombres a por ellas. Yo partiré esta misma tarde.

—Así haré, esta villa me tiene muy ocupado, pero al edil también le corre prisa tener su *domus* decorada para el día de las elecciones —comentó, haciéndole un gesto para mostrarle su trabajo.

Lür lo siguió hasta quedar frente a una pared donde el pintor ya había comenzado a dibujar algunos paisajes pastoriles.

Entonces la vio.

LXXV

LÜR

Pompeya, 79 d. C.

El retrato de Adana. La mujer que lo observaba, serena, desde la pared. Con sus ojos negros, algo rasgados, la piel bronceada, el pelo oscuro recogido a ambos lados, al modo de las patricias. Vestida con una túnica blanca. Siempre de blanco. En eso no había cambiado.

Un antiguo pavor de siglos le recorrió el cuerpo, hacía tiempo que no lo sentía con tanta intensidad, pero siempre estaba dentro de él, alerta. Nunca se había marchado del todo.

Si Adana lo encontraba allí, en su propia villa, no tenía ninguna posibilidad de sobrevivir. Miró a su alrededor, intentando averiguar si entre todo aquel ejército de esclavos y sirvientes también había algún Hijo de Adán.

—¿Dónde está ahora tu clienta, Adania? —le preguntó al pintor.

—En las termas, suele pasar allí todas las mañanas. Pide todo tipo de servicios, ella puede pagarlos.

—¿Qué termas?, ¿las del Foro? —preguntó Lür, dirigiéndose a la salida de la villa.

—No, una mujer de su categoría solo acude a los baños de Stabies. Pero no podrás hablar con ella ahora.

—¿Por qué no?

—Veo que eres extranjero y desconoces nuestras costumbres,

pero en Pompeya las mujeres van por la mañana y no se mezclan con los hombres. Nosotros vamos por la tarde, cuando hemos terminado de trabajar.

—Bien, esperaré entonces —contestó Lür, con una sonrisa—. Ahora he de irme, no olvides recoger las pinturas.

Marchó corriendo de vuelta a Pompeya. El cielo estaba tomando un extraño aspecto y el viento llevaba un polvo fino hacia el este. Cuando localizó el edificio de las termas, muchos pompeyanos miraban ya con inquietud sobre sus cabezas, pues se había oído una especie de explosión lejana.

De las nubes oscuras comenzaron a caer piedras ligeras, nadie sabía qué era aquel fenómeno.

Una lluvia extraña, una especie de granizo negro.

Lür sabía ya lo que se avecinaba, pero los pompeyanos, en lugar de huir, comenzaron a refugiarse en sus casas, ante su mirada horrorizada.

—¿Qué hacéis? —gritó a todos con quienes se cruzó—. Huid ahora mismo de la ciudad, ¿por qué os quedáis?

—Parece un terremoto, lo mejor es esconderse hasta que acabe —le contestó un tendero, cerrando la puerta de su negocio.

—No es un terremoto —le contestó, pero el hombre ya no lo oía, se había ocultado en su local de telas, junto con todos los clientes.

Por fin dio con el imponente edificio de las termas estabianas. Se adentró en ellas y una mujer robusta con una peluca rubia le salió al paso.

—No está permitida la entrada a ningún hombre hasta la tarde. Además, estamos avisando a todas las clientas; parece que esta vez los temblores son más fuertes, pero aquí dentro no se perciben. Muchas no se han enterado aún.

—A eso venía, precisamente. Busco a Adania, dime dónde está y yo me encargaré de avisarla.

—No puedo hacer eso, no puedo dejar pasar a... —repitió, obcecada.

Lür sacó su bolsa de cuero y le tendió unas monedas: diez áureos. La joven abrió los ojos, y las apretó en su puño.

—Está en los baños de sudor; ha contratado un masaje —dijo.

Lür siguió las indicaciones de la mujer y avanzó por uno de los pasillos. Dentro del inmenso recinto de gruesas paredes todo era quietud, solo se escuchaba el sonido del agua.

Llegó por fin a una sala abovedada. Un sirviente alto y musculado esperaba a su ama junto a la puerta. Lür le pagó otra pequeña fortuna y el esclavo se marchó.

Entró en silencio en la estancia donde notó bajo sus pies el suelo caliente del hipocausto. Sus pulmones inhalaron un fuerte olor a pino.

A través del vapor pudo ver una figura descansando en una bañera de mármol en el centro de la sala circular.

A su lado, en una pequeña mesa de bronce de tres patas, todos los enseres para los cuidados corporales: frascos de aceites, un espejo y unos estrígiles, los raspadores metálicos que los pompeyanos usaban para eliminar del cuerpo el exceso de ungüentos.

A los pies de la bañera, un ánfora de cobre para el agua caliente, un largo brasero, y su pesada tapa de mármol en un lateral.

Se acercó despacio a la bañera, la mujer se relajaba dentro de ella con los ojos cerrados. Lür quedó tras su cabeza, observando la larguísima melena negra que ya conocía y que ahora flotaba en el agua caliente, cubriendo el cuerpo desnudo de Adana.

—¿Qué está ocurriendo fuera, esclavo? —preguntó Adana sin abrir los ojos.

Lür tomó el pequeño balsamario, se frotó las manos con el aceite y comenzó a masajearle el rostro.

—Los pompeyanos creen que son temblores de tierra —contestó Lür, sin molestarse en fingir otro tono de voz—, como hace diecisiete años.

—Entonces lo mejor será que nos quedemos aquí; los muros son fuertes, estaremos protegidos.

—Hay lagartos por el camino... —susurró a su oído, y vertió

agua caliente del ánfora sobre el brasero hasta que los rodeó una espesa nube de vapor.

—¿Los lagartos han salido? —repitió ella, inquietándose por primera vez.

Abrió los ojos, pero Lür la mantuvo tumbada, sujetándola por los omóplatos, impidiendo que Adana lo viera aún.

—Están cayendo pequeñas piedras negras, no son pesadas —prosiguió él, con calma—; nadie se lo explica. Pero los pompeyanos no están intentando salir de la ciudad.

—Es la montaña —murmuró Adana—. Saldrá fuego de ella.

—Lo sé. Lo he visto antes, pero ellos no.

—Debo irme ahora mismo —dijo ella, tratando de incorporarse.

—Eso no va a ocurrir —la atajó Lür, cruzando su brazo fuerte por encima del cuello de Adana, impidiéndole salir de la bañera.

—Tengo muchos hijos en Pompeya. Debo advertirlos, será tarde para ellos.

—Lo sé.

«Yo también tengo hijos que proteger de ti», calló.

Ella alcanzó a ver, por fin, el peligro.

—¿Qué sucede, señora?, ¿os he asustado?

—No sois un esclavo, no puedo veros bien. Dadme un espejo.

Lür le tendió el espejo de plata de la mesita; un pequeño disco circular con mango de piel de león.

—Tu rostro...

—¿Qué le pasa a mi rostro?

—Se parece tanto a alguien que conocí...

—Seré familia, tal vez.

—No creo que nadie de su familia esté vivo.

Entonces Adana guardó silencio y lo comprendió todo.

—¿Eres Lür? —preguntó finalmente.

—Una vez me llamé así, es cierto. Pero ya no uso nunca ese nombre, tú lo convertiste en maldito.

Adana intentó de nuevo incorporarse, pero Lür se sentó en el borde de la bañera, negándole toda oportunidad de escapar.

—No es posible, vi tu cadáver —replicó ella.

—Tal vez no pueda morir nunca.

Se tenían frente a frente, después de tantos milenios, después de tanto como pasaron juntos, después de una historia común llena de cadáveres.

—¿Has venido de nuevo a mí? ¿Te has arrepentido ya de haberme abandonado? —preguntó ella.

—No, Adana. No he venido por eso.

—¡Pues deberías! ¿No has comprendido ya que tú y yo debemos estar juntos?

—Lo que he comprendido, por desgracia, es que no puedo dejar que sigas viva. Un cataclismo me llevó hasta ti, tal vez tenga que ser otro cataclismo el que me libere de ti.

—¿Vas a dejarme aquí? —preguntó ella, incrédula.

—Ambos hemos visto antes montañas que escupían fuego de este modo. Primero son los guijarros negros; caerán durante horas. El techo que tienes sobre tu cabeza se derrumbará por el peso. Después la lava se derramará. Todos morirán enseguida, el aire se tornará mortal y tal vez ni siquiera tú serás capaz de sobrevivir sin respirar. Después la ceniza sepultará esta ciudad, también Herculano, Estabia y todas las villas de la costa caerán.

—¿Y crees que tú podrás escapar?

—Escaparé si me marcho ahora mismo. Tengo varias embarcaciones, son pequeñas y veloces. Debemos adentrarnos en el mar, es la única salida. Todo ser vivo que habite Pompeya estará muerto antes de esta tarde. Durante milenios he soñado con que tenía suficientes conchas de cauri como para enterrarte viva, una por cada hijo cuya vida segaste. ¿No es una ironía que vayas a quedar sepultada por conchas negras? Adiós, Adana, aquí termina tu camino.

Lür sujetó la pesada tapa de mármol del brasero sobre la bañera, cubriéndola como si fuera una lápida, desoyendo los gritos de

Adana. Sabía que ella no podría salir de aquella bañera por sí misma, que quedaría enterrada por el volcán.

No dejó de mirar hacia atrás durante su huida.

Se abrió paso por las calles, bajo la lluvia de piedras negras que asfaltaba ya la ciudad.

Cuatro de sus barcos partieron a tiempo, antes de que el mar se retirase horas después. Desde alta mar, pudo ver cómo Pompeya y todos sus habitantes, incluida Adana, quedaban sepultados bajo varios metros de ceniza.

76

IAGO

14 de diciembre

Llegamos en una lancha a la diminuta isla Belle, rodeada de un rosario de pequeños montículos de roca y jardines bien cuidados.

Por lo que me contó Marion, las islas Thousand eran el lugar de vacaciones favorito de la élite local desde mediados del siglo XIX. Divisé varios castillos peculiares en los islotes que la rodeaban. Me pregunté si Dana estaba retenida en un edificio similar.

En el pequeño embarcadero privado donde Marion me condujo comenzaba a advertirse la preocupante presencia de varios hombres con pasamontañas blancos vestidos con trajes de camuflaje, también blancos, y provistos de armamento. Metralletas apuntando al suelo y armas blancas enfundadas en el muslo. Tomé nota mental de todo.

—No te inquietes, no nos harán nada —me dijo Marion, como si aquella frase pudiera tranquilizarme.

Me estaba metiendo en la guarida de la bestia y era muy consciente de ello.

—Lo que me estás pidiendo en realidad es que me comporte, ¿verdad? —contesté.

—Por favor.

Miré el reloj. Pronto averiguaría si realmente tenían allí a Dana, porque iba preparado para pactar, para negociar, para luchar.

Para lo que fuera.

Marion me condujo al interior del recinto de una imponente propiedad. Antes de entrar en el edificio principal, pude observar varias torres elegantes en las esquinas y cientos de ventanas en la parte frontal de la mansión. El interior debía de ser inmenso. Nos costó varios minutos recorrer todo el jardín hasta llegar a la escalinata principal.

—Es la sede no oficial de la Corporación Kronon, ¿no es cierto, Marion? La verdadera, la secreta.

—*Touché* —musitó ella, también nerviosa, también inquieta.

En la entrada del edificio, frente al arco de seguridad, Marion me indicó que tenía que dejar el móvil si quería continuar.

—Espero que seas consciente de lo que vas a hacer, Marion. Después de esto, no habrá marcha atrás entre tú y yo —le susurré, mientras me guiaba por los pasillos de mármol. Todo a mi alrededor resultaba aséptico y frío, como en un infierno helado.

—Ambos sabemos que no he sido sincera del todo, como tú tampoco lo has sido conmigo.

—Obviamente.

Nos tomamos un segundo antes de abrir la puerta blanca. Me miró a los ojos con una pena infinita, como si yo fuera un niño a punto de ser expuesto.

—Un último consejo, Iago: tienes que estar preparado para cualquier cosa. Piensa rápido. Ella lo hace, que no te engañe su apariencia.

—Estoy listo. Terminemos con esto. El tiempo se acaba.

Tragó saliva y empujó la puerta.

Ambos entramos en una biblioteca ovalada, todas las paredes estaban forradas de libros antiguos de lomo claro. Varias alfombras de piel de toda una manada de animales albinos cubrían el suelo a nuestros pies. Nos rodeaban varios sofás de gran tamaño. Era una estancia donde Dana se habría perdido durante horas, husmeando entre los volúmenes centenarios.

Conté ocho encapuchados blancos distribuidos alrededor de

la estancia. Sus armas plateadas apuntaban al suelo, pero el efecto era en todo caso intimidante.

En el centro de la habitación, una joven nos daba la espalda, concentrada en llenar tres vasos con un licor transparente.

Llevaba puesto un largo vestido blanco, ligero, casi una túnica. Podía haberse paseado por la Atenas de Pericles o por un teatro del siglo XIX sin haber llamado la atención; todo en ella resultaba atemporal. Un rostro alargado, unos ojos oscuros. Una larguísima trenza negra le caía a un lado de la cabeza.

Tenía la apariencia de ser la hija de un dios menor.

Parecía frágil, pero la mirada no correspondía a aquel cuerpo. Era una mirada que lo había visto todo. Me sentí apenas un recién nacido y tuve la certeza de que frente a ella lo era.

—Esta es mi madre, Urko —intervino Marion, sin acercarse demasiado, como si tuviera miedo de estar cerca de ella—. No directa, en realidad soy su descendiente de octava generación.

—No me has traído a Lür —susurró con una voz apenas audible, sin levantar la vista de los vasos.

Qué acento más extraño, más dulce, más indeterminado.

—Lo sé, Madre. Pero creo que te he traído algo más importante, creo que podemos llegar a un acuerdo que nos satisfaga a todos.

—¡No me has traído a Lür y estaba a tu alcance! —gritó.

Después me miró por primera vez, como si yo no hubiera estado hasta entonces en aquella habitación. Parecía como si los sucesos ocurrieran de forma distinta en su cabeza; no uno detrás de otro, sino a la vez, como en vasos comunicantes.

—Así que eres descendiente de Lür.

—Su primogénito vivo, en realidad —le dije, retándola.

¿Le dolía, le dolía recordar los hijos que tuvo con mi padre y murieron?

—Aquí tienes el hombre bisonte de Negu, el que fue tu compañero y su mejor amigo —dije, mientras le ofrecía el pequeño objeto—. ¿Queda algo de esos tiempos que rescatar? ¿No podríais volver a ser aliados o, al menos, una matriarca y un patriarca cuyos linajes se respetan?

Adana ignoró el amuleto.

Sonrió un poco.

Sentí un escalofrío.

Se acercó a una cubitera, cogió unos cubitos de hielo con la mano y los repartió entre los vasos.

—Toma —dijo, tendiéndome un vaso de licor—, celebremos pues que estás vivo.

—No brindaré.

—Sí que brindarás.

Dejé el vaso sobre el brazo de un sofá cercano.

—No brindaré hasta que me digas algo de mi esposa.

—¿Tu esposa? ¿Quién es tu esposa? —preguntó distraída, sin dejar de mirar el vaso que yo había rechazado.

—Sabemos que has encontrado algo más de lo que me contaste con relación al gen longevo —intervino Marion, con cautela en la voz—. Sé que lo que le inyectaste a tu hermano no tenía nada que ver con la solución que yo te propuse; no te habrías arriesgado a que muriese tu mujer. Sabemos que hay algo más. A cambio, la tenemos localizada, ¿no es cierto, Madre?

—¿Localizada?, ¿no está aquí? —pregunté inquieto.

—No, pero Madre sabe en qué isla está; iremos y la rescataremos. Es así, ¿verdad, Madre?

Madre ni siquiera respondió, la conversación había dejado de interesarle.

—¿Es así? —insistió Marion.

El silencio de Madre me dejó helado.

—Me lo prometiste —insistió Marion—. Dijiste que tú te encargarías, que para ti nada era imposible cuando se trataba de localizar a alguien.

—Eres una Hija de Adán, ¿desde cuándo cuestionas mis deseos?

Marion dio un paso al frente, se interpuso entre Madre y yo, como si con ese gesto pretendiera protegerme.

Los soldados blancos levantaron sus armas al unísono, en un gesto casi inconsciente y casi mecánico.

—Ya estoy harta, Madre. No nací para ser sumisa.

—He exiliado a muchos por menos, Maia —le advirtió Adana, sin levantar la voz—. Esto es más importante para nuestro clan. Lür no solo ha conseguido estar rodeado por una familia de hijos como él, sino que uno de ellos ha encontrado el motivo de nuestra naturaleza, ¿no merezco yo guardar el secreto, la más Antigua aún viva?, ¿no me pertenece por derecho propio?

—¿Y qué harás con él si te lo doy? —quise saber.

—Usarlo en beneficio de los Hijos de Adán, como siempre he hecho. No volveré a tener hijos débiles que envejezcan, solo hijos como nosotros.

—Eso, Adana, no es algo que yo vaya a compartir contigo —le dije.

—Ya veremos —susurró.

Lo último que noté fue el golpe seco de un arma en la sien.

77

IAGO

15 de diciembre

Desperté con dolor de cabeza sobre una cama mullida en un dormitorio blanco y espacioso. Me levanté y miré a través del ventanal enrejado y vi que estábamos en el tercer piso de la mansión. Estaba clareando ya.

El amanecer por fin tiñó el cielo de un preocupante color rojo.

Pero no estaba solo, Marion esperaba pacientemente, sentada en uno de los butacones frente a mí. Probablemente había pasado toda la noche haciendo guardia en la misma posición; sus ojeras me hablaban de un cansancio infinito. Cuando se percató de que yo había despertado, se guardó discretamente el móvil en uno de sus bolsillos.

Yo miré el reloj, desolado.

—En unas horas Adriana estará muerta y yo no voy a poder impedirlo.

Marion guardó silencio y agachó la cabeza. Después se quedó mirando fijamente el marco de la puerta.

—Estamos encerrados, no podemos salir —murmuró muy seria, con gesto derrotado—. Prometió ayudarnos, Iago. Madre me dijo que la tenía localizada.

—Confié en ti... —la interrumpí—. Sabía que tendría que pagar un precio por seguirte, pero confié en ti.

—Madre está muy enfadada, no está acostumbrada a que nadie la desafíe como tú lo has hecho.

—¡Oh!, no imaginas lo enfadado que estoy yo. No puedes siquiera acercarte a imaginarlo —le contesté, dando vueltas por la habitación como un felino enjaulado.

Pero Marion seguía en su mundo, y en su mirada vi terror, un terror muy antiguo que la volvía, por una vez, vulnerable.

—¿Quiénes eran los soldados blancos encapuchados?

—Son Vigilantes, su escolta personal. Son criados y educados para no separarse nunca de ella.

—Estupendo —dije para mí—. Dos contra ocho.

—Iago, me ha exiliado. Madre me ha exiliado y tú no sabes todo lo que supone eso.

—No lo sé y no quiero que me lo expliques ahora. No va a dejarme salir de aquí, ¿verdad?

—Madre no sabe de medias tintas ni de clemencia.

—¿Y cómo puedes estar supeditada a sus órdenes? —le pregunté, quedándome quieto frente a ella.

—No has entendido nada aún. Madre es un paraguas protector para alguien como yo. Una inmensa red mundial de influencias, propiedades, dinero, poder político, económico y militar. Yo siempre me he mantenido al margen todo lo que he podido, pagando los tributos de obediencia cuando se me enviaba a alguna misión. Por eso no acudo a ella si no es necesario; siempre acaba reclamando los favores. ¿Cómo crees que he sobrevivido seis milenios? ¿De verdad creías que lo he conseguido yo sola, por mis propios medios? Lo que no me explico es lo tuyo y lo de tu familia: apenas cuatro o cinco miembros, siempre con disputas entre vosotros, separándoos y juntándoos de esa manera tan anárquica. ¿Cómo diablos habéis llegado hasta el día de hoy? Me parece casi imposible que alguien pueda conseguirlo, por muy hábiles que seáis en la supervivencia.

—Así que yo solo era una misión —resumí, sentándome frente a ella en una butaca y manteniéndole la mirada.

—Para Madre, así era. Para mí, no. Desde luego que no. Volví de Santander con las manos vacías. No quise espiarte, grabar lo que hacías por las noches a mis espaldas. No fui capaz, aunque pensé que con lo que me permitiste ver sería suficiente para ella. Pero cuando volví a París, ella me obligó a...

—¿Te obligó a? —la interrumpí—. Hablas como una esclava y te tenía por una mujer dueña de ti misma.

Ella calló, cansada ya de dar tantas explicaciones y agotada de no dormir.

«Me has vendido, Marion. ¿Hasta dónde llega tu lealtad hacia Madre?, ¿hasta dónde esto es también parte de tu misión?».

Tenía que salir de allí, al menos yo tenía que sobrevivir a aquella encerrona. Era un descendiente de Lür, era un miembro de La Vieja Familia. Mi padre me había preparado para aquel momento, durante milenios, aún sin yo saberlo. Me había dado los recursos para enfrentarme a los Hijos de Adán y ante a mí tenía a una Hija de Adán ejecutando brillantemente su misión.

Recordé a Dana, recordé a Nagorno.

Los di por muertos.

Habían sido lo mejor y lo peor de mis últimos milenios, pero ya estaban muertos.

Me obligué a centrarme en mi incierto presente. Debía encontrar la forma de escapar y el móvil de Marion era tal vez mi única oportunidad. Así que cambié de estrategia y me concentré en fingir que le hablaba con voz preocupada.

—Estás exhausta, Marion.

Ella me miró y torció un poco su sonrisa, como agradeciendo mi gesto de empatía.

—No es nada —susurró—. Tú también habrías velado por mí. Lo hiciste antes en muchas ocasiones, en nuestra granja. Peregrine nunca durmió bien por las noches. Cuántas veces nos turnamos para calmarlo, ¿recuerdas?

Peregrine...; cómo dolía su recuerdo.

—Tal vez... —proseguí—, tal vez esté siendo demasiado duro contigo y no esté valorando tu empeño por protegerme.

—Tal vez —convino ella.

—Ven, Marion. Duerme ahora, yo vigilo.

Y la invité a tumbarse en la cama. Noté un primer gesto reticente, pero después me miró fijamente a los ojos y nos mantuvimos la mirada. Dos soldados entrenados, dos estrategas en una alcoba.

Ella finalmente aceptó y yo me senté también sobre el edredón, con la espalda apoyada en la pared y la cabeza de Marion sobre mis piernas.

Ella cerró los ojos y dejó que le acariciase los mechones negros.

—No, Iago. No voy a ser tu premio de consolación —murmuró, mientras se adentraba por los senderos del sueño.

—Olvídate de Iago del Castillo por un día. Deja que hoy me olvide de todo, deja que vuelva a ser Ely —le dije en voz baja.

Esperé pacientemente a que se durmiera y, en cuanto sentí su respiración profunda sobre mis muslos, alargué mi mano hasta el bolsillo interior de su americana blanca.

Tuve que hacer la llamada al móvil de mi padre en aquella postura, con las piernas atrapadas bajo el cuerpo de Marion. Era consciente de que si me movía, Marion despertaría.

—Estoy retenido en la mansión de la isla Belle —susurré en cuanto Lür cogió la llamada—, en un dormitorio de la tercera planta. Me requisaron el móvil. He podido conseguir este, es el de Marion, pero no lo tendré por mucho tiempo.

—Estoy muy cerca —me dijo—, ya he entrado en el edificio. Ten a mano el móvil para poder localizarte.

Y sin añadir nada más, colgó.

Miré de reojo a Marion, que se movió ligeramente, como si hubiera escuchado algo. Por suerte, no lo hizo. Sin embargo, si bajaba el volumen del teléfono, mi padre no podría utilizar la melodía para localizarme.

No quería que mi padre me descubriera tumbado con Marion en una cama, pero de todos modos no tuve tiempo de reaccionar; en ese mismo momento sonó la melodía medieval en el móvil de Marion y escuché pasos en el pasillo. Mi padre estaba ya al otro lado de la puerta, empujándola e intentando entrar. Marion se despertó al escuchar los ruidos y me miró con cara de extrañeza.

Alguien fuerte consiguió abrirla. Jamás olvidaré los rostros de la insólita comitiva que vino a rescatarme: mi padre, mi hermano Nagorno, mi hijo Gunnarr y mi mujer, Dana.

Todos nos miraron desconcertados a Marion y a mí, tumbados sobre la cama como estábamos en aquellos momentos.

Corrí hacia Dana, tan aliviado de encontrarla viva, tan aliviado de verla de nuevo tras creer que la había perdido, que me olvidé de Marion y de la incómoda situación en la que nos habían encontrado.

—Es una Hija de Adán —le susurré al oído, mientras la abrazaba, asumiendo que Lür la había puesto al día.

—Lo sé. Yo también he tenido que fingir con el enemigo para sobrevivir —contestó en voz baja, devolviéndome el abrazo.

Fue solo un segundo, un segundo para apretar su cuerpo contra el mío y saber que todo estaba bien entre nosotros.

... Pero no nos dio tiempo a cruzar una palabra más.

Los ocho Vigilantes entraron en el dormitorio y nos apuntaron a todos con sus armas. Nos obligaron a acompañarlos a la biblioteca oval, donde Adana nos esperaba. Nos miramos unos a otros, alertas ante su presencia, conscientes de lo que estaba en juego.

Estaba a punto de decidirse el futuro de nuestra familia.

78

IAGO

15 de diciembre

Los ocho soldados blancos a los que Marion había llamado Vigilantes se distribuyeron alrededor de la biblioteca. Quedamos en el centro, frente a Madre.

Miré de reojo a mi padre, que se había colocado junto a mí. Había una mezcla de terror y aplomo en su mirada que no había detectado nunca antes en él. Ni antes de una batalla, ni frente a ningún enemigo.

—Pensé que el Vesubio acabaría contigo —le dijo en voz alta.

Fue extraño. Se miraron con una intensidad y una intimidad que incomodaba. Tuve plena conciencia de que una vez fueron pareja, y de que mi padre, alguna vez, la había amado mucho.

—He sobrevivido a todos los desastres de este planeta; un volcán es solo una montaña que gime para alguien como yo. Mis hijos, los Vigilantes, me sacaron de aquellas termas, algunos de ellos perdieron la vida entre los escombros por salvarme. Espero que recuerdes a todos tus caídos, como hago yo cada día con los míos.

Lür iba a contestar, pero, para mi sorpresa, fue mi hijo Gunnarr quien se adelantó a todos nosotros y tomó la palabra, como si no le tuviera miedo.

—Eres una mujer que calcina cuanto toca, pero sabes ya que la mayoría de los que estamos aquí somos muy difíciles de matar.

—Te escucho —se limitó a decir Madre.

—Quieres un tributo, castigar a Lür por haber creado la familia que ahora tienes delante. Pero aquí todos hemos llegado con nuestras propias ideas de venganza. Mi tío Nagorno tiene sus motivos, y yo tengo los míos, no menos poderosos. Tal vez con lo que voy a hacer ahora, todos los que aquí nos sentimos agraviados con Lür o con alguno de sus descendientes nos quedemos satisfechos.

Gunnarr comenzó a caminar mientras hablaba con Madre. Yo me revolví, inquieto. Algo muy antiguo dentro de mí me alertó de que tramaba algo. Conocía de sobra a mi hijo, en esos momentos estaba siendo Gunnarr el Embaucador. Usaba sus gestos y sus circunloquios para desviar la atención de Madre, pero se estaba acercando peligrosamente a Dana y por instinto traté de detener su avance.

No me dio tiempo, no supe prever sus intenciones. Cómo habría podido hacerlo.

Gunnarr pasó las dos manos alrededor del cuello de Dana, la alzó sobre su cabeza y la estranguló, al modo escita. Ella trató de resistirse y pataleó, pero Gunnarr era un gigante a su lado y ella no pudo zafarse. Simplemente, se quedó inmóvil tras una lucha absurdamente desigual. Después la soltó en el aire y su cuerpo inerte cayó sobre la alfombra blanca con un golpe seco.

Lür se tapó el rostro con la mano, horrorizado, y de su boca salió un gemido de dolor que agradó a Madre.

Yo me lancé hacia el cuerpo de Dana, incapaz de creer que lo que acababa de ver era cierto.

Irreversible.

Definitivo.

Dana me miraba sin verme, con el gesto congelado. Puse mis dedos sobre su carótida para verificar su pulso. Un pulso que ya no estaba. Se había ido.

—No puede ser... —susurré, incrédulo.

No encontré nada.

No había latido.

Dana estaba muerta.

Me tomé unos segundos para aceptar la nueva realidad, pero ya no era yo, ya no pensaba, solo sentía. La piel del rostro de Dana todavía estaba caliente. Le di un beso en la frente, un último gesto de intimidad a la vista de todos los presentes. Cuando levanté la cabeza, comprendí que esperaban mi reacción, expectantes.

Dejé su cuerpo con cuidado sobre la alfombra albina y me lancé a por Gunnarr, ciego de rabia, derribándolo. Pero Nagorno se adelantó y me apartó de mi hijo con un movimiento más rápido que el mío.

—No voy a permitir que mates a Gunnarr —dijo, respirando pesadamente.

Trató de disimularlo, pero vi en él el horror de verse sobrepasado por el esfuerzo. Su corazón iba a fallar de nuevo en breve.

Y entonces..., entonces me di cuenta de que la solución a todos los problemas de mi hermano estaba tras de mí.

Noté la presencia de Madre a mi espalda y me giré para poder mirarla a los ojos.

—Tras lo acontecido —dijo satisfecha—, creo que ahora podemos comenzar a pactar.

Después apartó el cadáver de Dana con un pie y se acercó aún más a mí.

—Os ofrezco un trato —dijo, alzando la voz— a todos los hijos de Lür y a sus descendientes, a La Vieja Familia y a las generaciones que vendrán. Tu descubrimiento, Urko, a cambio de la inmunidad frente a los Hijos de Adán.

Le di la espalda, miré a mi padre, miré a mi hijo, miré a mi hermano. Marion observaba la escena, también en tensión, pendiente de lo que iba a hacer a continuación.

Me rodearon en formación cerrada, dispuestos a luchar, cada uno en el bando decidido. Miré el cuerpo de Dana, enfriándose a mis pies.

Ella no se doblegó, no perdió el honor, luchó hasta el final, a pesar de haber podido huir y esconderse, echarse a un lado, quedarse aparte.

Tomé conciencia del momento. Me vi desde fuera, como un observador externo.

Era yo en la encrucijada, decidiendo por tantos destinos.

Vivir pactando, plegarme a voluntades ajenas. O morir con dignidad, como ella, una efímera, acababa de hacer.

Elegí la muerte. Lyra, desde el Más Allá, me ayudó.

La mano derecha comenzó de nuevo a quemarme y la cicatriz empezó a latir. Estábamos preparados. Noté más fuerza en ella de la que nunca tuve al lanzar una azagaya, una jabalina, un arpón, una alabarda, una pica.

Me giré lentamente, todavía consternado por la muerte de Dana.

Madre era alta, su cabeza quedaba a la altura de la mía.

Tantas veces maté desarmado, tantas veces fui un animal rápido, solo instinto.

Le sujeté el cráneo con una mano y con la otra giré su cuello con fuerza, en un movimiento tan letal como limpio. Un crujido seco rompió el silencio; su cuello había cedido.

Miré al Mal a los ojos, y vi reflejado el mío cuando el cuerpo de Madre cayó, como la cáscara vacía de una nuez podrida, sobre el cuerpo de Dana.

Gunnarr, Nagorno, Lür y Marion reaccionaron antes siquiera de que les diera una orden. Cada uno de ellos se encargó de matar a dos Vigilantes. Cuando intentaron cargar sobre ellos, los milenios de lucha de cuatro longevos se impusieron de manera tan contundente que no tuvieron ninguna oportunidad.

¿Quién iba a poder contra un *berserker*, un escita, una monarca y el patriarca de la humanidad?

79

IAGO

15 de diciembre

Los ejecutamos a todos, no queríamos testigos de lo que acababa de ocurrir.

Cuando acabamos, mi familia y Marion se giraron hacia mí, expectantes.

Yo me acerqué a uno de los Vigilantes derribados, desenfundé el arma blanca que llevaba amarrada al muslo. Mi barbarie todavía no había terminado.

Me arrodillé sobre el cadáver de Madre y usé el puñal arrebatado al soldado blanco para llegar a su corazón inmortal, atravesando costillas y piel rota. Lo arranqué de su nido de venas y arterias, y lo extraje de aquel cuerpo odiado.

Cuando terminé, cuatro pares de ojos miraron horrorizados el corazón de Madre en mi mano.

—Aquí tienes tu corazón longevo, hermano —dije, dirigiéndome a Nagorno—. Habrá una guerra, vendrán a por todos nosotros. Lo meteré en hielo y podrás trasplantarlo a tu cuerpo durante las próximas horas si me juras que te alinearás con mi padre y conmigo. Vamos a necesitar al mejor estratega en nuestro bando. ¿Qué me dices, Nagorno?

Por una vez en su vida se quedó sin palabras, mirando ensimismado el corazón de Madre en mi mano.

—¿¡Qué me dices, Nagorno!? —le grité.

Ya no era yo, Iago del Castillo se había quedado allí, sobre los cuerpos de aquellas dos mujeres tan especiales. Ahora solo era un salvaje.

—De acuerdo —dijo al fin—, estoy con vosotros en esta guerra.

Metí el corazón en la cubitera.

—Entonces contacta con el mejor equipo de cardiólogos que conozcas, el mejor. Que envíen ahora mismo un helicóptero equipado. Yo supervisaré la operación. El corazón que tienes ya no te sirve, pero descuida, el que vas a recibir se le parece bastante.

Entonces me dirigí de nuevo hacia Gunnarr, que miraba el cadáver de Madre con gesto hechizado. Fui a por él con la mano ensangrentada.

Seguía queriendo matarlo, era incapaz de centrarme en otro pensamiento, volvía a él una y otra vez. Pero fue mi padre quien lo impidió esta vez, abrazándome por detrás, intentando inmovilizarme.

—Recuerda que Nagorno también frenó a Gunnarr hace cuatro siglos para que no te matase aquel día —me susurró al oído.

—¡Dame cuatrocientos once años, Gunnarr! —le grité, impotente—. Necesitaré todos y cada uno de los próximos quince mil días para perdonarte. ¡No te cruces en mi camino hasta entonces!

—Padre, deberíamos hablar... —intentó decirme.

—¡Largo! —aullé—. ¡No quiero volver a verte hasta entonces! ¡Yo no seré tan noble como tú, te mataré antes si te encuentro!

—Tengo que confesarte algo...

—¡Largo o nada podrá pararme, Gunnarr! Nada podrá pararme. Aún no has conocido al mal padre que puedo llegar a ser.

Imagino que fue mi cerebro de superviviente el que se hizo cargo entonces, porque todos los presentes, sus circunstancias, sus alianzas, sus motivaciones, dejaron de tener importancia para mí. En mi cabeza ganaba espacio un presente devastador: Dana ya no estaba. Se había ido mucho antes de lo que debiera.

Me acerqué a su cuerpo, ya sin prisas, observé las marcas que el salvaje de mi hijo le había dejado en el cuello. Su rostro estaba todavía caliente, sabía que era una cuestión de horas que el frío y la rigidez de la muerte colonizaran todos sus músculos.

Cargué el cuerpo de Adriana en mis brazos y me alejé con él de aquel lugar maldito.

Sabía que ella ya no podía escucharme, pero yo tenía muchos pecados que confesarle.

EPÍLOGO

LÜR

Lür salió al exterior de la clínica privada al anochecer. Había oscurecido y en el jardín refrescaba, pero buscó un banco alejado de cualquier farola y se sentó por fin a descansar.

El equipo de cirujanos había llegado fuertemente escoltado desde Nueva York en helicóptero y los habían trasladado a todos fuera de isla Belle. Nagorno se había asegurado de enviar con ellos un pequeño ejército privado por si aparecían más Hijos de Adán, pero nadie hizo acto de presencia para impedir que se marchasen.

Después de varias horas en el quirófano, la operación de trasplante había concluido con éxito. Los corazones parecían compatibles, aunque Lür no sabía si alegrarse o inquietarse con aquel dato. Había tenido que administrar a Urko un calmante para dormirlo.

Adana estaba muerta por fin, pero Adriana Alameda también. Un alivio de milenios, un pesar de solo un año que le dolería durante siglos.

¿Cuánto tardaría Urko en reponerse de aquello?, pensó preocupado.

Fue entonces cuando escuchó pasos y el murmullo de una conversación que se acercaba. No deseaba compañía en aquellos momentos, así que se levantó y entró de nuevo en el edificio de la clínica, pendiente de velar por sus dos hijos amados.

Nunca llegó a saber que las sombras del jardín eran Gunnarr

y Marion Adamson. Ni llegó a escuchar la conversación que mantuvieron entre ellos.

—¿Qué ha pasado ahí adentro, Gunnarr? —preguntó Marion—. ¿Por qué has tenido que asesinar a Adriana? Tu padre no nos va a perdonar esto en la vida.

—No está muerta. Adriana y yo lo planeamos todo juntos antes de venir. Sabía que tenía que apaciguar la sed de venganza de Adana, que no dejaría marchar a mi familia sin dejar un cadáver a su paso. Durante el viaje en avión le administré a Adriana los polvos manipulados de un hongo, algo que me enseñó un hombre llamado Skoll una vez. Su corazón está ahora parado, en apariencia, pero volverá a latir en unas horas.

Ambos callaron por un instante.

Estaban más allá de la preocupación.

—Lo que no esperaba era la reacción de mi padre —continuó Gunnarr—. Matando a Adana nos ha condenado a todos los miembros de La Vieja Familia. Los Hijos de Adán vendrán a por nosotros y tú ahora estás exiliada; no podrás hacer mucho por ayudarnos.

—Entonces adelántate tú —dijo Marion—. Los Hijos de Adán están atados a una promesa y han de cumplirla. Sabes lo que significa eso, ¿verdad?

—Lo sé, créeme. Lo sé.

—Ahora te toca a ti, Gunnarr. Y tendrás que decidir lo que haces con ese poder.

Se miraron en silencio. Ya no había vuelta atrás.

NOTA DE LA AUTORA

Me han preguntado en repetidas ocasiones cómo ha sido reencontrarme con los longevos después de más de una década, ahora que la editorial Planeta ha decidido reeditar *La saga de los longevos* y *Los Hijos de Adán* ante la insistencia de los lectores que año tras año pedían volver a ver en librerías la primera y segunda parte de la trilogía longeva.

Mi respuesta siempre ha sido la misma: «No ha habido reencuentro, nunca se fueron de mi cabeza». Así ha sido. Desde que nacieron de mi imaginación en 2009, ninguno de los cinco longevos originales —Urko, Lür, Lyra, Nagorno y Gunnarr— me ha soltado de la mano y han estado presentes en todos los momentos que he vivido estos años.

Han sido mis mentores, mi consejo de sabios particular. A ellos he acudido cada vez que la vida hacía lo que la vida sabe hacer: transcurrir.

Hace poco tiempo descubrí que las culturas en las que nacieron los longevos principales —la prehistoria cántabra de Lür y Urko, la vikinga de Gunnarr, la gala de Lyra y la britana de Boudicca— también habitaba en mi ADN. Que mi sangre reconocía el pasado de mis ancestros y que los contextos históricos que vivieron todos ellos en la ficción también los transitaron mis antepasados. Un estudio de mi ancestría geográfica, histórica y étnica ubicó a distintas ramas de mi linaje en los lugares y momentos donde imaginé a mis personajes.

La trama de esta trilogía también dirigió mis viajes a lo largo de estos años.

En Suecia y Noruega visité iglesias vikingas que después de mil años seguían en pie soportando su peso sobre clavos de madera. A las runas talladas en su puerta les debo la historia de Gunnarr. El día que busqué refugio junto al fuego de una antigua *longhouse* o *stofa* imaginé el nacimiento de Gunnarr.

En Nueva Inglaterra me impregné de la esencia de Massachusetts, donde está ubicado el Museo de los Padres Peregrinos. En sus costas, sus faros y arrasando en sus librerías locales me enamoré del viaje iniciático de Ely, el único pasajero de la histórica lista del Mayflower que consta sin apellidos, una anomalía en su época que despertó la chispa creativa del flashback de Urko/Iago.

Navegando por las islas escocesas del mar de las Hébridas y sus cambiantes marejadas encontré el refugio de Nagorno y Gunnarr, y el calvario de Adriana. Simplemente, comprendí que estaban allí.

A lo largo de estos años he vuelto en innumerables ocasiones a Cantabria. La Costa Quebrada y Santander continúan inspirándome escenas cada vez que paso un tiempo entre bosques y acantilados. Mi agradecimiento al personal de Museo de Prehistoria de Cantabria y en especial a Eduardo Palacio, coordinador del Centro de Arte Rupestre en Puente Viesgo, por permitirme llegar al panel de las manos y al mamut amarillo dentro de la cueva de Monte Castillo, hogar de Lür y Urko. Al igual que esos trazos quedaron tatuados en la piedra durante milenios, aquel momento sagrado quedó tatuado y como tal lo atesoro en mi memoria.

BIBLIOGRAFÍA

A continuación, presento los libros que me acompañaron durante el proceso de documentación para escribir *Los Hijos de Adán.* Fue un desafío sumergirme en la vida cotidiana de épocas y culturas tan diversas, pero cada vez que me adentraba en sus páginas, sentía una conexión real, no ficcional ni imaginada, como si los longevos estuvieran allí, viviendo y experimentando lo que describían.

Cultura vikinga

Boyer, R. (1994). *La vida cotidiana de los vikingos (800-1050).* Temas de Hoy.

Foote, P., & Wilson, D. M. (2002). *El mundo de los vikingos.* Ediciones Akal.

Graham-Campbell, J., & Kidd, D. (2001). *The Vikings.* British Museum Press.

Jones, G. (2001). *Los vikingos.* Ediciones Cátedra.

Roesdahl, E. (1998). *The Vikings.* Penguin Books.

Sawyer, P. H. (2000). *The Oxford Illustrated History of the Vikings.* Oxford University Press.

Winroth, A. (2012). *La sociedad vikinga: Los guerreros del norte.* Editorial Debate.

PREHISTORIA

CAMERON, N. (2018). *Prehistory: The Making of the Human Mind.* Oxford University Press.

CLOTTES, J. (2008). *Cave Art.* Phaidon Press.

FAGAN, B. (2015). *Cro-Magnon: How the Ice Age Gave Birth to the First Modern Humans.* Bloomsbury Press.

LEAKEY, L. S. B. (1961). *Adam's Ancestors: The Evolution of Man and His Culture.* Harper & Row.

RENFREW, C., & BAHN, P. (2020). *Archaeology: Theories, Methods, and Practice.* Thames & Hudson.

LA IMPORTANCIA DEL CAURI COMO MONEDA PREHISTÓRICA

ÁLVAREZ, S. (2008). *La historia de la moneda en la prehistoria.* Editorial Akal.

FENNELL, D. (2000). *Cowrie Shells and Their Use as Currency in Africa and Asia.* University Press of Africa.

GAMBLE, D. (2003). *The Role of Cowrie Shells in Ancient Trade.* Cambridge University Press.

GÓMEZ, J. (2005). *Monedas y trueques: Historia de los sistemas de intercambio.* Editorial Alianza.

GOTTLIEB, F. (2011). *The Cowrie Shell: From Prehistory to Modern Times.* Routledge.

JIMÉNEZ, M. (2014). *Cauri y otras monedas exóticas.* Editorial Trea.

MORRIS, E. (2012). *Money and Exchange in the Ancient World.* Oxford University Press.

LA ERUPCIÓN DEL VESUBIO EN POMPEYA

BEARD, M. (2009). *Pompeya: Historia y leyenda de una ciudad romana.* Editorial Crítica.

Camardo, D., & Guzzo, P. G. (2006). *Pompeya: Guía de la ciudad sepultada.* Ediciones del Prado.

Coarelli, F. (2004). *Pompeya.* Ediciones Akal.

Deiss, J. J. (2002). *Herculano y Pompeya: La vida de los antiguos romanos sepultados en el año 79.* Alianza Editorial.

Scarth, A. (2003). *Vesubio: La historia del volcán que sepultó Pompeya y Herculano.* Editorial Ariel.

La historia del Mayflower

Bradford, W. (1856). *Of Plymouth Plantation (1620-1647).* Originalmente publicado por Massachusetts Historical Society.

Bunker, N. (2010). *Making Haste from Babylon.* Knopf.

Martínez, J. (2003). *Historia de los Padres Peregrinos.* Ediciones Rialp.

Philbrick, N. (2006). *Mayflower.* Viking.

Philbrick, N. (2007). *Mayflower.* Editorial Ariel.

La interacción de los Padres Peregrinos con las tribus nativas

Cronon, W. (1983). *Changes in the Land.* Hill and Wang.

Horwitz, T. (2008). *A Voyage Long and Strange.* Henry Holt and Company.

Martínez, J. (2012). *El encuentro con los nativos americanos.* Ediciones Akal.

Philbrick, N. (2006). *Mayflower.* Viking.

Philbrick, N. (2007). *Mayflower.* Editorial Ariel.

Richter, D. K. (2001). *Facing East from Indian Country.* Harvard University Press.

Las islas Thousand

Leavitt, W. (1996). *Castles and Cottages.* Firefly Books.

MacDonell, J. (2005). *Las Mil Islas del San Lorenzo.* Ediciones Altamira.

Pérez, A. (2010). *Historia y cultura en el río San Lorenzo.* Editorial Océano.

Wood, J. (2008). *The Thousand Islands.* The History Press.

La isla Eigg

Camus, C. (1998). *Eigg: The Story of an Island.* Polygon.

Haswell-Smith, H. (2004). *The Scottish Islands: A Comprehensive Guide to Every Scottish Island.* Canongate Books.

Hunter, J. (2000). *The Last Kings of Eigg.* Birlinn Limited.

Wilson, A. (2013). *Islands of Power: Sustainability and Social Innovation.* Routledge.

Egeria, un personaje cuyo libro también incluí en la trama de la cuarta parte de la saga Kraken: *El Libro Negro de las Horas*

Egeria. (1995). *Itinerario de Egeria.* Editorial Ciudad Nueva.

Egeria. (2006). *The Pilgrimage of Egeria: A New Translation of the Itinerarium Egeriae.* Traducido por Anne McGowan y Paul F. Bradshaw. Liturgical Press.

Egeria. (2000). *Viaje de Egeria.* Edición de Antonio Bravo García. Editorial Edaf.

Museo de Prehistoria de Cantabria

González, F. (2002). *Museo de Prehistoria y Arqueología de Cantabria.* Gobierno de Cantabria.

González, M. (2015). *Cantabria prehistórica: Arte, arqueología y patrimonio.* Ediciones Cántabras.

Martín, L. (2010). *Arte rupestre en Cantabria.* Ediciones Porrúa.

Miller, R. (2009). *The Cave Art of Cantabria.* Prehistoric Publications.

Rodríguez, L. (2011). *Prehistoric Spain: The Evolution of Human Settlements.* Routledge.

Sánchez, J. (2005). *La prehistoria de Cantabria: Un viaje por el tiempo.* Editorial Trea.

Sánchez, J. (2010). *The Prehistory of Cantabria.* Trea Publishing.

Investigación de telómeros

Blasco, M. A. (2013). *La telomerasa: De la biología molecular a la terapia.* Editorial Akal.

Campisi, J., & d'Adda di Fagagna, F. (2008). *Telomeres and Telomerase in Aging, Disease, and Cancer.* Cold Spring Harbor Laboratory Press.

García-Sancho, J. (2011). *Biología molecular del envejecimiento.* Editorial Siglo XXI.

López-Otín, C. (2007). *Los telómeros y la longevidad.* Editorial Espasa.

Weinberg, R. A. (2006). *The Biology of Cancer.* Garland Science.

Virus oncolíticos

Diaz, R. M., & Ly, H. (2008). *Viral Therapy of Cancer.* Elsevier.

Gómez, E. (2010). *Tratamientos oncológicos y virus terapéuticos.* Editorial Elsevier.

Guse, K., & Vassal, G. (2013). *Oncolytic Viruses.* Springer.

López, C. (2012). *Virus oncolíticos y terapias génicas.* Editorial Médica Panamericana.

Russell, S. J., & Barber, G. N. (2011). *Oncolytic Virotherapy.* Springer.

Sharma, P., & Allison, J. P. (2013). *Cancer Immunotherapy: Immune Suppression and Tumor Growth.* Springer.

LA VIEJA FAMILIA

Nombre actual	Nombre de nacimiento	Otros nombres
Iago del Castillo	Urko	Iasón de Halicarnaso / Yennego / Kolbrun / Ely / Walter Zachary / Isaac Castle
Héctor del Castillo	Lür	Héktor de Halicarnaso / Terkinos / Néstor / Víctor Zachary
Jairo del Castillo	Nagorno	Magnus / Hugh O'Neill, conde de Tyrone / Marqués de Mouro
Kyra del Castro	Lyra	Nyra / Tyra / Dyra / Eyra / Byra / Myra / Cyra / Doctora Yra Zelaya
Gunnarr	Gunnarr	Gunnarr el Embaucador / Red Hugh O'Donell, señor de Tyrconnell

La cuenta atrás ha llegado a su fin.
No te pierdas el desenlace de
La saga de los longevos.